フォード・マドックス・フォード

Ford Madox Ford

パレーズ・エンド◉第4巻

The Last Post

消灯ラッパ

Parade's End

高津昌宏［訳］

論創社

Last Post (1928)
(Parade's End, Part 4)
by Ford Madox Ford

パレーズ・エンド4 消灯ラッパ ＊目　次

消灯ラッパ

主要人物一覧

クリストファー・ティージェンス

前三巻での主人公で、今はヴァレンタイン・ワノップと結婚し、ウェスト・サセックス州の農場近くに住み、骨董品類を特にアメリカ人相手に商っている。

ヴァレンタイン・ワノップ

クリストファーと結婚し、その子供を身籠っている。義姉のマリーの農園での仕事を手伝っている。

マーク・ティージェンス

クリストファーの腹違いの兄。戦時中は運輸省の役人として重きをなし、競馬をこよなく愛する。肺をひどく患っていて、肺炎のため息を引き取る。

マリー・レオニー

長年マークの愛人であったが、死の前のマークに正妻となるよう求められ、結婚してティージェンス令夫人となる。

シルヴィア・ティージェンス

クリストファーをヴァレンタインに取られそうになったとき、癌にかかった振りをして、グレーズ＝インの階段から転げ落ち入院する。その後、クリストファーとヴァレンタインの様子を探ろうとしてウェスト・サセックスの農場に姿を見せる。

マーク（マイケル）・ティージェンス（ジュニア）

シルヴィアが生んだ男の子。クリストファーの子であるかははっきりとしないが、シルヴィアの親元のサタースウェート家でよく使われた男子名マイケルより、クリストファーの祖父の名であり、父の名であり、兄の名であるマークを名乗ることを自ら選ぶ。

イーディス・エセル・ドゥーシュマン

クリストファーの友人だった今は亡きマクマスターの未亡人。クリストファーへの借金を返済するため、スコットランドの文人たちが彼女に宛てた精神的恋文をアメリカ人に売ることを提案し、その一部を借金の返済に当てるという虫の良い提案をする。

ミリセント・ド・ブレー・ペープ夫人

オリーブ油商の金満家を夫に持つアメリカ人女性。英国貴族階級の生活に憧れグロービー邸の借家人となるが、風呂に入るため水道設備を設置したいと考え、場所を確保するためにグロービーの大木を切り倒す。

フィトルワース卿（伯爵）

ウェスト・サセックスの地主で。伯爵。マークの友人。前妻を亡くし、今はカミーというアメカ女性と結婚している。

カミー・フィトルワース（旧姓カムデン・グリム）

フィトルワース卿の妻で、アメリカから嫁いできた。

ヘレン・ラウザー

フィトルワース伯爵夫人の友人のアメリカ人女性で、英国の廃墟の探索を楽しんでいる。

ガニング

フィトルワースの農場で働いている何でも屋の小作人。

エドワード・キャンピオン

クリストファーの父親の友人で、名付け親。大戦中はルーアンの基地の最高司令官を務めた。前巻までの位は少将だったが、この巻では一ランク位が上がり中将であり、インド総督の座を狙っている。

第一部

I章

男は、柳の枝で束ねられた茅葺きをじっと見つめながら、横たわっていた。草は無限に緑だった。男の視界は四つの地方に跨っていた。屋根は六本の小さなオークの若木の幹で支えられ、林檎の大枝によって上から乱暴に押さえ込まれ、ブラシ掛けされていた。フランスの野生の林檎だ！　小屋には側面がなかった。

イタリアの諺にある。「屋根より高く木の枝を伸ばしておく人は、毎日医者を招くことになる」そんな趣旨の諺だ！　その言葉に男はニヤッと笑っただろうが、笑ったならば、人に気づかれたかもしれない。

まったく動かない男にしては、その顔は目立って胡桃色だった。脱脂乳の白さの枕を凹ましている頭は、ジプシーの頭と言っても可笑しくなく、濃い銀色の髪はすっかり丸刈りにされ、髭は顔一面念入りに剃られ、顔に表情はまったく現れていなかった。しかし、両の目は、男の全生命がその目のなかに、またその瞼のなかに宿っているかのように、尋常ならざる速さで活発に動いていた。

膝の高さに伸びた草を帯状に刈って開いた、廏から小屋へと通じる小道を通って、がっしりした体格の初老の小作人が、ぎこちない足取りで歩いてきた。振られている彼の長すぎる毛むくじゃらな両腕は、完璧な男であるためには、斧か、丸太か、物がいっぱいに詰まった袋が必要なように見えた。小作人は体格がよく、臀部にとても窮屈なコール天のズボンをはいていた。黒い脚絆をつけ、青いチョッキはボタンを留めず、縦縞のフランネルのシャツは汗をかいた首のところを開けて着ていた。また、黒いフェルト製の山高帽をかぶっていた。

小作人が言った。

「姿勢を変えて欲しいですかな」

ベッドのなかの男はゆっくりと瞼を閉じた。

「リンゴ酒を飲みますかな」

一方の男はさっきと同じように再び目を閉じた。立っている男は、ゴリラのような大きな手で樫の柱の一本に摑まって体を支えた。

「これまで味わったなかで最高のリンゴ酒ですぜ」小作人が言った。「閣下に頂いたのです。閣下があっしに言ったんです。『ガニング』と。…雌ギツネが猟場番の鳥小屋に押し入った日のことでさあ。…」

小作人は、話を、英国貴族の地主はキジよりキツネのほうを好むことを証明する非常に長い話を始め、ゆっくりと完成させた。あるいは好まなければならないという話を。性格の良い英国地主の場合は。

閣下は雌ギツネを殺させませんでした。ましてや雌ギツネが妊娠していたようなので、脅しもしませんでした。雉の雛がいる鶏小屋があるところでは、妊娠した雌ギツネが恐ろしい行いをする場合があります。六、七羽食べちまうんです。皆、育ち盛りなのをね。それで閣下はガニングに言ったんです。……

それからリンゴ酒の品評が続いた。……「渋いですぜ…このリンゴ酒は守銭奴の心や老嬢の舌よりも渋いでさあ。コクがあってね。強いですぜ。当たり前でさあ。十年間寝かしてあるんでね。閣下の家じゃ、十年間大樽のなかに入れてあって一滴たりとも飲まれていなかったんです。閣下は屋内屋外の召使たちのために一週間で三頭の羊を抛られました。それに三百羽の鳩も。鳩小屋は三百フィートの高さがあって、内側の塀の穴のなかに鳩の巣があるんでさあ。塀ごとに鳥網を仕掛けて、いっぺんに巣のなかの雛を捕まえるんでさあ。今は昔と違いますが、閣下はこの方法を続けているんです。今後もずっと続けるでしょうね」

ベッドのなかの男——マーク・ティージェンス——は、自分だけの思いに耽り続けた。

ガニング爺さんは左右の手を振りながら、ドシンドシンとゆっくりと小道を廏のほうに登っていった。廏はというと、タイルが張られ屋根は茅葺きの代物で、北国の水準では本物の廏とは言えなかった。——老いた雌馬が一頭、鶏やアヒルたちの間に置かれていた。南国の人々にはきちんと整頓するという考えが浮かばないようだ。南部の人々には整頓の観念がなかった。しかし、ガニングは茅葺き屋根をきれいに整え、生垣をきちんと切り揃えることができた。何でも屋だ。実際、何でも屋で、非常に多くのことができた。キツネ狩り、雉の飼育、造林の技術、生垣の手入れ、築堤、豚の飼育、狩りの際のエドワード王の習慣についても何でも知っていた。たくさんの葉巻を果てしなく吸った。一本吸い終わると別の葉巻に火を点け、吸殻を投げ捨てた。

キツネ刈りは、戦争の五分の一の危険しかない国王たちの競技だ！　彼、マーク・ティージェンスはこれまで決して狩りが好きだったことはなく、今ではもうしようとも思わなかった。雉狩りも決して好きだったことはなかった。今ではもうしようとも思わなかった。できないことはなかったが、これからはもうするつもりがなかった。…イアーゴーの決意を己のものとする前に、イアーゴーが何を言ったか確かめる労を取らなかったことが彼を苦しめた。これからは一言たりとも喋るまい…何かそういった趣旨の言葉だ。だが、それでは弱強五歩格の無韻詩にはならない。

　多分、イアーゴーは、マーク・ティージェンスと同じ決意を固めたとき、弱強五歩格の無韻詩を話してはいなかった。…犬畜生の喉元を引っつかみ、こうして、刺し殺した[1]立派な男だ、シェイクスピアは！　ある意味、何でも屋だった。まさしくガニングのように。狩猟のときのエリザベス女王の個人的習慣を知っていた。生垣の手入れ、屋根の葺き方、鹿やウサギや豚の解体の仕方、令状の送達の仕方、下手くそなフランス語の書き方を知っていることも大いにありそうだった。さらには、どこかの十字架修道会[2]かミノリーズ通り[3]で、フランス人の一家と暮らしたことも大いにありそうだった。そのどこかで。

　アヒルが、丘の上の池で、大きな騒音を立てていた。ガニング爺さんは日射しを浴びて、廏の塀とキイチゴの木の間の坂道をドシンドシンと音を立てて登っていった。庭園はすべて丘の上にあった。マークは芝地の向こうの生垣を見上げた。ベッドを回転してもらうと、彼には家が見下ろせた。灰色のデコボコの石造りの家が。

　半回転すると、マークは有名な四つの地方を見渡すことができた。逆方向に半回転すれば、幹線道路に接する生垣へと延びる険しい芝の土手を見ることができた。庭園はすべて丘の上にあった。今、マークは干し草越しに丘の上を見ていた。キイチゴの木の向こうに、ガニングが剪定しに赴いた生垣が見てとれた。それらは皆、彼、マークに対する配慮に満ちたものだった。彼が関心の持てるものを見ることができるようにという配慮からだ。だが、彼にその必要はなかった。彼には十分な興味の対象があった。

生垣を越えた、草の斜面の小道を、エリオット家の子供たちが登っていた。――とても長い小麦色の髪を生やしたひょろっとした十歳の女の子と水兵服をまとった五歳の太った男の子が――口では言えないほどに泥んこになって。女の子は脚と足首がとても長く、髪はぐしゃぐしゃで――汚かった。小さな頃に戦争による飢餓を経験したせいだ！……だが、それは彼、マーク・ティージェンスの過失ではなかった。彼は国家にそれが必要とする運輸を提供していた。国家は食糧を見つけるべきだった。ところが、そうならなかった。それで子供たちの脚はひょろひょろになり、手首の骨はパイプ軸のように突き出ていた。この世代の全員が！……これは決して彼の過失ではなかった！　彼は運輸をそうすべき通りに行った。彼の省がそれをしたのだ。臨時雇いの下級事務員から常任の上級役員に昇りつめるまで、彼自身によって築き上げられた彼自身の省が。三十年前に入省した日からもう一言もしゃべらないと誓った今日に至るまで、自分自身が築き上げたこの省が。

もう指一本動かさない。自分はこの世界に、この国にいないわけにはいかない。皆に世話してもらおうじゃないか、自分はもう用済みなのだから。…彼は、イクリプスからパールマターに至るすべての馬の血統を知っていた。彼にはそれで十分だった。それが分かれば、競馬について読むことのできるあらゆるものを読めた。十分な配当が得られた。

丘の上では、池のアヒルたちが、足で騒々しく水をかき混ぜて、大きな音を立て、ガーガーと鳴き続けた。もしこのアヒルたちが雛鶏だったならば、問題が起こっただろう——犬がそれらを追いまわすという問題が。アヒルの場合は問題なかった。彼らは感染したかのように騒ぎ立てた。諸国家や田舎の牛の群れのように。

ラズベリーの茎を伐採しながら進んでいくガニングは、蕾を一つかそこら採って、指で淡い色のものを押しつぶした。蛆虫が付いた痕を探した。ラズベリーは淡い緑の葉をしていた。どちらかと言うと、強靭なバラ科の植物のなかでは脆弱な植物だ。飢えによってではなく、競争のせいだ。食糧経理部は十分効率的だが、大食漢でないのだ。ガニングは、草鎌で、鋭い、ブラシをかけるような打撃を加え、生垣を剪定し始めた。生垣の間には、まだあまりにも多くのイバラが茂っていた。一週間もすれば生垣は再び見苦しくなりそうだった。

彼らはマークが小道を行く通行人たちのことを楽しむことができるように生垣を低いままにして置いてくれた。本当は、通行人たちが果樹園を覗き込まないように、高く伸びたままにしておいたほうが良かっただろうが。…それで、マークは通行人たちを見てきた。通行人たちが思っていた以上に！…一体、シルヴィアの企みは何だったのだろう。ロートルのエドワード・キャンピオンの企みは？…だが、自分、マーク・ティージェンスに、邪魔をするつもりはない。明らかに、何らかの企みがあった。…以前はシャーロットと呼ばれていたマリー・レオニーは、この高貴なカップルのどちらとも顔見知りではなかった。そのマリー・レオニーが、生垣越しに覗くこの二人を、確かに見ていたのだった。…

彼らは——それはむしろ彼らの思いやりだった——彼の隠れ家の左の隅柱の上に棚を作ってあげていた。それで鳥がマークを楽しませた！　騒音を立てない、クエーカー教徒みたいに灰色の、幽霊のようなイケガキスズメが、その棚の上に止まった。こんなに痩せた、活力のない生き物はおそらく読者も見たことがあるまい。イケガキスズメは飛んでいき、生垣の奥深くに身を隠した。彼はいつもそれをアメリカの鳥だと考えていた。鳴かない小夜鳴鳥、痩せていて、細長く、嘴が薄い。太陽をほとんど見ることなく深い生垣の黄昏のなかで暮らす鳥にふさわしく、ほとんど斑点がない。アメリカ的であるのは、緋文字を身に付けているからだ。彼がアメリカ人たちを知っているのは、かつて読んだ本からだった。――こっそりと陰のなかに這い入り、聖職者と問題を起こすイケガキスズメのような女の話だ(4)。

この気まぐれでほっそりとした鳥は、明らかに清教徒のように、ガニングがシジュウカラのために棚板に置いた脂汁にその薄い嘴を挿し入れた。シジュウカラの仲間は皆、脂汁が好きなのだ。イケガキスズメは明らかに違っていた。暖かめの六月の日の脂汁は、殊に油っぽい。嘴全体が脂塗れになったイケガキスズメは、上下の嘴をモグモグさせたが、それ以上、脂汁をとらなかった。イケガキスズメはマークの目を見た。マークの目はこの鳥を動くことなく凝視したので、イケガキスズメは長い警告音を発し、見えないところへと逃げ込んだ。生垣にいる生き物は、人が動きを続け、この生物たちに注意を向けない限りは人間を無視する。人が立ち止まり凝視するや、生垣の残りの者たちに警告を発し、逃げていく。このイケガキスズメはきっと、警告音が聞こえる範囲に雛たちを置いていたのだろう。さもなければ、警告音は、単に他の生物たちへの協力だったのかもしれない。

マリー・レオニー、旧姓レオトール、が階段を上り、それから小道を上ってやって来た。マークには彼女の呼吸が聞こえた。紋織《もんおり》木綿の長いエプロンドレスを着て、激しく息を弾ませ、スープの皿を持った、不格好なマリーが、彼の傍らに立って、フランス語で言った。「可哀そうに！　可哀そうに！　いったいあの人たちは、あなたをどうしてしまったの？」

マリーは息を切らして、フランス語で話し始めた。彼女は大柄で金髪のノルマン人タイプの女だった。年齢は四十代半ばだったが、極端に金髪の髪は、ボリュームがあり、注目に価した。マーク・ティージェンスと同棲してもう二十年になったが、自分が選んだ国の言語にも国民にも克服しがたい軽蔑を抱いていて、いつも一言たりとも英語を話すことを拒んでいた。

彼女の話が続いた。彼女は、ベッドの下からネジで外に開らかれた木製の平らな棚の上に、赤黄色っぽいスープを載せた小さなお盆を置いた。スープのなかには、彼女が動かしては、ときどき注視する、輝く医療用体温計が入っていた。皿の脇にはガラス製シリンジがあり、目盛りが付いていた。彼女は、「Ils」――つまり彼ら（クリストファーとヴァレンタイン）が――一緒になって、彼女の野菜スープを食べられなくしたと言った。彼らは彼女にパリの蕪ではなく、ボタンのような丸いものを与えようとした。ニンジンはお尻の側が腐らないようにしてあった。長ネギは木のように固かった。彼らは彼が野菜スープを飲むべきではないと決めていた。彼らは彼が肉汁を飲むべきだと考えた。彼らは食人種だった。肉ばかり、肉ばかり、肉ばかり。あの娘といったら！

彼女はいつもグレイズ・イン・ロードで、オールドコンプトン通りにあるジャコポの店から来たパリの蕪を手に入れていた。ここの土壌でパリの蕪を育てていけない理由はなかった。パリの蕪は樽のような形で、賞賛すべき豚のように丸く丸く丸く肥えていて、ついにはおかしな可愛らしい尾っぽの先に達するのだ。それは人を楽しませる蕪、人の考えを変え費やさせる蕪だった。

蕪のことで、「Ils」――つまり彼と彼女――の考えを変えることはできそうになかった。

文と文の間で、彼女はときどき、急に叫び出した。

「可哀想な男《ひと》！　彼らがあなたにしたことと言ったら！」

彼女のおしゃべりは、格子を越えていく奔流のように、一フレーズかそこらだけが時折、注意を引くだけで、マークの上を越えて流れて行った。それは不快なことはなかった。彼は自分の女を愛していた。彼女は猫を一匹飼っていたが、金曜日には肉を食べさせなかった。クレイズ・イン・ロードでは、それがさらに容易だった。リオトール家の人々とその分派が描かれた夥しい数の細密画や影絵が飾られた部屋では。母親のリオトール夫人も祖母のリオトール夫人も細密画家だったが、マリー・レオニーは著名な彫刻家カシミール・バー氏によるいくつかの驚くほどに白い彫像を所有していた。この彫刻家は、とある陰謀によって叙勲することがなかったのだが、彼女の家族の生涯の友人だった。それで彼は、叙勲や叙勲された人たちに対して大いなる軽蔑を抱いていた。マリー・レオニーは叙勲の話題についてのカシミール・バー氏の多言を弄した意見を、ときに長たらしく繰り返す習慣が身についていた。マークが国王陛下によって爵位を与えられてからは、彼女がそれを口に出す頻度は減っていた。今日の民主主義は彼女の親の時代の傑出した民主党員がもっていた本物の価値を持っていない、従って、国家が権威づけた人々の間に自分を置き――そこに座るべき場所を見つけるほうがよいのかもしれないと認めたのだった。

胸の奥からの、不快ではない、彼女の声の騒音が続いた。マークは人が子供に向けるような皮肉な寛容さをもった態度で彼女を見つめたが、実際、現役であったときには、木曜日と月曜日、そして競馬のない水曜日にもしばしば、家に帰ることで、いつも彼は休養をとることができた。無能な馬鹿者たちの世界から離れて帰宅し、その世界に対するこの知恵者の意見を聞くことは彼にとっては休養になった。彼女は美徳、自負、没落、人生、猫の習性、魚、聖職者、外交官、兵士、貞操観念のない女、聖エウスタキウス[5]、グレヴィ大統領[6]、食料調達商人たち、税関の役人たち、薬剤師たち、リオンの絹織物師たち、下職の管理人たち、絞首刑執行人たち、チョコレート製造業者たち、カシミール・バー氏以外の彫刻家たち、既婚夫人の愛人たち、女中たちについて意見を持っていた。…彼女の脳には、実際、食器戸棚のように、もっとも調和しない用具や道具や容器や瓦礫が一杯に詰まっていた。いったん扉が開くと、何が何の後に転がり落ちて来るか決して分からなかった。それはマークにとっては海外旅行のように休養となった。——ただ、彼は父親がグロービー邸を相続する前に子供たちの教育のためディジョンに住んでいたとき以外には、海外で暮らしたことがなかった。そのときのことがあったので、彼はフランス語を知っていたのだった。

マリーの会話には、絶えず彼を楽しませるもう一つの特質があった。それは、いつでも話を始めるのに選んだ話題で会話を終わらせることだった。今日はパリの蕪の話題から始めることを選んだから、パリの蕪の話題で会話は終わることになるだろう。そして、それぞれの機会に彼女がどんなふうに話題をもとに戻すかを観察することがマークを楽しませた。侍女が外出している間にドアのベルが鳴ったため、装甲艦について長い批評をしていたのに結論を付け、突然、カスタードソースに話を戻すということもひょっとしたらあり得ただろうが、それでも彼女はベルに対応する前に話の移行を完了させただろう。その他の点では、彼女は倹約家で鋭敏で、驚くほどに清潔好きで健康的だった。

マリーは、腕時計で時間を計り、三十秒ごとにマークの口にガラス製シリンジを差し込んでスープを与えている間、家具について話していた。…「Ils」、つまり彼らは、サロンのなかの一種のウサギ小屋に、彼女がパリから輸入したニスを塗らせようとしなかった。義理の弟殿は、本当に評判を落とすような椅子に彼女が本当にニスを塗ってしまうと、実際、露わにした――彼女がすっかり愉快になるような錯乱を露わにしたのだった。当世の流行は、老朽化した家具や粗野な形の家具と言うことができた。彼らは、新たに金メッキされた彼女の亡き母の肘掛け椅子も、故カシミール・バー氏によるニオベ[7]とその子供たちの何人かを表わした彫像群も、パリのリュクサンブール公園にあるメディシスの泉の銅による正確な複製も、サロンには置かせてくれなかった。――それは趣味の問題だった。公認された名声をもつ品々を自分マリー・レオニーが所有することに弟殿の彼女が不快感を抱いたとしてもおかしくなかった。というのも、新たに塗装され維持された第二帝政時代の椅子ほどに近づきがたいものはないことを、自分は目を眩ませるような煌びやかの極致で世間に確信されることができたからだった。彼女は困惑を感じて当然だった。庭仕事をするときに彼女が身に着けるスカートのことを考えるならば…まあ、要するに、そういうことだ。それにもかかわらず、彼女はそのスカートを履いて牧師と面会した。だが、どうして明らかに紳士であり感性の人であり、この世のこと、そして多分、来世のこともすべて知っていると言われている「Il」、つまり弟殿が――どうして彼が、大天才のカシミール・バーの作品を貶める無限に愚かな陰謀に加担しなければならないのか。彼女マリー・レオニーは、難しい立場の彼が、サロンのなかに、自分の女を困惑させる作品を置くことを許そうとしないのを理解することができた。というのも、「Elle」の所有物には、世間全体に古典的水準だと認められる芸術作品が含まれていなかったからだった。旧姓リオトールであるマリー・レオニーがマークの寛大さと自分自身の節約によって所有することになった真珠のネックレスのようなものは言うまでもなく、その他の、価値が高く趣味の良い品々も含まれていなかった。それは理に叶ったことだった。もし女が貧しいというか、あるいは持参金が足らないならば。…わたしはそれを持参金が足らないと言おう…というのも、わたし、マリー・レオニーは、困窮した者たちを非難する女ではないからだ。…非難するのは彼女に似つかわしいことではなかった。それにもかかわらず、自分は正直と倹約と生活の規則正しさと清潔さを何年も積み重ねてきた。…それで、マークに、あなたが雨の日にある人のサロンで確かに見たような泥の跡を、わたしの居間で見たことがありますかと訊ねることができた。それでも、階段の下の食器棚の状態や台所のある種の大型戸棚の裏側の状態について一種の思いがけない新事実を発見することができた。しかし使用人を意のままに使うことができないとしたら、いったい、どうしたら良いというのか。…それにもかかわらず、何年にもわたって、すでに概略を示したように、家庭の主婦として、何年もの歳月を過ごしてきた後では、そうした年長の人には——もちろん控えめに——若い人たちの家政について意見を述べる権利が与えられるものだ。微妙な立場によって、彼女が他の種類の事実について非キリスト教的な意見を述べるのを避ける場合もあったかもしれない。目立った三つものガソリンの染みがついたスカートを履き、灰の下で焼く前に練り粉で覆われるときのトリュフのような具合に、泥で覆われた手袋を嵌め——すべての道具のなかで、よりによって極めて平凡な移植ごてを手に握って…牧師の前に姿を見せ、その上で、牧師と一緒に笑い、ジョークを飛ばす…確かにそうした状況は要求した。一種の…彼らに言わせれば、一種の儀礼の撤廃を。彼女は牧師に彼が要求する途轍もない特権を与えるつもりはなかった。故カシミール・バー氏がよく言っていたものだった。自称、精神的助言者たちに、彼らが受けたいと思うすべてのものを与えるとするならば、わたしたちは敷布もキルトも枕も長枕も長椅子もないベッドで寝なければならないだろうと。その点、彼女マリー・レオニーも、カシミール・バー氏に賛同したい気分だった。カシミール・バー氏は一八四八年のバリケード闘争の英雄の一人として、少し極端な信条の持ち主だったけれども。それでも、教区司祭は、イングランドでは国家の役人であり、そうした者としてある種の謙虚さと慎ましさをもって迎えられるべきだった。それに、彼女マリー・レオニー、旧姓リオトールは、母親がラヴィーニュ＝ブードロー家の出であって、それ故ユグノーの血が混じっているのではないかと疑われ、プロテスタントの牧師をどう迎えるべきか知っていると期待されるかもしれなかった。――そんなとき、彼女マリー・レオニーは、階段の脇の小窓から、「Elle」義弟の彼女が牧師の肩に手を載せ、正面玄関の開いたドアを指さして――何と、鏝《こて》をもった手で指さして――言うのを聞いたのだった。――彼女ははっきりとその言葉を聞いた。「可哀そうに、もしお腹が空いているのでしたら、ティージェンスさんが食堂におりますわ。ティージェンスさんはちょうどサンドイッチを食べているところです。お腹の空く季節ですわね！」…それは六か月前のことだったが、マリー・レオニーの両耳はその言葉と仕草で今も疼いた。鏝で。鏝で指さす。信じられないわ！鏝なら、手兜《てかぶと》、塵取りではどうなの。もっと質素な容器だってよかったかも！…そんなことを考えて、マリー・レオニーはクスクスと笑った。

彼女の祖母のブードローは、行商をしている陶器商が、かつて、もちろん新品だったが、こうした容器の一つである「尿瓶《しびん》」に牛乳を満たし、無償で通行人に提供していたのを覚えていた。

ラボルドという若い女がノイジー・レブランの市場で陶器商の挑戦に受けて立った。ところが、そんな大げさな身振りを見た婚約者を失っただけだった。それにしても、陶器商はおどけ者だった。

マリーは、エプロンのポケットから折りたたんだ新聞紙を数枚、ベッドの下から絵画用の額縁――二枚の額が蝶番で動いて閉じる額縁だった――を引っぱり出した。彼女は二枚の額の間に新聞紙を一枚挿み、それからそのすべてを茅葺きの下の棟木から下がる額吊りワイヤーに吊り下げた。二つの補助の額吊りワイヤーも左右の支柱に張られた。それらによって額縁は不動のまま、マークの顔のほうに少し傾いていた。マリーは両腕を伸ばし、気分良くこれを眺めた。彼女は大きな力と無限の配慮をもってマークの胴を持ち上げ、枕で少しそれを支え、彼の視線がその版画の上に落ちるように取り計らった。マリーが言った。

「これで、よく見えますか」

女は男の目がニューベリーの夏季集会とニューカッスルの集会について読むことができるという事実を受け入れた。男は分かったということを表すために、二回、目を閉じた。女の目には涙が浮かんだ。彼女は呟いた。

「可哀そうに！　可哀そうに！　彼らはあなたに何をしたの！」彼女はエプロンのもう一つのポケットからオーデコロンの瓶と綿ウールの小さな塊を取り出した。湿らせた綿ウールで彼女はもっとずっと気づかわしげに彼の顔を拭い、それから、彼の痩せた赤茶色の両手をむき出しにして拭った。彼女には、八月に教会の扉のところで、白い繻子の服を着せ替えて、お気に入りの聖処女の顔を洗っているときの、フランス人女性の雰囲気があった。

それから彼女は後ろに下がって立ち、急に調子を変えて彼に呼び掛けた。彼は、国王陛下の雌の子馬がバークシャー仔馬杯を制し、ある友人の馬がニューカッスルで行われたシートン・デラヴァル障害レースを制したことを理解した。両方とも予想されていたことかもしれなかった。彼は今年はニューカッスルの競馬会に行き、ニューベリーは見送るつもりだった。昨年、競馬に行ったときには、ニューベリーでかなり儲けたので、心機一転、ニューカッスルを試してみて、そこにいる間に、グロービーを一目見て、あの売女のシルヴィアがグロービー邸をどうするつもりか見てみようと考えたのだった。まあ、その件はもう片が付いた。彼らはおそらく自分をグロービーに埋葬するだろう。

女は太い下稽古したような声で言った。

「わたしのご主人様を！」と。――「わたしの神様を！」と言うのとほとんど同様に。――「ここでわたしたちが送っているのは何という生活でしょう。こんなに風変わりで不合理なことがかつてあったかしら。わたしたちが座って一杯のお茶を飲むとしても、そのカップがいつ何時わたしたちの口から引ったくられるかもしれない。もしわたしたちが長椅子に凭れるとしても――いつ何時その長椅子がなくなってしまうかもしれない。わたしはあなたが昼も夜もずっとこの戸外で横になっていることを言っているわけではないのよ。というのも、あなたがご自分の望みと同意によってここに横たわっていることをわたしは理解していますし、わたしはあなたが望むことや同意することへの嫌悪を表に出すつもりはありませんもの。でも、あなたは、私たちが少しは理に叶った、もっとこの時代の人間に合った、家財道具の行列を少なくした家に住むべきだとお考えになることはないのですか。お考えになりますわよね。あなたはここでは全権力を掌握していらっしゃるのですから。あなたの財源が何なのか、わたしには分かりません。わたしに教えることは決してあなたの習慣ではありませんでしたから。あなたはわたしを快適なままにしておいてくださいました。あなたが満足させてくれない欲望をこれまでわたしは決して口に出したことがありませんでした。わたしの欲望は、確かに、いつも理に叶ったものではありましたけれども。それで、わたしは何も知りません。わたしはかつて新聞であなたが途方もない資産家で、その資産が消えてしまうことはほとんどあり得ない、というのもこんなに偉大な倹約家はほとんどおらず、あなたは賭けにおいても常に幸運で慎ましかったからだということを新聞で読んだことがありました。それで、わたしは何も知らず、このことを他の人たちに訊くことを潔しとはしませんでした。というのも、他の人に訊くことは、あなたの、わたしへの信頼に疑問を差し挟むことを意味したでしょうから。あなたがわたしの将来の快適な生活のための手はずを整えてくれていないとわたしは疑っているのではありませんし、そうした手はずの継続がなされないことを不安に思っているわけでもありません。わたしが抱いているのは物質的な不安ではないのです。でも、このことすべてが一つの狂気であるように思えるのです。何故わたしたちはここにいるのでしょう。このことすべての意味は何なのでしょう。どうしてあなたはこんな風変わりな建物に住んでいるのでしょう。外気があなたの病気には必要なのかもしれません。わたしは見たことがありませんが、あなたがこれまで部屋の中で絶え間のない気流に晒されて暮らしてきたとは思えません。でも、あなたはわたしにくれた日々において、もっとも安楽なものすべてを持ち、わたしの手はずに満足を感じていたように見えました。ですが、あなたの弟さんとその彼女は人生の他の事柄すべてに狂気であるのと同様にこの件においても狂っているようにみえます。ならば、どうしてあなたはそのことにけりをつけないのですか？　あなたにはその力がおありです。あなたの弟さんはあなたに希望がないことを見越して、この憂鬱な場所で辺り構わず飛び跳ねるつもりでいます。

両手を差し伸べたマリーは、とても大柄で色白で髪はとても豊かな金髪で、彼女には神に祈願するギリシャ女性の雰囲気があった。そしてまた、実際、彼女にとって、マークは考えられない矢を放ち、想像できない恩恵を与える神の雰囲気を漂わせていた。彼ら二人の状況はすっかり変わってしまったが、それだけは変わることなく、その結果、動けないことでさえ彼の神秘を高めていた。ここにおいてばかりでなく、二人が共に過ごしたすべての生活において、彼は、彼女が話している間、黙ったままでいた。彼が彼女を訪ねるのに使った週二回の決まった曜日の夜七時ちょうどに彼女はドアを開け、山高帽を被り注意深く畳んだ傘を持ち、競馬用の双眼鏡をたすき掛けした彼の姿を見た。その瞬間から、翌朝十時半に彼の山高帽にブラシをかけ、それと彼の傘とを彼に手渡す瞬間まで、彼は完全に寡黙な人間像を示すかのようにほとんど言葉を発しなかった。その間、彼女はカルチェとロンドンのその地区へのフランス人入植者とに関するニュースについて、またフランスの新聞に載ったニュースについて、絶え間ないコメントを発し続け、彼を楽しませた。彼は、少し体を前に傾け、絶えずニンマリした笑みを浮かべていることを示す小さな皺を口元に寄せて、硬い椅子に座ったままでいたものだった。時折、彼は半ポンド金貨を競馬に掛けたらどうかと彼女に提案した。また時には彼女に贅沢な贈り物を持ってきた。華やかに浮き彫りが施され、エメラルドが散りばめられた重たい金の腕輪、豪華な毛皮、また、彼女がパリを訪れるときに用い、秋に海辺に行くときにも使う、高価な旅行用トランク。そういった品を。

一度、彼は彼女に紫色のモロッコ革で縛られたヴィクトル・ユゴーの全集を買ってきたことがあった。全巻、ギュスターヴ・ドレ[8]の挿絵が入り、緑の仔牛革装だった。また一度は、銀メッキされインク壺を載せたフランスで調教された競走馬の蹄を買ってきた。彼女の四十一歳の誕生日には――その日が彼女の四十一歳の誕生日だということを彼がどうやって確認したのか彼女には分からなかったが――彼は真珠の首飾りをくれて、元プロボクシング選手が経営するブライトンのホテルに彼女を連れて行った。彼は、彼女にディナーのときその真珠を身につけるようにと、だが五百ポンドもしたのだから気をつけるようにと言ったのだった。彼はかつて彼女に貯金を投資するように求め、彼女がフランスの終身年金に投資していると答えると、もっといい方法があると言って、奇妙な、しかしとても儲かる少額投資の方法を彼女に教えてくれたのだった。

こうして、彼の様々な贈り物がその豊富さと重々しさによって彼女を歓喜で満たしたため、彼女にとって、彼は次第に祝福を与えることができる――そして不可解ながらもがなり立てることもできる――神の様相を帯びてきたのだった。旧アポロ首都音楽堂の外のエッジウエア通りで彼に拾われてから長年の間、彼女は彼のことを疑いをもって考えてきた。というのも彼は男であり、裏切りと欲望と卑劣さをもって女を扱うのが男の性質だからだ。今では、彼女は自分自身を神の相棒とみなし、運命の女神の邪な企てを免れた安全な存在だとみなしていた。――ゼウスの玉座の隣りで、ゼウスの鷲のなかの一羽の肩の上に腰を下ろしたかのように。不死の神々は人間のなかに相棒を選ぶことが知られていた。不死の神々がそれを選ぶとき、選ばれし者は確かに幸運だった。彼女もまたそのなかの一人だとマリーは感じていた。

彼の発作でさえ、彼には大きな謎めいた力があるという感覚を彼女から奪うことができなかったし、また、彼女は、もし彼が望むなら、彼は話し、歩き、ヘラクレスのような力業を行うことができるという確信を捨てることができなかった。そう考えずにいることは不可能だった。彼の一瞥の強さは減じることなく、誇り高く力強い敏捷で威厳のある男の暗い一瞥のままだった。それに、発作の神秘性と発生自体もまた、彼女の潜在意識的な確信を強めるばかりだった。発作はまったく劇的でない起こりかたをしたので、彼を診療するのに呼び入れられた何人かのもったいぶった、彼女からすれば、ほとんど愚かな英国の医師たちは、彼がベッドに横たわっているときに何らかの発作が彼を襲ったという点で意見を一致させたが、それで彼女の考えが変わることはまったくなかった。実際、彼女のかかりつけの医師であるドゥルーアン・ルオーがこれは特殊な種類の劇症性片麻痺であると確信と知識とをもって断言したときでさえ、彼女の理性はこの主張を受け入れたにせよ、彼女の潜在意識的直観が変わることはなかった。ドゥルーアン・ルオー医師は分別のある男だった。カシミール・バー氏による彫刻作品の解剖学的卓越性を指摘し、カシミール・バー氏が敵たちの共謀により美術学校の校長への就任を妨げられた可能性があることに同意し、また、それを証明した。それ故、彼は分別ある男だとみなされ、カルチェのフランス商人たちの間での彼の評判はとても高いものだった。マリー自身はこれまで医師の診療を必要としたことは一度もなかった。しかし、もし医師が必要だったならば、明らかにフランス人のところに行き、その医師が言ったことに黙って従っただろう。

しかし、マリーは言葉では他の人たちに、そして確かに自分自身にもしぶしぶと同意したが、本当は、心の底から自分自身を納得させることもできなければ、少なくとも何らかの議論なしにそれだけの外面的確信に到達することもできなかった。彼女のベッドに横たわっているのは、ヨークシャー出身の北国の男であり、その地方の男たちは想像しがたいほど頑固だということを指摘するのが自分の義務であるとさえ考え、彼女はそのことをドゥルーアン・ルオー医師にだけでなく、そうでなければ話さなかっただろう英国の開業医たちにさえも話したのだった。彼女は医師たちにヨークシャーの兄弟姉妹やその他の親戚たちが何十年も同じ家のなかに一緒に暮らしながら、お互いに一言も言葉をかけることがないのは珍しいことではなく、また自分はマーク・ティージェンスが一言も話さないという決意をしていることを知っていると指摘した。彼女は二人の生涯にわたる昵懇《じっこん》の間柄によってそのことを知ったのだった。例えば、彼女は──彼に食事を作ってきた二十年のうち一度たりとも──彼に食事の分量をわずかに変えさせることもできなければ、風味を付けるのに胡椒を振ることさえも変えさせることができなかった。彼女はこれらの紳士たちに、休戦の条件は、マークのような意志の堅固さと独特な性癖を持つ人に対しては、すべての人間との接触から永遠に身を引く決心をさせる性質のものとなる可能性があり、いったんそう決心したならば何ものもその決心を変えることはできないということを考えるように懇願した。マークが最後に発した言葉は、省の同僚の一人がマークに伝えてくれるようにと彼女に電話をしてきた間に言われた「停戦の条件は何だ」というものだった。彼女が肩越しに伝えなければならなかったその報せで、彼はベッドから何か発言した。──彼はそのとき両側性肺炎から回復しつつあるところだった。──その発言が何だったか、彼女は正確に繰り返すことができなかった。それは──英語で──もう二度と話さない──という趣旨のものだったと彼女はほとんど確信した。しかし彼女は、自分の好みが聞き取りに偏向を与えるのに十分であることを意識していた。彼女は感じていた。連合国軍はドイツ軍をドイツまで追うつもりがないという報せだ──そう彼女は感じていた。電話の向こうの高級常任官僚に、わたしはもう決して彼と彼の国民に一言も話しませんと言うことができると感じた。それが彼女の頭に浮かんだ最初のことだったし、それは明らかにマークの頭に浮かんだ最初のことだった。

そこで彼女は医師たちに嘆願した。彼らは実質的に何の注意も払わなかった。それは何の法的な担保もない、もはや女を保護する立場にない男の長い間の連れ合いというだけに過ぎない自分の曖昧な立場によるものである可能性がとても高いと彼女は認識した。彼女はまったくそれに憤慨しなかった。それは英国男の人間性だった。フランス男なら当然、敬意をもって話を聞き、ほんの少しであれ頭を下げただろう。しかし、医師は聞く耳を持たぬ頑固さでこう言った。「卒中の場合はもっとはっきり卒中だと分かるってことをお考えにならなければなりません」そしてその論法はフランス女性の彼女にはほとんど議論の余地のないものと思えたに違いなかった。勝利の至高の瞬間に味方の国々がフランスを裏切ったのは犯罪だと。その報せは世界の終焉を望ましいと思わせるのに十分だった。

Ⅱ章

マリーは彼の傍らに立ち、新聞を嵌めた枠を回して彼が新聞の裏面を読めるようにする時間まで彼に呼びかけ続けた。彼が最初に読んだ面には、競馬のレースに関する様々な識者の意見が書かれていた。旨いものを一口飲み込むような具合に、彼は急いでそれを飲み込んだ。彼は、あらゆる競馬記者の意見を軽蔑しながらも、この特定の面の記事を書いた二人の記者については、その他の記者たちに対するほど軽蔑を感じていないことをマリーは知っていた。しかし、真剣な読みが始まったのは頁が繰られたあとのことだった。ここには様々な競馬会の競馬馬やその騎手や新加入者の名前、血統家系、以前の成績などが果てしなくギッシリと並んだ欄があった。それを細心の注意を払って熟読することに彼はちょうど一時間弱を費やした。マリーは彼がそれを読んでいる間、彼のもとに留まっていたかった。というのも、競馬に関する事柄の熱心な研究は、いつも二人の唯一の話題だった。マリーは感傷的と言ってもよいような時間を、彼の肘掛け椅子の背にもたれ、彼と同時に競馬新聞を読みながら過ごした。彼女の競馬予想の好みに対して彼が示した賛辞は、たとえそれが彼の彼女に呈した唯一の賛辞だったにせよ、彼が同じ賛辞を彼女自身に呈したなら感じられたかもしれない温かい喜びと困惑とで、彼女を満たした。実を言えば、彼女は、彼女自身に向けられる彼の賛辞を必要としなかった。彼が完全に自分に満足していることだけで十分だった。――ただ、彼女はかつて楽しみにしていた、意思疎通を図るあの長い静かな時間がなくなってしまったことを、今では淋しく思っていた。数日前、彼女は実際に、わたしが予想した通りスカットルがレースに勝ちましたわ、と彼に言った。雌の子馬のクラスでは、それに匹敵する馬は他に一頭もいなかった。しかし、それに答える、かつては彼女があげたような、半ば同調するような、軽蔑的なうなり声が彼からあがることは決してなかった。

飛行機が一機、頭の上をブーンと飛んで行った。マリーは跳び出していき、輝く玩具を見上げた。それは太陽を反射し、澄んだ空を横切ってゆっくりと進んでいった。なかに入ると、彼が新聞を回すことに同意することを意味する瞼を二回閉じる合図に応え、マリーは彼の右側のオークの木の柱から一つの留め金を外すと、彼のベッドを回って、左側の柱にその留め金を付け、左側に行った留め金を使って新聞を裏返した。こうして、画架は完全に裏返り、新聞の枠の反対側が展示されたのだった。

それはマリーをいらだたせる工夫であり、彼女はいつも通り意見を述べた。これは「彼ら」――つまり、マリーの義理の弟とその女の、狂気のもう一つの表れだわ。どうして彼らは、気持ちよくニスを塗ったマホガニー材の読書棚を支えるアームのような巧妙な器具を手に入れて、それを寝台に固定して、どんな角度にでも調整できるようにしないのでしょう。実際、どうして彼らは、わたしが目録に描かれているのを見たような、結核患者用の小屋の一つを手に入れないのでしょう。そうした小屋なら、緑色と朱色の心地よい縞模様にペンキを塗って陽気な外観を呈するようにし、旋回軸でまわって太陽光線を迎え入れたり、風によって巻き起こされる気流を避けることができるでしょうに。この狂った、下品な建築物をどう説明したら良いのかしら。茅葺きの屋根が壁なしに何本かの柱で支えられている、この小屋のことを。彼らはマークが隙間風でベッドから吹き飛ばされるのを願ったのかしら。ただわたしを怒らせたかっただけなのかしら。それとも彼らの資金が底をついていて、現代文明の利便性を提供できないってことかしら。

それが真相だとマリーが思ったとしてもおかしくはなかった。しかし、偉大な彫刻家カシミール＝バーの彫刻の件での義理の弟の奇妙な振る舞いを目の当たりにすると、そうとも思えなかった。とても高額な代償を払ってでも、また義理の弟の行動がどんなに風変わりであったとしても、マリーは建築費用を援助することを申し出ていた。彼らがウィンガム修道院の大売り出しに出掛けて留守の間に、彼女は粗野ではあるが愛想のよいガニングと半ば知的障がい者の大工とに命じて、自分が新たに金メッキさせ直した第二帝政時代の肘掛椅子のみならず、あの賞賛に価する「ニオベ[1]」、それに、明らかに比類のない「海神ネーレウスに義理の息子の死を告げるテティス[2]」の彫刻を、自分の部屋から下の客間へと持ってこさせた。しかし、この陰気な荒野においては、それらの作品は、それぞれの白さや金をもってしても、何とも輝いていなかった。ニオベのポーズは何と情熱的、ティテスの行動は何と生気があり、同時に哀れを誘うことだろう。そしてマリーはパリから来たもので、調剤を塗るのに粗すぎない、サロンのなかの唯一の椅子に、芸術の都から輸入した特別な調剤で光沢を添える機会を捉えたのだった。その椅子はフランスのルイ十三世の時代の下手くそな品だった。ここ英国が誰の時代だったかは神のみぞ知るだ。明らかに王殺しのクロムウェルの時代だった！

そこでムッシュは、彼が示すことをマリーも知っていた唯一の感情表出の活気あふれる場面を演じる瞬間を、何としても捉えなければならなかった。というのも、そうでなかったならば、ムッシュはマーク自身ほど完全に寡黙ではなかったにせよ、少なくとも自己完結した姿勢を取っただろうからだ。マリーはマークに訊ねた。あれは、あなたの分析では、あの若い女性への愛情の表出の瞬間だってことなの？　それ以外、何であり得ただろう。彼——彼らの親戚のムッシュは——無限の知識をもつ男として通っていた。彼はあらゆる知識をもっていた。彼はカシミール＝バーの作品の至高の価値を認識せざるをえなかった。カシミール＝バーは彼のライバルであったロダンとその同僚たちの策謀がなければ、フランスでもっとも高い名誉を獲得したに違いなかった。しかし、ムッシュは怒ってシューという音や舌打ちの音を立て、ガニングと大工に命じて、直ちにサロンから彫像と椅子を取り除かせたのだった。マリーがそこにこれらの作品を展示したのは——神様もご存知の通り、しぶしぶとだったけれども——それらが不意の客たちの関心を引くものと考えたからだった。——実際、彼らが不在のときに、約束なしに客たちはやって来た。…それでもムッシュは、明らかに彼の恋人の嫉妬を鎮めるために、カシミール＝バーの作品の金銭的価値にいちゃもんを付けた。今日、アメリカ人が不幸なフランスの国から最高の財宝を奪い取っていることは誰もが知っていた。莫大な金額をアメリカ人は払った。彼らが示した熱烈さを考えてみたらいい。それでも、あの男は、自分マリーの彫像には一体につき数シリングの価値しかないと恋人に説得しようとしていた。まったく理解不可能だった。彼は一族の屋敷を粗い木製やボコボコになった金属製の壊れかかった物を入れておく単なる倉庫に変えるほどにお金に困っている。彼ははるか遠くから屑を買いに来るヤンキーたちにこうした見込みのない代物を売って、並外れた額を手に入れようと目論んでいた。それでいて、最も完璧な状態の至高の美術品が提供されるとなると、そうした品々を、嘲りをもって却下するのだ。

マリー自身は、情熱を重んじた。――ただ、便宜のために自分の義理の妹と呼ぶ女よりももっと情熱を引き起こすのに適した情熱の対象を想像することができた。彼女は少なくとも広い心をもち、その上、人間の心の動きを理解した。男が愛情の対象のために身を滅ぼすことは名誉なことだ。それでも、彼女には、それは少なくとも誇張だと思えたのだった。

それでは現代的才能の発達を無視するこの決意はいったい何なのだろう。なぜ彼らはマークのために真鍮の取っ手がついた読書机を買わないのか。そうした読書机があれば、近所の人たちや彼に頼って生活をしている人たちに、少なくとも、彼が身分ある人だということを示すことができるというのに。どうして小屋を回転式にしようとしないのか。人を不安にする時代にはある種の兆候がある。自分はそれを認める最初の人間になるだろう。暗殺者や路上強盗の行為、権力の支配を至る所で奪取しようとする破壊的で無知な人々の行動は、新聞を読みさえすれば出てくる。それでも、読書机や回転式の小屋や飛行機のような無垢なものに対してどんな反論ができると言うのか。そう、飛行機に対して！

どうして彼らは飛行機を無視するのだろうか。彼らは彼女にパリの蕪を供給できない理由を、この賞賛すべき愉快な野菜の種を蒔くには季節が進みすぎたからだと言った。朝早い時間の青白い電灯の光を通して見える、市場の荷車の上に、ホテルの二階の高さにまで均整よく積まれたこの野菜は、光の都パリの夜の生活のもっとも愉快な光景の一つを提供するのだが。その種をパリから調達するのに少なくとも一か月かかると彼らは言っていた。それでも、もし彼らが航空便で手紙を送り、同様に飛行機で種を急送するように要求すれば、全世界が知っての通り、その種を手に入れることは、単に数時間の問題にすぎないことになるだろう。彼女はこのように蕪に話を戻し、結論づけた。

「ああ、可哀想なあなた、彼らは奇妙な性質をしているわ。私たちの親戚は。――あの若い女性もその仲間に含めましょう。そうできるくらいには、わたしは心が広いのよ。でも、彼らは皆、奇妙な性質をしているわ。奇妙なことに！」

マリーは、旦那の親族の性質について篤と考えながら、小道を登って廏のほうに向かった。彼らは神の親類だった――しかし、神には奇妙な性質の親類がいるものなのだ。マークはジュピター役だと想定できた。そう、ジュピターには、アポロと呼ばれる、正確には良家の跡継ぎとはみなせない息子がいた。アポロの冒険は型破りなものだった。彼は長い期間、歌い、飲んで騒ぎながら、アドメートス王の羊飼いをやっていたことが知られていた。そう、まあ便宜的に、ムッシュ・ティージェンスを、今はアドメートスの羊飼いの一人であり、女性の伴侶と完全一体化した一種のアポロとみなすことができるかもしれなかった。もし彼がしばしば歌わなかったならば、それは彼が堕落した自分の傾向を隠すためだった。家については、たとえそれが並みはずれたものだったにせよ、彼は寡黙だった。女のほうも、だった。彼ら二人の関係は、風変わりだったにせよ、非難すべきお祭り気分の様相をまったく呈していなかった。それは十分に真剣な組み合わせだった。少なくとも、それが一族の血統だった。

マリーは廏の脇のでこぼこの垂木を回っていき、ガニング爺さんに行き当たった。爺さんは、ドアの石敷居の上に腰掛け、広い刃の折り畳みナイフで大きな肉の塊であるパイをかなりの大きさに切り分けていた。彼女は彼の脚をかなり長く覆う脚絆、非常に大きな汚れた長靴、髭が剃られていない顔を見下ろして、アドメートスの羊飼いたちはおそらくこれとは違った服装をしていたでしょうとフランス語で言った。彼女が観た『アルケスティス』の上演のどれにおいても、彼らはこれとは違った服装をしていた。でも、おそらくガニング爺さんだって役には十分に事足りるでしょう。

ガニングは再び自分が任務に就かなけりゃなるまいと言った。彼女はリンゴ酒を瓶に詰め替えるつもりだろう、さもなければ自分にこの酒樽を運んで来させたりしなかっただろうと思った。コルク栓をしっかりと閉じなければならない。さもないと気が抜けてしまう。

マリーは百世代に渡る家系のノルマン人である自分がリンゴ酒の取り扱い方を知らないとしたら、それは妙なことだと言い、ガニングは皆がこんなに苦労した後でこのリンゴ酒が台無しになっては残念だと言った。

ガニングはあたふたと立ち上がり、石造りの小道を家のほうへと、もたもたと歩いて行った。マリーは、果樹園の長い草や、こぶだらけの漂白されたような木々や、ベッドのなかのバラ飾りのように並べられた小さなレタスや、リンゴの木の枝がほとんど隠してしまっている古い石造りの家のほうに傾く土地を眺めながら、明るい日の光のなかに立っていた。事実上、これ以上マークに頼むことはできなかったと彼女は認めた。もしマークが通常の経過を辿って亡くなるとしたら、ノルマン人である自分はファレーズ[3]かバイユー[4]――の近くに戻ることになるだろう。彼女の祖父の家族と祖母の家族は、それぞれこの場所の出身だった。自分も金持ちな農夫か金持ちな牧畜業者と結婚して、リンゴ酒を瓶に詰め替えたり、卵を抱いた雌鶏の卵を湿らせたりするといった選択をしていてもおかしくはなかった。パリ・オペラ座のコリフェ（小群舞の主役バレエダンサー）として訓練を受け、パリ・オペラ座の一行と一緒にロンドンを訪問しなかったならば、そして、マークが彼女の下宿があったエッジウエア・ロードで彼女を拾わなかったならば、彼女はクリシー[5]かオートゥイユ[6]の男と同じような暮らしをし、倹約を学んで家族のもとに引き上げ、農夫か肉屋か牧畜業者と結婚することになっただろう。その件について言えば、ここの巣箱や圧搾機を用いる以上に汁気の多い穀物やコクのあるリンゴ酒を自分が作ることはおそらくなかっただろう、自分はいつも自分が思い描いた人生だけを送ってきたと彼女は認めた。また実際、ガニング以外の腹心の部下を持ちたいとも思わなかった。ガニングは、縫い取り装飾の付いたブルーのシャツと上部が黒革の縁なし帽とを与えられたなら、カーン[7]の市場でどんな作物の小作人としてでも通用するだろうと思われた。

ガニングは、体を揺らして小道を上り、作業着を体の周りに撓ませながら、大きな青い椀をきわめて慎重に運んだ。彼の口はずっと同じ形だった。同じ抑揚を付けて話した。彼女が頑固にもフランス語で話すことは、彼にはどうでもよいことだった。彼は、この話題に関しては、直感で、彼の質問に対する彼女の答えがよく分かっていたし、彼女のほうでも彼の考えがよく分かっていた。

ガニングは、あんたの手をつつくといけないから雌鶏を巣からどけておいたほうがよかろうと言って、椀を彼女に渡すと、蔭のなかから、抗議するような、うろたえた、クークー声をあげている一羽の雌鶏を引っぱり出し、その前にぬか漬けのレタスの葉を一握り落とした。彼は、もう一羽、さらに何羽もの雌鶏たちを連れて外へ出てきた。それから彼女に入って卵に水をかけてもいいと言った。ガニングは卵を回すのはいつも煩わしいと言った。不器用な年取った手で卵を割ってしまうのだと。爺さんは言った。

「年取った雌馬を外に出すまで待っていなされ。少しばかり草を食んでも馬に害はないじゃろう」

　非常に大きく膨れあがった雌鶏たちは、互いに敵意をもって彼女の足元を行進した。雌鶏たちはコッコッと鳴いた。口ずさみ、ペーストの塊をつつき、鉄の飼い葉桶から熱心に水を飲んだ。誇張された蹄の音を立てて、年取った雌馬が厩から現れた。雌馬は十九歳で、頑固で、辛辣で、毛色はとても黒みがかった赤褐色で、極端に痩せて骨が出ていた。燕麦と混合飼料を日に五回与えれば、この馬の腹を満たすことはできるだろうが、太らせることはできそうになかった。オペラで初役を務めるプリマドンナのような早足でドアから光のなかに現れ出た。というのも、この雌馬は自分がかつて有名な存在であったことを知っていたからだった。雌鶏は逃げた。雌馬は空に嚙みつき、大きな歯を見せた。ガニングはすぐ近くの果樹園の門を開いた。雌馬はゆるい駆け足で門から出て行った。手綱が引かれると、両脚の膝がヘナヘナッとなった。横に倒れ、回転に回転を重ねた。雌馬の大きな痩せた脚は空中では場違いだった。

「その通り」とマリーが言った。「自分自身のためには、それ以上求めないわ」とフランス語で。

　ガニングが言った。

「歳を感じさせませんな。生まれて五日目の子羊のように飛び跳ねるとは！」彼の声は自慢で、彼の灰色の顔は喜びで一杯になった。「閣下がかつて言っておられました。この年取った雌馬をルノン(8)の馬術大会に出さなければならなかったことがあったとおっしゃっていました。何年か前のことです！」

マリーは、暗く、暖かく、匂いのある鶏小屋の奥に入っていった。馬の居場所は、鶏のもう半分の場所とは、金網と巣箱と太い柱にかけられた毛布とで仕切られていた。雌鶏の場所に入っていくにはマリーは身を屈めなければならなかった。まっすぐに立った塀の隙間から差し込む光が、彼女に向って瞬いた。彼女はぬるま湯の入った鉢を極めて慎重に運び、暖かい干し草の窪みのなかに手を突っ込んだ。卵は平熱を超える熱さかそれくらいあった。彼女は卵を回し、ぬるま湯をかけた。十三個、十四個、十四個、十一個——この雌鶏は壊し屋だった！——そして十五個。彼女はぬるま湯の桶を空にし、他の巣からも次々に卵を採っていった。採取が彼女を満足させた。

上の方のある箱のなかで、一羽の雌鶏がうずくまっていた。脅すような低い声を出し、彼女が手を近づけると、大惨事が起こったかのような金切り声をあげた。他の雌鶏たちの共鳴するような声が外から彼女に聞こえた。家禽に大惨事が起こったかのように——共有地の他の雌鶏たちからも。一羽の雄鶏が時をつくった。

マリーはこれ以上の生活は求めないと自分自身に向かって繰り返して言った。でも、こんなに満足しているのは、自分を甘やかしているってことじゃないかしら。さらに、将来のために手段を講じておくべきではないかしら…ファレーズかバイユーの近くに。人は自分のためにそうすべきではないの。この人生はここでどのくらい続くのでしょう。それは崩壊するとき、どんなふうに崩壊するのでしょう。Ils（彼ら）——見知らぬ人たちは、わたしに、わたしの貯金に、わたしの毛皮、真珠、トルコ石、彫像、新たに金メッキされた第二帝政時代の椅子と時計に、何をしてくれるでしょう。君主が亡くなったとき、彼の世継ぎ、妾《めかけ》、廷臣、追従者たちは、その日のマントノン侯爵夫人にしただろうか。来るべき怒りに対してあらゆる警戒をとるべきではなかったか。ロンドンにはフランス人の弁護士がいるに違いない。…

II（彼）――クリストファー・ティージェンスは、不器用で、見た目は頭が悪そうだが、実際は、超自然的な洞察力に恵まれていると考えられる。…ガニングはよく言っていたものだった。「大尉殿は何もおっしゃりませんが、何を考えているのやら。彼はあらゆることを理解します」…マークが死んで、ティージェンスが新聞に書いてあったようにグロービーと呼ばれる屋敷と石炭を産出する広大な土地の実際の所有者になったら、彼は今のような慈悲深く質素な性質を保つことができるかしら。それは確かに考えられた。でも、彼が頭は悪く見えるが実際は超自然的な洞察力を授かっているのとまさに同様に、富を軽蔑するこの側面を保持する可能性は十分にあった。それでいて、権力を握れば、すぐに真のアルパゴン[9]になるかもしれなかった。金持ちは心が冷徹なことでよく知られている。弟は他の誰にも増して兄の未亡人を食い物にするものなのでしょう。

　そこで確かに、彼女は当局の保護の下に身を置くべきだった。だが、どの当局にか？フランスの長い腕は、明らかに、この遠くの文明化されていない国においてさえ、自国民の一人を保護してくれるだろう。でも、マークの知識なしにその機械を動かすことは可能かしら。もし彼女がその機械を動かしたと考えたら、マークが怒りに駆られてどんな恐ろしい手段に打って出ないとも限らなかった。

　待つに如くはないように思え、その方面の彼女の性質は無精だったので、たぶん無精なだけだったので、彼女は自分が待つことに満足していることに気づいていた。でも、そうした行動の方針は正しいのかしら、それは自分自身にとって、あるいはフランスにとって、正義なのかしら。というのも、勤勉と倹約と用心とによって財産を蓄積するのがフランス国民の義務だからだ。不実な同盟国によって裸にされた不幸な自国に蓄蔵された品々を取り戻すことが、何よりもフランス国民の義務であった。彼女は自分自身こうした状況やこうした芝地や果樹園や家禽やリンゴ圧搾機や菜園を喜んだだろう——たとえ蕪がパリの蕪の品種でないにしても！　彼女はそれ以上のものを求めないだろう。しかし、小さな国を、ファレーズか、別の選択肢としてはバイユーに作ることができるかもしれない。野蛮人から奪ったこうした戦利品で彼女が豊かにするであろう小さな場所を。もしフランスのなかの国のすべての住民が彼女と同じことをするならば、すべての鐘楼が微笑む何エーカーにも渡って鐘を響かせ、フランスは再び繁栄を取り戻すことになるだろう。ああ、そうなったならば。

ガニングが再び仕事に戻る前に、鎌の刃に付いた凸凹を砥石で平らにしている間、マリーは立ってじっと家禽を見つめながら、クリストファー・ティージェンスの性質について考え始めた。というのも、彼女は自分に毛皮や真珠や金メッキされた美術骨董品を所有し続けられる可能性がどのくらいあるか見積もりたかったからだった。…毎日マークを診に来る医師——そっけなく情のない、明らかに無知な人間だ——の命令によって、マークから決して目を離すわけにいかなかった。この医師は、マークがいつか動けるようになるかもしれないという意見だった。体を動かすことができるようになるかもしれない。だが、もし本当に動けるようになったら、大きな危険があるかもしれない。もし彼の脳のなかに病変があるなら、その病変が生死に関わる影響をもって再び現れることになるかもしれない。——そういう話だった。だから、決してマークを目の届かないところに置いてはならないと。夜間は、彼のベッドと彼女のベッドの間を電線で繋ぐ非常ベルを設置した。彼女の非常ベルは果樹園に面する部屋にあった。もし彼がベッドのなかで身動きすれば、ベルが彼女の耳に響く仕組みだった。しかし、実際、彼女は毎晩、何度も何度も起き上がって窓から彼の小屋を見た。ぼんやりとした角灯が彼の布団を照らしていた。こうした取り決めは彼女には野蛮に思えたが、それはマークの考えに沿ったものであり、この点、彼女は疑問を差し挟む立場にはなかった。…そこで彼女はガニングが短い取っ手の鎌の刃を研いでいる間、待たなければならなかった。

そのときにはもう、それは始まっていた。――あの恐ろしい日の喧騒と興奮の内に、世界の災難のすべてが始まっていた。そのときまで、彼女はクリストファー・ティージェンスのことを、ほとんど、あるいはまったく知らなかった。それについて言えば、マーク自身についても、まさにそのほんの数年前まで、ほとんど、あるいはまったく知らなかった。彼の名前も、どんな仕事をしているのかも、どこに住んでいるのかさえ知らなかった。自分が問い合わせるべきことではなかったので、彼女は問い合わさなかった。その後――十三年後の――ある日、ニューマーケット・クレイヴンのとても雨がちな競馬大会の後、マークは朝、気管支炎の発作を起こして目を覚ました。彼は、彼女に命じた。第一書記に宛てたメモをもって彼の勤める役所に行き、彼のもとに届いている手紙を求め、服や必要な品を手に入れるために彼の執務室に使者を送らせるように頼んでくれと。

マリーが彼の役所が何なのか、彼の事務室がどこにあるのか、彼の名字が何であるのかさえ知らないと言うと、彼はうめき声をあげた。彼は驚きも満足も表さなかったが、マリーは彼が満足したことを知った。――彼女が好奇心を示さなかったことにではなく、おそらく自分が何の好奇心も示さない女を伴侶に選んだことに対する満足だった。その後、マークは彼女の部屋に電話を設置させ、それまでよりも頻繁に朝遅くまで家に留まるようになり、役所からの使いに手紙を持ってこさせたり、署名した書類を持って行かせたりした。自分の父親が亡くなると、彼女を喪に服させた。

その頃までに、彼女には次第に、彼が北国のどこかの広大な地所グロービーのマーク・ティージェンスであることが分かってきていた。マークはホワイトホールのある省に雇われていた――鉄道の問題を扱うところのようだった。マリーは、主に使いの突然の叫びによって、マークがその役所のことを軽蔑をもって扱っているが、必要不可欠な人物なのでその地位を失うことは決してないものと推測した。時折、その役所の人間が彼女に電話をかけてきて、彼がどこにいるか分かるかと訊ねたものだった。後に新聞によって、それは大きな鉄道事故があったからだと彼女は推測したものだった。こうしたとき、マークは競馬大会に出かけるために役所を休んでいたのだった。実際、彼は自分が選べるだけの時間だけしか役所には与えなかった。それ以上でもそれ以下でもなかった。彼の圧倒的な財力をもってすれば、この仕事は、競馬大会の合間の余暇を埋めるためということ以外には、彼にとって何の重要性ももたず、マリーは彼が国の支配者たちに超自然的な力だとみなされていると推測したのだった。かつて戦争中に手を傷めたとき、彼は閣僚のひとりに秘密で短信を送るようにと彼女に口述したことがあった。それは輸送に関するもので、その口調は奇妙にも丁重な軽蔑を示すものだった。

マリーにとって、彼は決して驚くべき存在ではなかった。憂鬱症をもつ英国貴族だった。彼女はアレクサンドル・デュマやポール・ド・コックやウージェーヌ・シューやポンソン・デュ・テライユの小説のなかで彼のことを読んだことがあった。ヨーロッパ大陸の人たちが喝采するイングランド――ヨーロッパ大陸の人々が喝采する唯一のイングランド――を表すものだった。寡黙で頑固で不可解で横柄ではあるが、莫大な富をもち、手に負えないほど気前がいい。マリー自身は、elle ne demandait pas mieux（それ以上求めなかった）。というのも、彼には予想できないところは何もなかった。ウエストミンスター宮殿の鐘の音のように規則正しかった。彼女に期待できないものを強要することはなかったし、全能で決して誤りを犯さなかった。要するに彼は、マリーの同国人の女たちが sérieux（誠実）と呼んでいる者だった。どんなフランス女であれ、恋人や夫に対しこれ以上に求めるものは何もないのだ。それは本物の collage par excellence（理想の関係）だった。Ménage（同居人）として、二人は、真面目で、正直で、質素で、勤勉で、途轍もなく裕福で、堅実な倹約家だった。マークの夕食として、彼女は週に二度、八分の一インチの脂身を削り取った二つの骨付き羊肉と、小麦粉のように白くて軽いパサパサした二つのジャガイモと、マークが楔形のスティルトンチーズと一緒に食べる薄い皮の付いたアップルパイと、引き千切って食べるいくつかのバター付きパンを自ら調理した。この夕食は、狩猟の季節を除いては、二十年で一度も変わることがなかった。ただ、狩猟の季節には隔週でグロービーから送られてくるひとつがいのライチョウかひとつがいのヤマウズラが提供された。彼らは毎年夏の終わりにマークがまる一か月間ハロゲート(10)で過ごす時を除いては、まる一週間、離れ離れでいることはなかった。マリーは彼のためにカルチェにある自分の使う洗濯屋の女にマークのドレスシャツを洗ってもらっていた。彼はほとんど毎週末、せいぜい二枚のドレスシャツしか持たずに出かけ、どこかの田舎の大邸宅に泊まったが、それは火曜日までしか留まらないという合図だった。上流階級の英国人は日曜日にディナーのための正装はしない。それは神への礼儀だった。というのも、理論上、英国人は宵の礼拝に出席するが、英国では夜会服を着て教会には行かないからである。実を言えば、英国人は宵の礼拝には決して出ない――が、しかし、自分が礼拝に行く衝動に駆られるかもしれないことを服装によって示すことは、神に敬意を表すことになる。少なくとも、マリー・レオニーはこの件をそう解釈した。

彼女は家禽の様子を見るために、ブナの木々のほうへと上っていく共有地に目を向けた。――明るい栗色の鳥が放牧用の芝の強烈な緑の上で極度に忙しくしていた。大きな雄鶏は、カシミール＝バーに対して陰謀を企てた故ロダン氏を彼女に思い出させた。彼女は、彼がアトリエでアメリカの女性たちに彼の作品を見せて回っているのを見たことがあった。彼はまさに脚を後ろに蹴り上げ、新たな雌鶏のまわりの土のなかに自分の羽根を垂らしている雄鶏に似ていた。新たな一羽の雌鶏のまわりだけに。当然のこと！…この雄鶏は大変フランス的なオスであった。まさに本物だった。クリストファー・ティージェンスとこれ以上似ていない者を想像することはできないだろう。…踊るようなつま先で地面を後ろに掻く二本脚、若い淑女たちの集う芸術院の巨匠たる者の態度である足取り！一分ごとにチラッと見上げる油断のない澄んだ目。…傾聴！影が一つ素早く地面の上を過ぎった。ハイタカだ。フランスの教父の太い突き刺すようなつぶやき声。雌鶏たち皆の、そのつぶやきに対する反応ぶりといったら。雛は母親のもとへ走り、皆が一緒になって生垣の影に走っていく。ハイタカ殿は、その喧騒のなか何の見通しも立てられぬだろう。ハイタカ殿は音を立てずに軽やかに飛び、騒音を嫌う。騒音は銃をもった猟場番を連れてくるからだ。チャンティクリア閣下の寝ずの番ですべてが発覚してしまう。…彼の眼はいつも空を向いていたといって、彼を咎める者もある。頭を下げることがないと言って。だが、それが雄鶏の役目なのである。――それと雄々しさとが。穀物をくわえた雄鶏を見てみるがいい。彼がいかに穀物に飛び掛かり、いかに鳴き声をあげて仲間を招くかを。彼の最近の――お気に入りの雌鶏たちが、コッコッと鳴き声をあげながら、大喜びで彼の許に駆け寄っていく。すると、彼は頭を下げてうつむき跳ねまわり、穀物を力強い嘴にくわえ、次いで地面に置いて嘴で突いて粉々にし、それから現時点での妃である雌鶏の前にそれを置くのである。もしマダム・パートレットがそれを受け取る前に、丸いふわふわの雛が急いで駆けてきて彼の嘴からその穀物を突《つつ》き取ってしまうとしても、雄鶏が苦情を言うことはないだろう。彼の慇懃な態度は無駄になってしまうが、よい父親だということにはなる！…招待がなされるときには、もう一粒の穀物も残っていないかもしれない。雄鶏はただ単に雌鶏たちの賞賛を受けたり、愛の行為に及ぶために、お気に入りを呼び寄せているだけなのかもしれないが。…

　従って、彼は雌が特別な好意を与えてもらいたいと熱望するような雄なのだ。彼が背中の後ろで翼を羽ばたかせ、今や丘のはるかかなたを滑降するハイタカに向かって、甲高く澄んだ勝利の声をあげると、雌鶏たちが再び蔭のなかから、雛たちが母鶏の翼の下から出て来る。雄鶏が国に安全をもたらしたおかげで、皆は確信をもって本業に戻ることができる。クリストファーさんとはまったく違う。彼は未だ兵士であった頃でさえ、何よりも、一杯に入った灰色の粗い小麦袋に似ていて、息を切らし、硬質な青のギョロ目をしていた。硬質な目ではなく、硬質な青の目を！それでいて、奇妙なことに、クリストファーさんには、農家の雄猪みたいにグルグルと回る両肩の下に、チャンティクリアの精神の一部が備わっていた。…明らかに兄の弟でなければ、わが主の痕跡の一部は持ち得ない。…憂鬱も。でも、誰もわたしのマークのことをちゃんとした人間でないと言うことはできないでしょう。粋《いき》なんですもの。一風変わった具合に。そう粋なんだわ！ そして、それは弟にも当てはまることだった。

明らかに、彼は彼女から財産を奪い取ろうとしているのかもしれなかった。それが兄の未亡人とその子供たちに対して弟がすることだった。…しかし、ときに彼はもったいぶった丁重さで――慇懃に――彼女をもてなしてくれた。初めて会ったとき――それはそれほど前のことでなかった――測定可能な時間のない戦争の期間だった――彼は彼女を重々しいが表現力ある尊敬の仕草と、まだ『リュイ・ブラース』(11)を上演していた頃のテアトル・フランセで習ったに違いない古風なフランス語の丁重な言葉をもって彼女をもてなしてくれた。フランス語は今ではまったく違ったものになっている。それは自分も認めなければならない。彼女がパリに行くとき――それは夫がハロゲイトに行っている夏の終わりに、毎年、自分が行っていることだが――甥たちがしゃべるフランス語はこれまでとはまったくの別物だった。――優美さも丁重さも知性もない。確かに、敬意もない！ あら、あら！ 彼らが彼女の財産を分割しに来るときには、それはクリストファー・ティージェンスのよりもはるかに厳しい略奪となるでしょう！ 彼女が死の床に横たわっている間に、彼らの妻たちは一群のオオカミのように戸棚や武具を物色するだろう。…家族だというのに！ まあ、それはまさに正当なことなのだ。それは獲得のための適切な精神を示している。いったい良い母は何のために存在するというのだ。彼女たち一同の子供たちのために、夫の親族から財産を奪い取るためでないとすれば。

その点クリストファーは丁重であったのと同時に不格好な十八世紀の小麦袋だった。十八世紀の。それよりさらに古い、モリエールの時代(12)の。かつて、ヴェイユーズ、すなわち笠の付いた電灯よりもはるかに経済的な常夜灯がぼんやりと灯るマリーの部屋に入ってきたときのクリストファーは、まさにコメディ・フランセーズにかかっていた劇のなかの、体重の重さのために動きが遅くて難儀する、言葉と性格は絶妙だが、体の妙な個所が突き出たモリエールの作中人物を彼女に想い起こさせた。そのとき彼女は、クリストファーが彼女をものにしようとやって来たのだと考えてもおかしくはなかった。しかし、入念な思いやりのこもった突き出た目をしたクリストファーは、兄が彼女を正式の妻にするつもりだという知らせを伝えに来ただけだった。正式の妻にするというのがマークの言葉だった。それができるのは、もちろん神のみであるが。それでも、その企ては、法定推定相続人が完全同意するものだった。

マリーが三日三晩立ちっぱなしでいた後でホロ付きの椅子に座って微睡んでいた間、クリストファーは実際活発に動いていた。彼女はマークの亡骸を彼の弟以外の誰にも引き渡そうとはしなかった。今、弟は彼女に心配しないようにと言いに来ていた。——神経質に喘ぎ、息を切らしながら。…兄弟は二人とも肺が弱かった！　弟は喘ぎながら、ご主人の部屋に聖職者や法律家や法務書記がいても驚かないようにと彼女に言いに来ていた。こうした黒衣を着た人たちが遺書と聖油を持って葬儀には参加するのだと。彼女が休息をとりに行ったときには、医師と酸素ボンベをもった男がいた。それは我々が生きている間、我々に仕える、まさにハゲタカのような会衆だった。

マリーがたちまち泣き叫び始めた。明らかにクリストファーは緊張した——空襲の合間のシーンと静まった真っ暗なロンドンで、鋭く叫んだ彼女の予感によって。眠りが、バスローブに包まれた、従って、どちらかと言うと無様な彼女の体に訪れる前に、彼女は廊下でクリストファーが何やら電話で話していることに気づいていた。葬儀屋に警告を与えていたのかもしれないという考えがマリーの頭に浮かんだ！…そこで彼女は金切り声をあげ始めた。それは、死が訪れそうなときに否応なく発せられる音であった。しかし、クリストファーがやきもきしながら彼女を慰めた。――まさにモリエールの劇場の掲示板に描かれたシルヴァン氏のように！彼は常夜灯の翳で、こうした類のフランス語をしゃがれた囁き声で話した。…聖職者は、現在のロンドンにおいて英貨三十ポンドで結婚式のために雇うことのできる、カンタベリーの大司教からの免状をもつ、ランベス宮殿から来た者であると言って、彼はマリーを安心させた。それをもってすれば、昼夜を問わず、どんな女をも正妻にすることができるのだと。弁護士は遺言に再署名してもらうためにここに来てもらっている。この妙な国における結婚は、それ以前のどんな遺言をも無効にしてしまうのだと。そうティージェンス（クリストフェール）は彼女に請け合った。

だが、もしこんなに急いでいるなら、それは死の危険があるということではないのか。マリーは、マークが死の床の悔恨の行為として彼女と結婚するつもりなのか、そうではないのか、しばしば推測してきた。憂鬱症を持つ大貴族たちが神と和平を結ぶような、どちらかといって軽蔑的な具合に。静寂で真っ暗なロンドンで。油皿のなかで夜の明かりが揺らめいた。

兄はこの新しい遺言で、彼の死後のマリーへの支給を二倍にしようとしているのだと、クリストファーは、呼吸器疾患の患者が吸い込む際に聞かれるゼーゼーいう音を発しながら言った。もし彼女がグロービー邸の寡婦の家に住むつもりがないなら、フランスに家を購入するための資金も付けて。ルイ十三世様式の寡婦の家のための。それが兄の慰謝の考えだと。彼は事務的であるよう装っているわ。…こうした英国人たちといったら。それでも、彼らはまだ死体が温かいうちに箪笥や洋服ダンスを物色したりは恐らくしないでしょう！　結婚証明書も遺言状も持って行って構わないから、あの人をもう一度わたしのもとに返して頂戴、と彼女は大声で叫んだ。そうでなくても、もしあの人たちがもう一度わたしにハーブティーをあの人に飲ませることを許してくれるなら…。

胸を波打たせながら、彼女はその男に面と向かって叫んだ。

「わたしがティージェンス夫人となって法的な力をもつときに行う最初の行動は、これらの男たちを皆追い出し、ケシの果実とライムの花を煎じた薬を夫に飲ませることです」彼女はクリストファーが怯むのを見られるものと予想したが、彼はこう言っていた。

「どうかそうしてください、姉さん。ひょっとしたら、それが兄さんと国家を救うことになるかもしれません」

彼がこんなふうに話すのは愚かなことだった。この人たちはあまりに家族を自慢しすぎる。マークは輸送のことばかり考えていた。多分、当時、輸送は重要性を持っていた。それでも、クリストファー・ティージェンスは、マーク・ティージェンスの不可欠さを過大評価していた。…それは停戦記念日の一ヵ月前のことだった。当時は暗黒の日々だった。…それでも、良い弟ではある。

別室でスカルキャップを被った主任司教とその他の皆が聖書の一節を読んだ後で、書類に署名がされている間に、マークは自分のほうに頭を下げるよう彼女に合図し、彼女にキスをした。マークは囁いた。

「ありがたいことだ。売春婦でもあばずれでもないティージェンス家の女が一人いるということは！」彼は少したじろいだ。彼女の涙が彼の上に落ちたからだった。初めて、彼女はフランス語で言った。「可哀そうに！　彼らがあなたにしたことと言ったら！」彼女が急いで部屋から出ていこうとすると、クリストファーが彼女を止めた。マークが話していた。

「おまえにさらに迷惑をかけるのは残念だ…」とフランス語で。彼はそれまで一度も彼女にフランス語で話しかけたことがなかった。結婚は違いをもたらす。彼らは自尊心と自らの立場から形式ばった言葉をかけてくる。自分もまた、あの哀れな人と同様に彼らに遠慮なく話しかける。

また別の式典が行われなければならなかった。新たに盛装した囚人のような一人の男が会社の帳簿のような聖書をもって歩み出た。青黒い顎をしていた。男は再び二人を結び合わせた。今度は民事の結婚だった。

そのとき初めて、マリーはティージェンス家のもう一人の女のことを意識した。クリストファーの妻のことを。…マリーはクリストファーに妻がいることをそれまで知らなかった。どうして彼女はここに来ていないのか。しかし、マークは、苦しい胸と肺とをもって、もし自分とクリストファーの両方が死んだら、マリー・レオニー・ティージェンスはシルヴィアという女とトラブルになるかもしれないから、自分は結婚の正当性を強調したのだとマリーに言ったのだった。あれはあばずれだ！…と。そう、自分マリー・レオニーには、義理の妹に立ち向かう用意ができていた。

Ⅲ章

小柄な女中のビアトリスはガニングと同様に、麻痺したような従順さでマリー・レオニーを敬っていた。マリー・レオニーは奥様だ。得点。フランス系の外国人だ。失点。家や庭や養鶏場のことで著しく有能だ。良し悪しの感情を引き起こす点だ。金髪で、皮膚も浅黒くない。得点。痩せこけておらず、ふくよかだ。本物の上流婦人のよう。それでも、本物の上流階級でないので、失点だ。それでも、条件付きで得点でもある。というのも、もし家のなかで自分のまわりに上流婦人を持たなければならないとしたら、本物の上流婦人は持たないほうが良いからだ。…しかし、マリー奥様は自分たちと同様に赤味がかった金髪だったので、総じて全体的感情は好ましいものだった。その髪は彼女を人間らしくしていた。黒髪の女は信用ならず、黒髪の男と結婚すれば、ひどい扱いを受けることになるだろう。英国の田舎では、そんなふうに思われていた。

家具職人のクランプは、かつてサセックス州に住んでいた小柄で色の黒く根気強い種族の生き残りだったが、マリー・レオニーに対しては、彼女がパリから輸入したニスの品質への賞賛の気持ちが入り混じった不信の気持ちを抱いていた。いわば、ちゃんとしたフランスのニスだった。彼は共有地に面する小道をちょうど越したところの小屋に住んでいた。彼は、閣下がくれる仕事を自分が気に入っているか言える立場にはなかった。彼は、爺さんが持っていたような凸凹のものを修理して――ニスを塗るのではなく――蜜蠟でツヤだししなければならなかった。爺さんが持っていて処分した、ボコボコの古い品は、百年以上前のもので、もう不用品だった。

彼は一つの古い品から古い木片を取ってきて、それを別の品の欠けた部分に適合させなければならなかった。リトル・キングズワース協会の仕切り板だったモーリーの豚抑留板を買った。大尉はあらゆる種類の修繕をするのに彼クランプにそれを使わせた。大尉はまた、クーパー嬢のウサギ小屋も買った。その板も、きれいに掃除させ、蜜蠟を塗らせ、斜めに切らせた。クランプはそれに感謝したものだった。というのも、彼は、キングズワース教会の馬小屋から持って来た木材に斜角を付けて無くなったドアの一つに取り付け、さらなる木材をあて板にする技術を修得することができたからだった。クランプはまたその仕事をきちんと行うことができた。彼はよくそう言ったものだった。それに、その仕事は終わったときにきちんとしたものに見えた。長く低い敷居の上に六つの斜めの扉口があり、角には美しく飾りべりが付いている。閣下がフィトルワース・ハウスのチューダールームに持っている品々のいくつかのようだ。百年以上前の。三百年か。四百年か。…知るすべもない。

蓼食う虫も好き好きだ。彼は目利きだと言っても良いだろう――大尉殿は。古い台車の破片を見て、タドワース三世に仕えたサー・リチャード・アチソンの記念像より古いと分かる。自由貿易の名誉ある勝利を祝うために一八四二年に建立されたと書かれた記念碑より古いと。粗末な荷車を、それが投げ入れられていた牛小屋の奥から引きずり出す――大尉殿はそうするだろう。それで彼クランプの心は沈んだ。何日かすると、あの雌馬が、鳥籠、鉛製の豚のエサ入れ、ウサギ小屋、牛の小屋の穴を塞ぐのに利用されていた白目の皿を載せた荷車を引いて戻ってくるだろうと思って。

そして、それは皆、マリカイへと運ばれて行くだろう。今は誰も使わない、豚用の飼い葉桶、鶏小屋、ウサギ小屋、今は誰も使い道のない洗濯場の銅。彼はそれらをごしごし洗い、白砂で磨き、蜜蠟を塗り、テレピン油をかけ、古い荷車に積み込み、老いた雌馬に引かせ、駅まで送り、荷物はそこからサウサンプトンに、そしてニューヨークに送られる。向こうは妙な場所に違いない。あっちの人間には家具職人もいなければ、自分たちのぼろい台車もないのだろうか。

まあ、一つの世界を作り、そのことで神に感謝するために、その国はすべてを受け入れたのだ。ある国民の頭が可笑しいことによって、彼クランプは生涯続けることができそうな良い仕事を手に入れた。古い木材が向こうに行き、彼クランプの女房はちゃんとしたセットの品を集めているところだった。マホガニー材の三脚に据えられた葉蘭とウィルトン絨毯と竹の獅子嚇しとマホガニー材でできたいろいろなもので、彼らの居間はきちんとした取り扱いを受けているように見えた。クランプ夫人は、辛辣で批判的なものの言い方をするが、まっとうな女性だった。

クランプ夫人は奥様をあまり評価していなかった。結局、奥様は外国人だった。皆、ドイツのスパイだ。彼らと付き合うつもりはなかった。彼らが結婚しているのかどうか誰が知ろう。結婚していると言っている者もあれば、そうでないと言っている者もある。だが、クランプ夫人をだますことはできない。…それに上流階級の人間を。本当の上流階級であることを示すものは何だろう。暮らし方が上流階級を示すわけではない。上流階級はツンとしていて、光沢のある服を着、自動車や彫像、舞踏室や温室のヤシの木を所有する。リンゴ酒を樽からビンに詰め替えたり、自ら採卵したり、便利屋に妙な方言をしゃべったりはしない。また、自分が座っている椅子を売ったりはしない。四人の下のほうの子供たちも奥様を好きでない。奥様は決してこの子たちに可愛いわねと言いはしないし、お菓子も縫いぐるみの人形も林檎もくれはしない。子供たちが果樹園にいるのを見つけると平手打ちする。冬に赤いフランネルのケープを子供たちにくれることもない。

だが、一番上の子のビルは奥様のことが好きだ。適切な正しい奥様だと言っている。奥様のことを話すのを止めようとしない。奥様は寝室に彫像や見事な金張りの椅子や置時計や観賞用の花木を置いてらっしゃる。ビルは奥様のために、奥様のおっしゃるエタジェール、つまり、飾り棚を作って差し上げた。部屋の隅に置かれ、奥様がおっしゃった模様に透かし彫りが入れられた、小物を飾るための棚だ。きちんとニスも塗られている。口には出さないが、立派な作品だ。…だが、クランプ夫人は奥様の部屋に入ることは許されていない。正式の間だからだ。伯爵夫人のみにふさわしい！　クランプ夫人は、もしこれを見ることを許されたなら、意見を変えるだろう。…だが、クランプ夫人は言っていた。金髪の女性は決して信用してはなりません、腹黒いんだから、と。

だが、リンゴ酒の件が彼に考えさせた。一本か二本貰ったとき、それはきちんとしたリンゴ酒だった。だが、サセックスのリンゴ酒ではなかった。ちょっとデヴォンシャーのリンゴ酒のようであり、もっと言えばヘレフォードシャーのリンゴ酒のようだった。だが、どれともまったく同じではなかった。もっとコクがあり、甘く、褐色だった。そんなに気軽に飲めるものではなかった。一クォートも飲もうものなら、飲む人の体の錆を見事に洗い流すだろう！

その小さな住居の住人たちが生垣のほうにこっそりと前進した。クランプが仕事小屋から禿げ頭を突き出し、その後そこから這い出した。無精で色が黒くとても痩せた女であるクランプ夫人が、エプロンで両手を拭きながら、戸口の敷居越しに現れた。それぞれの成長段階にあるクランプ家の子供たちが、空っぽの豚小屋から這い出した。――クランプはリトルキングズワードで隔週に行なわれる次の市まで冬豚を買うことはないだろう。――

エリオット家の子供たちが、ミルク缶を持って、農場から、緑の小道を蝸牛の速度で下りて来た。乱れた髪の大柄な女、エリオット夫人が、共有地のわずかな垣根になっている彼女の家の生垣越しにじっと見つめていた。農夫の息子で、とてもずんぐりした四十男の、ホグベンが、表向きは大きな黒豚を追いながら、ブナの木の小道に現れた。ガニングさえブラシがけを止めて、小屋の端へとドシンドシンと歩いて行った。そこからは未だマークがベッドに寝ているのを見ることができたが、リンゴの木の幹の間から見下ろすと、V字型の木の桶のなかを水が流れる囲いのない搾乳場で、大柄で血色がよく熱中したマリー・レオニーが、リンゴ酒をビンに詰めるのを見ることもできた。

「管を使ってリンゴ酒を樽から流しているわ！」とクランプ夫人が丘の上にいるエリオット夫人に向かって金切り声をあげた。「誰がそんなことを聞いたことがあるでしょう」とエリオット夫人がクランプ夫人にしわがれたガラガラ声で返事をした。これらの人影がこそこそと迫り来た。生垣の小さな隙間から子供たちが覗き込み、互いにブツブツと呟き合った。「誰がそんなこと聞いたことあるだろう。…おいらに言わせりゃ、外国式だ。…ガラスの管だっていうんだからな。

…誰がそんなことを聞いたことがあるだろう」クランプでさえ――禿げ頭を大工のエプロンで拭きながら、クランプ夫人に対して、夫が立派な仕事をしたことを思い出すように忠告したクランプでさえ――小道から生垣の脇に降りて行き、上から覗き込むのに、生垣のあまりに近くに立ったため、薄いシャツを通して汗をかいた胸を、とげにチクチクと刺されたのだった。彼らは下の深い森を出た後、険しい小道を登って疲労困憊した馬の後をうんざりしながら追ってきたパン屋に向かって言った。それはやめさせるべきだ。警察に知らせるべきだ。ガラスの管でリンゴ酒をビン詰めにするのは。流水のなかにビン詰めにされたリンゴ酒を置いておくのは。物品税はどうなるのだ。正直者の根性を腐らせる。そうした者たちに毒を盛る。きっと閣下が話したり動いたりできるなら、彼が皆に話を聞かせるだろう。警察の知るところとなるだろう。…流水のなかにリンゴ酒を置いて見せびらかすとは。瓶詰されたときに、まずは冷やすために。誰がそんなことを聞いたことがあるだろう。警察が奥様の行動に着目しているというのに。それにもっと上流の人たちより金持ちだというのに。そんなに金になるわけでもないのに。警察が粉砕するためにやって来て、フィトルワースのイギンソンのように処分されることを考えて御覧なさい。上流階級の手本となってくださいさい、旦那様のように。…そんなに奥様然としなくて結構ですから。真実が知られれば、わたしたちとそんなに違いのない身分なんですから。伯爵でも貴族でもなく、准男爵夫人にすぎないのですから。あっしたち皆が自分の権利を持つように。…警察がこの件に介入すべきだ！

上流階級の人たちの何人かが、革のジャケットを軋ませながら輝く馬に乗って、小道を並足で進んできた。彼らは本物の上流階級だった。一人の老紳士は、非常に痩せており、端正な顔立ちをしていて、鉤鼻で白い口髭を生やし、立派な杖を持ち、美しい脚絆を身に付けていた。彼は閣下のお気に入りの馬に乗っていた。栗毛の牝馬だった。少年のようにスリムな貴婦人は、昔と違って今日では普通になっているように、馬に跨って乗っていた。確かに、時代は変わったのだ。乗っている白い額の栗毛の馬は伯爵夫人の持ち馬だった。気性の荒い馬だ。このご婦人は乗馬が上手いに違いなかった。灰色の髪の、しかしこちらもスリムな、もう一人の女性は、奇妙な出で立ちで横乗りをしていた。パニエで膨らませたロングスカートを履き、クイーンズノートンの新しいパブのなかに貼られた追い剝ぎの人相書きのなかに見られるような三角帽を被っている。ちょっと昔風にみえた。しかし、明らかに最新の型なのだろう。近頃は、何でもごちゃ混ぜになっている。閣下の友人たちは、自分の好きなようにする余裕があるのだろう。少年もいて、おそらく十八歳くらいだった。彼も光沢のある脚絆を付けている。彼らの服は皆、輝いていた。少年も乗馬が得意だった。彼の脚がいかに院内幹事長の馬のオーランドーに食い込むかを見てみるがいい。運動のために外に出されたオーランドーに。閣下の種馬の馬丁は、乾草の刈り入れ時期に馬たちが運動できることはとても有難いと思った。本物のお偉さんによって。

彼らは自分の馬を御し、少し道を進み、果樹園に下った。そこで何が行われているかを彼らに伝えなければならなかった。砂糖とともに白い粉をリンゴ酒のなかに入れている。お偉さんたちは知るべきだ。…でも、自分でお偉さんたちには話せない。注目は浴びないほうがいい。分からない。彼らはくっつき合っている。もしかしてティージェンス家の友人たちかもしれない。分からない。ティージェンス家は上流階級でないとは言い切れない。先を進んだほうがいい。さもないと何かが自分の身に起きるかもしれない。謹聴。

光沢のあるゲートルと服を身につけた、帽子を被っていない少年が、声高に叫んだ。「ねえ、お母様、僕はこうしたスパイ行為は好きでありません」すると一行が乗っていた馬が皆、驚いて、互いに押し合ったりへし合ったりした。

お分かりでしょう。彼らはスパイ行為が好きではないのです。先へお進みなさい。そうすれば、馬がゆっくりと丘を登っていく間に、小作農の者たちも先に進めるのです。それでも紳士階級の人たちは、小作農の者たちに気づいたなら、何をするか分かったものじゃないのです。この国は、単純な人々を表す言葉が何であれ、その人たちにふさわしい国だと言えるでしょう。彼らには警察があり、番人がおり、小屋と生業があるのです。

ガニングは廄の脇の前庭の門のところに出て行き、若いホグベンを厳しく譴責した。「おい。その雌豚を追うのは止めるのだ。そいつには、おまえ同様、共有地に入る権利はない」大きな雌豚はずんぐりした体型のホグベンを先導し、その後ろでホグベンはシッと言ったりキーキー声をあげたりした。雌豚は大きな耳をはためかし、隅から隅へと匂いを嗅ぎまわり、悪意ある泰然自若の記念碑のようだった。

「雄豚を雌豚に近づけないでくれよ」と若いホグベンが譴責の合間に叫んだ。「この雌豚は昼も夜も我々の四十エーカーのなかにいるんですからね!」

「雌豚を雄豚に近づけるでない」ガニングがゴリラのような両腕を、手旗信号のように振りながら、叫び返した。ガニングは共有地に進んだ。若いホグベンは斜面を下った。

「あなたは他の人たちにしなければならないように雄豚をフェンスで囲ってください」とホグベンが威嚇した。

「共有地に接するところにいる人たちは、フェンスの中ではなく、フェンスの外にいなければならんのだ」とガニングが威嚇した。

二人は顎で互いを威嚇しながら、芝地の上に足と足を突き合わせて立っていた。

「閣下は共有地の権利は除いて大尉にティージェンス家の権利を売ったのです」と農夫は言った。

「フラー氏に訊いてみなさい」

「飲む権利なしにミルクを売ることができないのと同じで、閣下は入会権《いりあいけん》なしにティージェンス家の権利を売ることはできんだろう。スタージス弁護士に訊いてみなさい」とガニングは言い張った。若いホグベンはヒ素を根の中に入れたってできると主張した。そんなことをしたら七年間ルイス監獄で過ごすことになりますぞ、とガニングが主張した。二人は長い間、上流階級ではないが小作人たちを酷使してきた借地人たる農場主と、自分自身の階級や小作人の階級の間で人気を博する作男や郷士の小姓たちとの間で持ち上がる、果てしない喧嘩を続けていた。彼らが同意する唯一のことは、戦争がないことなどあり得ないということだった。戦争は、借地人である農場主に、地方の暴君としての完全な権力を与えなければならなかった。紳士階級の執行官たちにも同じことがなされなければならなかった。雌豚はガニングの長靴のまわりでブーブーと鳴き、たいていガニングが落としたトウモロコシの粒を探した。そこで雌豚は共有地のどんな遠いところにいようとも、主人の後について来るのだった。

丘を上る固い道を――ティージェンス家の者たちはそこの生垣へと斜面を上った――田舎の人たちの眼には奇妙に見える衣装に身を包んだ年配の女性が下ってきた。彼女は自分のことを、血筋だけでなく気質的親和性においてもド・マントノン夫人の末裔だと考えていたので、パニエで膨らませた長いグレーの乗馬用スカートを履き、三角の帽子をかぶり、緑色のシャグリーン皮の乗馬用鞭を持っていた。彼女の痩せた灰色の顔はやつれてはいたが威厳があり、帽子の下で結ばれている髪は明るいグレーで、鼻眼鏡は縁なしだった。

　庭を頂く土手の急勾配のせいで、海砂利の小道は、土手の幅のほとんどを使ってジグザグに造られ、最近、砂が撒かれたので、オレンジ色をしていた。彼女はマルメロの樹幹の間を、生垣スズメのようにせわしなく動いていき、それから、光沢のある脚絆を付けた少年がのっそりと追いつけるようにと馬を止めた。

　若い時分の罪がこんなふうに人を追いかけて来るのを見るのは、恐ろしいことだと彼女は言った。若い友はよく考えるべきだ。人生の終わりにこんな辺鄙なところに住むだなんて。自動車で来ることもできない。彼女自身のドラリューシュナイダー[1]は昨日ここに来ようとして山道でエンコしてしまったのだった。

　体つきは華奢だが、頬は鮮やかな赤、髪は褐色で、真に光沢のある脚絆と、緑、緋色、白の縞のネクタイを身に着けた少年は、一瞬、むっつりと黙り込んだ。それにもかかわらず、彼は不満を露わにする決意をして、それは公平でないと思うと言った。その上、何百台もの車がその坂を上っていた。そうでなければ、どうやって人々は古い家具を買いに来られるだろう。彼はすでに、ドラリューシュナイダーのキャブレターは大失敗作だとド・ブレー・ペープ夫人に言っていた。

　それは考えるだに恐ろしいことだと、ド・ブレー・ペープ夫人は主張した。彼女は素早くもう一つのジグザグな小道を下って行き、それからたじろいだ。

それこそ、こうした旧式の田舎の恐ろしいところだわ、と夫人が言った。どうして、ここの人たちは学ばないのかしら。例を挙げろですって？　ここには由緒ある旧家、グロービーのティージェンス家の末裔が、古き昔の平和の面影が、一方は明らかに若い頃の罪によって恐ろしい状態に陥り、他方は古い家具を売って生計を立てているといった状態に陥って暮らしています。

若者は彼女にそれは違いますと言った。母が仄めかしたことを鵜呑みにすべきではありません。母自体は申し分ありませんが、母の仄めかしは事実の許容範囲を超えています。自分がグロービー邸をド・ブレー・ペープ夫人に貸したいと思うとすれば、それは自分がひけらかし屋を好まないからです。…彼は少し口ごもり、付け加えた。「それに…僕の父親は！」おまけにそれは公明正大な振る舞いではなかった。彼は柔らかな褐色の目をしていたが、今やそれは曇り、彼は赤面していた。

彼は、母は素晴らしい人ですと呟いたが、母は自分をここに送るべきではなかったと思っていた。当然、母も誤りを犯す。彼自身はマルクス主義的社会主義者だった。ケンブリッジ全体がそうだった。それ故、彼は父親が好きな人と暮らすことを当然のこと是認していた。だが、物事にはやり方というものがある。もし人が進歩的であるならば、女性に非礼な扱いをすべきではない。むしろ、それとは逆の態度をとるべきだ。次の曲がり角で疲れた女性に追いついたとき、彼は痛いほどに動揺していた。

夫人は彼に誤解してもらいたくはなかった。彼女は、古い家具の販売の追求に不信の目を向けているわけではなかった。まったくそんなことはなかった。マディソン・アヴェニュー[2]のレミュエル氏はとても洗練された男だった。ニューヨーク州のクルーガーにある彼の田舎の大邸宅は産業革命以前のフランスの貴族たちの名誉となっただろう様式に保たれていた。だが、あの時代から今日に至るまでの間に…何という転落があったことか！

その家は——その田舎家は——今や彼女の足のほぼ真下にあった。屋根は極度に高く、窓は、灰色の石のなかにとても深く沈み、とても小さかった。ドアの前には、舗装された半円形のコートがあり、その空間は果樹の土手から切り取られ、石で囲われていた。土手は途方もないほどに緑で、緑樹に埋もれ、ペープ夫人の腰の近くまで伸びた草は、種に変わりかけた花の隠れた豊かさで満たされていた。四つの国が彼女の下でなだらかに広がり、弦のような生垣が、畑を取り巻きながら、はるか遠くの地平線上の丘陵地帯まで連なっていた。間近の田舎は木々に蔽われていた。夫人の隣りの少年は素晴らしい景色を見るときにはいつもそうだが、大きく息を飲んだ。例えば、グロービーの上方の荒野でのように。荒野は紫色をしていた。

「人が住むには適しませんね！」夫人は、偉大な真理が確証されるのを見た人の勝ち誇った口調で声高に言った。「こうした古い田舎の家々は、哀れむにも値しないわ。お風呂さえ付いていないのではないかしら」

「お父さんと伯父さんは体を清潔にしていると思いますが」と少年は言った。「この辺はどちらかと言えば、名所だと思われています」と彼はつぶやいた。彼は実際、父親が住むにはどちらかと言えば名所を選ぶと信じることができた。一段低いところにある前庭の岩生植物を見てごらんなさい！　彼は大きな声をあげた。「よろしければ。もう戻りましょう！」

ペープ夫人の困惑は頑固さに取って代わった。彼女は大きな声をあげた。「絶対ダメよ！」彼女は哀れな少年の傷ついた母親から使命を授かっていた。ここで怯んだら、シルヴィアに申し訳が立たなかった。衛生は何にも増して重要だった。彼女は身罷る前に世の中をより良い場所にしていくことを望んだ。彼女は権限を付与されていた。転生によって。彼女はルイ十四世の伴侶であったマントノン夫人の魂が自分に乗り移ったと信じていた。マントノン夫人は何と多くの修道院を建て、何と厳格に居住者たちの美徳と衛生の面倒を見たことだろう。それがミリセント・ド・ブレー・ペープの目指すところだった。彼女は南仏のリヴィエラに、著名な建築家のベーレンス氏が、――サン・スーシにあるマントノン夫人の宮殿に倣って――建てた宮殿をもっていた。だが、衛生設備を整えた！　彼女は若者に自分のことを信じて欲しいと頼んだ。マントノン夫人の私室は鏡板が嵌められた部屋であるだけに見えた。太陽王ルイ十四世の無用な虚栄心のせいでとても広かった。でも、わたしなら、そんな虚栄心なしに満足したでしょう。わたしの宮殿は、羽目板のなかのバネに触っただけで壁のなかに隠れていた入浴の設備が姿を見せるのよ。地面より沈んだ浴槽、地面より上にある浴槽、余分にヨウ素を含ませた、いくつものシャワー、側面に付けられた、お湯のなかに入浴剤が入っていたりいなかったりする、いくつものシャワー…それは彼女の言う、世界を少しばかり良くすることだった。そうしたものが全部揃わなければ、健康でいられるはずはない。…

少年は古木が切り倒されることには原則的に反対ではないと呟いた。少年が実際に反対なのは、伯父や父親が農民の生活をすることだった。今は産業の時代だ。農民たちは、いつでも、世界観のすべての進歩を台無しにしてきた。ケンブリッジ大学のあらゆる男が、その点、同意見だった。彼は激しい口調で言った。

「まったく！　そんなこと、してはいけません。まだ刈っていない乾草の上を通り越すだなんて」

本質的に田舎の暮らしが性に合う若い地主の魂のすべての繊維が、ド・ブレー・ペープの後ろに引きずられた長い光沢のあるグレーのスカートを見たならば、怒り心頭に発しただろう。あんなふうに踏みつけられた牧草を、父の小作人たちはいったいどうやって刈ったらよいだろう。しかし、このオレンジ色のジグザグ形を通ってマーク・ティージェンスのほうに目覚ましく突進して行くことへの不安にもはや耐えきれなくなって、ド・ブレー・ペープ夫人は、塀のない、茅葺き屋根の小屋に向かって、まっすぐに走っていった。彼女はリンゴの木の梢越しにそれを見ることができた。

ひどくイラつきながら、少年は、父親の家の周辺に——裂け目に岩生植物が生えた舗装されたコートの上へと——続くジグザグ形の小道を下り続けた。母は彼にド・ブレー・ペープの後について行くことを強いるべきではなかったのだ。母は素晴らしい人だ。苦難にもかかわらず、アタランテー[3]やベティ・ナットール[4]のように、神々しいほどに美しかった。だが、母はド・ブレー・ペープ夫人を送るべきでなかった。それは一種の復讐として意図されたものだった。キャンピオン将軍はそれを良しとはしなかった。将軍には分かっていたのだ。それでも将軍はこう言った。

「おい、おまえ、おまえは常に母親に従うべきだ！　おまえの母親は十分に苦しんできた。彼女のもっとも些細な気紛れを満たすことで彼女に報いることが、おまえの務めだ。英国人は常に母親への義務を果たすものだ」

もちろん、将軍にそう言わしめたのは、ド・ブレー・ペープの存在だった。愛国心。キャンピオン将軍は母親をひどく恐れていた。そうでない者など誰がいよう。しかし、将軍は、もしド・

ブレー・ペープ夫人に英国の家族の絆が彼女の国のそれよりどんなに勝っているか示したいのでなかったならば、父親と父親の…連れ合いのことを探りに行くよう息子に命じることはなかっただろう。彼らはそのことで終日いがみ合っていたのである。

それでも彼には分からなかった。男性の主権に対する女性の支配は恐ろしいものだった。彼は老将軍が鞭打たれた犬のようにくんくんと泣き言を言い、哀れな白い口髭のなかでもぐもぐと呟くのを見たことがあった。…母は素晴らしかった。だが、性は恐ろしいものではないか。彼は息を弾ませた。

彼は足の大きさの二つの小石を、オレンジ色の砂を流し込んで覆った。その斜面を転がって行くのは、なかなか素晴らしいことに違いなかった。確かに、ジグザグ形の小道では、実際の傾斜はそれほど険しくなかった。おそらく、六・二度ほどだろう。彼はさらに二つの足の大きさの小石を、オレンジ色の砂を流し込んで覆った。いったいどうやったらいいだろう。どうやって、さらに二つオレンジ色の石を覆ったらいいだろう。彼の踵《かかと》は震えていた。

四つの国が彼の足の下には広がっていた。地平線に至るまで！　悪魔は彼に世界の国々を見せた。(5)グロービー上方の景色と同様に素晴らしいが、紫色でもなければ海も見えないところを。丘を登ってどこか素晴らしい景色が見えるところに父親は落ち着いているものと当てにしてよいだろう。Vox adhæsit…彼の足は地に釘付けになった。…いや、Vox adhæsit faucibus は「彼の声は顋に詰まった」という意味だ。いや、顋ではなく口蓋だ。彼の口蓋は大鋸屑のように乾燥していた。どうして彼にできようか！…恐ろしいことだ！　彼らはそれをセックスと呼んでいる！…母親がそのセックス熱の力でこの乾いた口蓋と震える踵を彼に強いたのだ。彼女の私室で二人は恐ろしい夜を過ごし、行くようにと強制し続けた。つまり、ここに来ることを。美しい母親が！…だが、何と残酷な！　何と残酷な！

　私室ではすべての灯りが点されていた。暖かく！　よい香りがしていた！　母の両肩が見えた。サー・ピーター・レリー[6]によるネル・グウィン[7]の肖像画があった。ド・ブレー・ペープ夫人はそれを買いたがっていた。彼女は地球をも買えると思っていたが、フィトルワース卿は笑うばかりだった。どうして僕らはこんな辺鄙なところまで来させられたんだろう？　母によってだ。父を密かに見張るために。母にとってフィトルワースはどうでもよい男だった――フィトルワースはいい奴で、立派な地主なのだが！――昨年の冬、父がこの地所を買ったことを知るまでは。それからは、フィトルワース、フィトルワース、フィトルワースってことになった！　昼食、夕食、大使館での舞踏会に招いた。フィトルワースは否《いな》とは言わなかった。馬に乗って髪を靡かせる母に、誰が否と言えただろう。

　この前の冬に彼らがフィトルワースの地所に来たとき、それを自分が知っていたとすれば、今の自分には何が分かるだろう！　彼には今、母が狩りにあまり興味をもっていないにしても、狩りをしにここに来たということが分かっていた。…それでもなお、彼女は馬に乗ることができた。神かけて、母は乗馬ができるのだ。母が笑いながら行う跳躍で、彼はまず何度も何度も頭が可笑しくなった。ディアーナ[8]、母はまさにそれだった。…いや、違う、ディアーナは…母は狩りのためにやって来て、そこで父と、父の…連れ合いを苦しめようというのだ。母はそう自分に言っていた。母特有の笑いを発しながら。…それは性的な残忍さに違いない！…レオナルディ・ド・ダ…そうだヴィンチの女たちのような。奇妙な笑いだ、歪んだ微笑みで終わる。…父の使用人たちに合わせて…女中のような服装をし、生垣越しに覗き込む。

どうやってそんなことができるだろう。どうやって。どうやって母は彼がここへ来ることを強いることができるだろう。首相の息子のモンティ、ドーブルズ、父親がひどく金持ちで太っちょのポーター――ケンブリッジの彼の仲間たちはどう考えるだろう。彼らは一人の例外もなく皆、マルクス系共産主義者だった。だが、それにしても…

ラウザー夫人は、もし真実を知ったなら、どう思うだろう。…彼がある晩、母親の私室から出てきたとき、もし彼女が廊下にいたとしたら！　あのとき、彼女に訊いてみる勇気が自分にあっただろうか。夫人の髪は真綿のよう、夫人の唇は切られた柘榴のようだ。夫人は笑うとき、頭を振り上げた。今も彼は体じゅうが火照り、目は湿り火照っていた。

彼は、自分が是認しようがしまいが母が自分にやらせたいことを何であれ――母がそれを望むならば――自分はすべきかどうか夫人に訊ねた。…たとえ自分が卑しい行動だと思うことを母が彼に求めたのだとしても。…それは有名なフィトルワースの七姉妹バラが植えられているピーコック・テラスでのことだった。どうして夫人がバラに逆らえるだろうか。黄色く咲いた…いや、蛾の色にだ…黄色ではない、黄色ではない。緑は見捨てられ、黄色も取り上げられなかった。[9]彼はラウザー夫人が見捨てられるかもしれないと考えて、大きな憐れみの気持ちで一杯になった。だが、彼女を見捨ててはいけない…蛾の色の絹を。かすかに光っている。ピンク色のバラを背景に。彼女の素敵な、素敵な髪は光輪だ。彼女は上を見上げ、左右を見た。切られた柘榴のような唇に笑みを浮かべようとした。…ラウザー夫人は、原則としてだが、クリストファー・ティージエンス夫人のようなかたが母親である場合、母親の望みを叶えることは良いことだと言った。柔らかな口調で。…柔らかな南部の声だ。…だが、ド・ブレー・ペープ夫人を嘲笑うときには。…どうして彼女がド・ブレー・ペープ夫人の友達になることができようか。

もし日光がなかったならば。…もし彼が母の私室から出てきたときに、ラウザー夫人に出くわしていたら！　彼は勇気を得ただろうに。夜。遅くに。彼は言っただろう。「もしあなたが本当に僕の運命に関心をもってくださるなら、僕は父と父の…連れ合いを見張るべきか教えてください！」夜遅く、彼女は笑わなかっただろう。彼女は彼に手を差し延べただろう。最も美しい両手と最も軽やかな両足とを。そして彼女の両眼は曇ったであろう。…麗しい麗しい三色菫。三色菫は心の安らぎである。…

どうして自分はこんなことを思ったのだろう。こんな、そよ風のような、耐えがたい…欲望を。彼は母親っ子だった。…おまえの母親は…。そんなことを言おうものなら、彼は相手が誰であれ、そいつを殺そうとしただろう。…

ありがたや！　ああ、ありがたや！　自分は今、家と同じ高さの、不揃いな敷石やタイルの舗装の上に下りていた。マーク伯父さんの小屋まで行くには、もう一本の小道を上っていくことができた。ヘレン・ラウザーなる聖母が、自分のことを見守ってくれていた。彼には、この少し奥まり細かく仕切られた窓ガラスの下を通っていく必要はなかった。

父の…連れ合いが外を見ているかもしれなかった。もしそうだったら、自分は失神してしまうだろう。

父は立派な部類の男だった。だが、父もまた…母と同様であるに違いない。もし皆の言うことが本当ならば。放縦な生活で身を持ち崩した。だが、立派な地味な男だ。母に苦しめられるべき男だ。大きな平べったい指をしている。だが、父ほど上手く毛鉤を巻ける者は誰もいなかった。数年前に父が巻いたいくつかの毛鉤は、グロービーのマーク・ティージェンス・ジュニアがこれまでに手に入れたもののなかで、もっとも優れたものだった。そして父はワイン色の荒野をこよなく愛していた。どうしてこんな大木の下で息苦しい生活をしているのだろう。木々が覆いかぶさった家は不衛生だ。イタリア人は言っている…

だが、木々の下をちらっと覗くと何とも素敵な光景が見える！　小道に沿って生えるビジョナデシコ。大枝によって濾過された光。翳。小さな窓ガラスの煌めき。苔に覆われた壁石。これぞイングランドだ。ここでしばらく父親と一緒に過ごすことができたなら…。

馬に関しては、父に並ぶ者はない。女に関しても…。

自分マーク・ティージェンス・ジュニアにとって、何という相続財産だろう！　自分はここでしばらく過ごすことができるだろう。…だが、父は女と寝ていた。…もし彼女がドアから出てきたら。…彼女は美人に違いない。…いや、母とは比べものにならないと言われている。彼はフィトルワースのところで耳にしていた。あるいはヘレン・ラウザーから。でも、父は自分の好みを選んだのだ。それで、もし父がベッドの相手として彼女を選んだのなら…

もし彼女がドアから出てきたなら、自分は気を失ってしまうだろう。ボッティ何とかのヴィーナスのように。歪んだ微笑みを浮かべながら。…いや、ヘレン・ラウザーが保護してくれるだろう。…自分は父親の愛人と恋に落ちるかもしれない。…悪女と接したなら、どんなことになるか知れたものでない。進歩的な考えをもった悪女と！　彼女は進歩的な考えを持っていると噂されている。それにラテン語学者だと。…彼自身もラテン語学者だった。ラテン語を愛していた！

あるいは、父はヘル[10]の側に付いたのかもしれない。…激しい嫉妬が彼を襲った。彼の父はそうした部類の男だ。…ひょっとしたら女が…。何故繰り返し…母や父のような人たちは子を儲けるのだ。

彼は魅せられたかのように、田舎家の石造りの張り出し玄関に目を凝らした。小道はマーク伯父さんの壁のない茅葺きの小屋に続いていた。…ベンチは一つも置かれていなかった。いったい彼はどうなってしまうのだろう。巨額の富を有していた。恐ろしい誘惑が自分のものとなるだろう。母親は指南役にはなり得なかった。父親の方がましかもしれなかった。まあ、マルクス系共産主義があった。ケンブリッジの彼の仲間たちは、今や皆それを目指していた。首相の息子で黒い瞳のモンティとキャンピオンの甥でネズミのように痩せているドーブルズ。さらに、豚のような鼻の、すごく頭のいいポーターもそうだ。太った頑固者ではあるが。

Ⅳ章

牝牛か雄豚が果樹園に入ったに違いなく、牧草が踏み荒らされた跡が残っているとマーク・ティージェンスは思った。ガニングの奴はいつも生垣づくりの腕前を誇っているとマークは独り言ちた。忌々しい生垣は獣が共有地に入るのを防いでくれていると分かっていたからかもしれない。聞き慣れない声が――抑揚が一般的ではなかった――発言した。

「もし、マーク・ティージェンス卿、これはおぞましい」

本当におぞましいことに思えた。長いスカートをはいた婦人が――マークの読んだことのある数冊の本のなかの一冊である『ウェイバリー』(1)に出て来る、見たところ初老のディ・ヴァーノンのような婦人が――立っている牧草を滅茶苦茶になぎ倒しているところだった。婦人は草のなかに膝まで浸かりながら突進していくと、牧草の美しく高慢な穂先が左右に揺れ、下に沈んだ。立ち止まり、再び彼の目の前を過ぎていき、次いでまた立ち止まって両手を揉みしだき、もう一度恐ろしいことだと釈明した。婦人の接近に恐れを為した小さなウサギは巣穴から慌てて飛び出し、おそらく菜園へと逃げて行った。マリー・レオニーの飼い猫のミスティグリスはおそらく事態を把握したのだろう。そして今日は金曜だったので、マリー・レオニーは困惑しただろう。

婦人は二人の間に立つ残りの背の高い草を押し除けながら進み、ベッドの足許で立ち上がろうとするかのような気配だった。彼女はどちらかというと目立たない姿形だった――イケガキスズメのような。グレーの短い上着と小さなボタンの付いたグレーのチョッキを着て、三角帽をかぶっていた。疲れた痩せた顔をしていた。…確かに、長いスカートを履いて長い草を押し除けながら進むのは、疲れることに違いなかった。彼女は緑色のなめし皮の鞭を持っていた。マークの茅葺きの下に故意に押し込まれた古靴のなかに住まうメスのアオガラは、長い警戒の鳴き声を発した。メスのアオガラには、この人物の外観がお気に召さなかったのだった。

婦人は不快ではない眼差しで彼を食い入るように見つめ、呟いた。

「おぞましい！　おぞましいことだわ！」飛行機が一台、近くの上空を飛んで行った。彼女は空を見上げ、涙ながらに言った。

「若い頃の数々の罪がなければ、あなたは今、この景色のよい丘陵地帯で曲芸をやっているかもしれないって思ったことはないの」

マークはその問題を深く考え、じっと彼女の目を見返した。紳士の肉体的不動性に適用されるとき、「若い頃の罪」という言葉は、英国人にとって一つのことしか意味しなかった。その意味が自分に付け加えられるとは、彼は思ってみたこともなかった。しかし、もちろん、それはあり得ることだった。それは不快な、あるいは少なくとも信頼を傷つける種類の意味を含んでいた。というのも、彼が属する階級においては、身体の障害は安物の売春婦と交わることによって発生するものと考えるのが習慣だったからだ。彼は、これまで一生の間、マリー・レオニーを除けば、どんな女とも交渉をもったことがなかった。マリーは健康であることを実際以上に誇張していた。だが、もし女を抱きたかったならば、マークはもっと高級な娼婦を手に入れようとしただろう。そして、もっと用心しただろう！紳士は同僚たちのためにそうしなければならないのだ。

婦人は話を続けていた。

「すぐに名乗ったほうがよさそうね、わたしはミリセント・ド・ブレー・ペープ夫人です。あなたの弟さんは、もし彼の堕落がなければ――抑えの効かない堕落がなければ――世界の果てで古い家具を商う代わりに、今日カペルコート[2]で働いているかもしれないってことが、あなたの頭に浮かんだことはありませんこと？」

彼女は面食らわせるように付け加えた。

「わたしがこんなふうに話しているのは緊張感のせいなのです。悪名高き放蕩者を目の前にすると、わたしはいつも臆病になってしまうのです。教育のせいでしょうね」

彼女の名は、この婦人がグロービー邸を占有しようとしていることをマークに伝えた。彼に異議はなかった。彼女は実際、手紙を書いてきてマークに異議があるかどうか訊ねていた。それは奇妙な書き方の手紙だった。異なった方向に広がる、曲がりくねった象形文字で書かれていた。…「わたくしはあなた様の大邸宅であるグロービー邸を友人のシルヴィア夫人からお借りすることになっている女性です」

そこでマークの頭には浮かんだ――彼が読めるようにヴァレンタインがその手紙を掲げもっていた間に。…ヴァレンタインはこの頃、奇麗になった。田舎の空気が彼女には合うのだ。――この女は弟の妻シルヴィアの親友であるに違いない。さもなければ、少なくとも「シルヴィア・ティージェンス夫人」と手紙に書いただろう。

今では、マークにはそれほど確信が持てなかった。この人があの売女の親しい友人であるはずはない。では、シルヴィアに手先として使われているだけなのだろうか。シルヴィアの――女性たちのなかでの――親しい友人たちは、ビビーやジミーやマージーだ。もしシルヴィアがその他の女に話しかけるとすれば、それはその女を利用するためだ――侍女か道具として。

その夫人が言った。

「先祖伝来の屋敷を貸す羽目になることは、あなたにとって苦悶であるに違いありません。でも、それが理由であなたがわたしと話さないようには思えません。あなたのためのタマゴをもってくるようにと伯爵の家政婦に頼むつもりでしたが、忘れてしまいました。わたしはそれほど活動的なのです」ド・ブレー・ペープ夫人は、自分はここからサンタフェ(3)にかけて存在するどの女性よりも活動的なのだと言ったのだった。

マークは「何故サンタフェなのだ」と訝しく思った。多分、ペープ氏がカリフォルニアのその地域にオリーブの果樹園を持っているからだろう。ペープ夫人の手紙に関するヴァレンタインの話では、ペープ氏は世界一のオリーブ油商なのだそうだ。彼は世界中のオリーブ油と淡黄色のフラスコを、プロヴァンスで、ロンバルディアで、カリフォルニアで買い占め、ペープの高級フラスコから出されたものでない油をサラダに使おうものなら、あなたはホントに洗練されていないと、母国の人々に伝えたのだった。彼は高価な品々が置かれたディナーテーブルから帰る夜会服を着た紳士淑女に、鼻をつまんで「ペープのオリーブ油は置いていないのか！」と大声で叫ぶことを教えた。クリストファーはどこでそんな知識を仕入れたのかとマークは訝った。というのも、当然のこと、ヴァレンタインはクリストファーからその情報を得たのだろうから。おそらくクリストファーはアメリカの新聞を見たのだろう。だが、なぜアメリカの新聞を見なければならないのか。マーク自身はそんなものを見たことはなかった。『フィールド誌』[4]があるではないか。……おかしな奴だ、クリストファーは。

婦人は言った。

「それはわたしに話しかけない理由にはなりませんわ！　断じて！」

彼女の灰色がかった顔が徐々に紅潮した。縁なしの鼻メガネの後ろで彼女の両眼が煌めいた。彼女は大きな声をあげた。

「あなたはおそらく貴族であることをあまりにも鼻にかけ過ぎていて、そのために、わたくしに話しかけることができないのですよ、マーク・ティージェンス卿。でも、わたくしはマントノン[5]の魂を自分のなかに持っています。あなたは、お墨付きの放蕩者の家系の肉体的子孫であるにすぎません。それこそが、旧世界とのバランスを正すために、時と新世界が行ってきたことなのです。あなたがおっしゃる祖先の故郷で、昔の貴族の地位を保っているのはわたしたちなのです」

彼女はおそらく正しいのだろうとマークは思った。悪い女性ではない。自分が彼女に答えないことに当然のこと苛立っているのだろう。それは十分に正当なことだった。

マークはこれまで、アメリカ人に話しかけた覚えがなかったばかりか、アメリカについて考えたこともなかった。もちろん、戦争の期間は別だったが。その当時は、軍服を着たアメリカ人に輸送について話した。彼はアメリカ人の襟章が好きでなかったが、仕事に関する限り、アメリカ人は自分たちの仕事を心得ていた。――それは、少ない兵士たちに対し不釣り合いな量の輸送手段を提供することが求められる仕事だった。彼は国からその輸送手段を絞り出さねばならなかった。

もし自分がやりたいようにできたならば、彼はそんなことはしなかっただろう。しかし、自分がやりたいようにはできなかった。というのも、支配層が役立たずだったからだ。輸送は戦争の魂である。軍隊の魂は、以前は足にあった、そうナポレオンは言っていた。何かそういったことを。だが、支配層の連中は輸送手段の欠乏を軍隊に感じさせた。その後、輸送手段をあまりに溢れさせて軍隊を動けなくした。それからまた、軍隊に輸送手段の欠乏を感じさせた。それから、連中は、密輸されたタイプライターやミシンを廃棄するために輸送手段を使う妙な襟章を付けた奴らのために、たくさんすぎる輸送手段を見つけるようにとマークに命じた。マークはそのために体を壊した。それと孤独のせいで。最後の頃には、政府に話の出来る仲間は誰もいなくなっていた。競走馬パーシモンの血統とスタッドやアイシングラスの種牡馬との違いが分かるものは誰もいなかった。そこで上層部の連中には、そのツケが回って来たのだった。

婦人は、わたくしの精神的類似性がマーク卿にとって驚きだったのでしょうと言った。それでも、それには何の誤りもないのです。マントノンの館のどの一つをとっても、わたくしは直ちにそれを我が家だと感じました。どの美術館においてであれ、ルイ十四世の立派な仲間の装身具や宝石をどんなものでも見ると、わたくしは電気ショックを受けたかのような驚きに襲われるのです。輪廻転生の著名な支持者であるクォーターナイン氏が、こうした現象は明らかに、マントノンの魂があなたの姿を借りて地上に戻ってきたことを明らかにするものだとわたくしにおっしゃいました。それに対する旧家の肉体的主張がいったい何だというのでしょう」

マークはおそらく彼女は正しいのだろうと考えた。自国の旧家の人たちは、用済みになったことをマークが嬉しく思っているかなり非効率的な人たちだった。競馬は主にフランクフルト・オン・メインから来た英国貴族によって行われていた。もしこの婦人が寓意的に話していると見なし得るなら、おそらく彼女は正しかった。彼女はどこからか魂を得なければならなかったのだ。しかし、彼女はそのことを話しすぎた。人々はそれほど途方もなく流暢に話すべきではないのだ。それは疲れさせる。注意を留めておくことができなくなる。彼女はさらに話し続けた。

マークは婦人がここにいて、弟の牧草を踏みつける理由について推測に耽った。ガニングやその他の作業員に、不必要な刈り込みの仕事を際限なく与えることになるだろう。婦人はマリー・アントワネットについて話していた。マリー・アントワネットは夏、塩の上を橇で滑った。(6) 干し草を踏みつけることは、実際、それ以上にひどいことだった。あるいは、それと同然な。もし国のあらゆる人間がそんなふうに牧草を踏みつけるならば、輸送用の動物の飼料の値段を手が届かないほどに上げることになるだろう。

なぜあの女はここへ来たんだ。グロービー邸を家具付きで買い取りたいというのか。自分としては構わない。グロービー邸など、どうでもいい。父親は話す価値のある種馬一頭持っていなかった。売り物の駄馬が一頭か二頭いただけだった。自分は狩りや狩猟が決して好きでなかった。グロービー邸の庭に立って、狩りの一行が十二日(7)に丘を登っていくのを見、バカバカしいと感じたのを覚えていた。クリストファーはもちろんグロービー邸を愛している。年下なので、それを所有することを期待していなかったが。

シルヴィアがあの屋敷を汚したかもしれない。――もし彼女の母親がそれを許したならば。まあ、すぐに分かるだろう。もし機械が彼の頑なな首をへし折らなければ、クリストファーは戻るだろう。…それで、あの女はここで何をしているのだ。口にするのもはばかられるあの女がクリストファーに施そうとしている新たなネジの一回転を、おそらく彼女は代行しているのだ。

義理の妹シルヴィアは、マークにとって、幻想的な不眠不休の活動を表すものだった。マークは推測していた。彼女は彼の弟が戻り、一緒のベッドで眠ることを望んでいるものだと。これほどの憎悪に他の動機はあり得ないだろう。ここにあのアメリカの婦人を送ってくるその他の動機はあり得なかった。

アメリカの婦人はグロービー邸を豪奢な状態に保つつもりだとマークに語った。――もちろん適切な民主的慎ましさをもってしてですわ。彼女は不可能なことをなし遂げようとしているみたいだった。おそらく色々な方法があった。あの国にはべらぼうに金持ちな輩がとてもたくさんいるに違いない！　彼らは贅沢な暮らしと民主主義をどう調和させるのだろう。例えば、彼らは従者を彼らと同じ食事の席に着かせるのだろうか。それは規律のためには良くないことだろう。知る由もない。

ド・ブレー・ペープ夫人は従者たちが粉まみれになることや、自分がマークの父親のものだった六頭立ての馬車で出かけていくときに借家人の子供たちが自分に跪くのを好ましく思っているようだった。というのも、彼女は荒野を越えてレドカーやスカーバラへ出かけていくとき、彼の父親の馬車を使うことにしていたからだった。ド・ブレー・ペープ夫人は、それが彼の父親のしてきたことだとシルヴィアから聞いていたのだ。そしてそれは本当だった。奇妙な老人であった彼の父親は、法廷に行ったり巡回裁判に行ったりするときに、あの怪物を外に出した。それは彼の権威を保つためだった。マークにはド・ブレー・ペープ夫人が仮に望むとしても、どうして権威を保たなければならないのかが分からなかった。しかし、彼は借地人の子供が夫人の前で跪くのを見たことがなかった！　スカット老人の子供たちやクラフ家のロング・トムの子供たちがそんなことをするところを想像などできるものか！…いわんや彼らの孫たちの場合もだ！　彼らはマークの父を「ティージェンス」と呼んだ。…彼らのなかには父に向かって「年寄りのほうのマーク」と言うものさえあった。マーク自身は彼らにとっていつも「若い方のマーク」だった。おそらく今もそうだろう。こうしたことは荒野のヒース同様に変化しない。マークは借地人が婦人のことをどう呼ぶだろうかと思案した。婦人は辛い目に会うだろう。彼らは彼女の小作人ではない。彼らは彼、マークの小作人であり、彼らにはそれがものすごくよく分かっている。家具付きの家や城を持つ者は、ものすごく上手い具合に家族を雇ったように思うかもしれない。戦前には、フランクフルト・オン・メインから来た男がいて、リンディスファーンだか、ホーリー・アイランドだか、そうした場所を手に入れ、バグパイプ奏者を雇って、食事の際にテーブルのまわりで演奏させた。そして奏者がリールを演奏している間、自分は目を閉じていた。あたかもこれが神聖な儀式ででもあるかのように。…政府にいるシルヴィアの友人たちの友人だった。…シルヴィアの名誉のために言えば、彼女はユダヤ人とともに留まろうとはしなかった。それは、シルヴィアが尻尾につけた唯一の名誉だった。

ド・ブレー・ペープ夫人は自分が通るときに小作人の子供たちを跪かせるのは非民主的なことではないとマークに言っていた。

一人の少年の声がした。

「マーク伯父さん！」おそらく、一緒に週末を過ごした人たちのうちの誰かの息子だろう。ひょっとするとボウルビーの息子だ。あるいはテディー・ホープの。マークはいつも子供好きで、子供たちもマークが好きだった。

ド・ブレー・ペープ夫人が言っていた。ええ、小作人の子供たちには良いことですわ。こうした人の心を動かす昔からの儀式は、若い人たちのために保たれるべきだと、著名な教育者であるスロコム師も言っていますもの。戴冠式で皇太子が父親の前で跪き、忠誠を誓うのを見たことは、もっとも感動的だったと仰っていましたわ。そして夫人は歩いて外に出るときに、人々を跪かせているマントノン家の人々の絵画を見た。彼女は今やマントノン侯爵夫人であった。従って、それは正しいことに違いなかった。だが、マリー・アントワネットにとっては…

少年の声がした
「ごめんなさい。…いけないことだとは分かってます。…」

週末を一緒に過ごす誰かの息子が、立っている牧草の間を歩いて来ようとは、マークも想像していなかった。若い世代はまったく役立たずな奴らだったが、彼らがそんなことをするとは彼にはほとんど信じられなかった。彼らの息子たちの世代はそうなるかもしれない。マークは、高いところに絵画やドレスが掛かり、荘園の背の高い牧草の向こうに陽が落ちるのを窓から眺められる、明かりの点いた天井の高いキッチンの幻影を見た。そんなものはうんざりだった。もし小作人の子供たちの誰かが彼に跪くならば、それは彼が荒野を越えたところにある教会に木製の馬車で乗り付けるときだろう。…父が猟銃でその身を撃った場所だ。

それは妙な事態だった。彼はその報せを受けたときのことを覚えていた。マリー・レオニーのところで食事をしていたときだった。…

少年の声は、確かに、夫人が草のなかを歩いたことに対する謝罪だった。同時に、ド・ブレー・ペープ夫人は明らかに、彼女が嫌っているようにみえるマリー・アントワネットの信用を落とすようなことをいろいろと言っていた。マークにはマリー・アントワネットを嫌う人間がいようものとは想像できなかった。分別ある人々であるフランス人は、マリー・アントワネットの頭を切り落とした。故にフランス人はおそらく彼女が嫌いなのだ。

マークはマリー・レオニーの家で食事をとっていた。マリーは体の前に両手を組み、下を向いて、彼が羊肉とゆでたジャガイモを食べるのをじっと見ていた。そのとき、クラブからポーターが彼に電報が来ていると言ってきた。マリー・レオニーが電話に出た。彼はポーターに電報を開けさせ、それを読んでもらうようにとマリーに言った。それはまったく普通の手順だった。クラブにいる彼のもとに届く電報は、たいてい、彼が見に行けなかったレースの結果を告げるものだった。彼は立ち上がってディナーテーブルを離れるのを嫌った。マリーはゆっくりと戻ってきて、さらにゆっくりと、悪い知らせです、と言った。事故がありました。お父様が銃でお亡くなりになったのが発見されたとのことです。

マークはかなりの間、じっと動かずに座っていた。マリー・レオニーも何も言わなかった。マークは骨付き羊肉は平らげたが、まだアップルパイは食べていないことを思い出した。赤ワインは飲み干していた。

そのときまでに、彼は、父親はおそらく自殺したのであり、自分――マーク・ティージェンス――におそらく父がこうした行為をとったことの責任があるという結論に達していた。それから、彼は立ち上がり、マリー・レオニーに喪に服するように命じ、夜行列車に乗ってグロービー邸へと赴いた。邸に着いてみると、それについては疑いなかった。父親は自殺を遂げたのだった。父親は、ウサギの後を追って、打ち金をいっぱいに起こした銃を引き摺り、思慮なく生垣を潜り抜けようとするような男ではなかった。それは意図されたことだった。

ティージェンス家の人たちにはどこか繊細なところがある。――というのも、自殺の真の十分な理由は存在していなかったからだ。明らかに、父には様々な悲しみがあった。二人目の妻の死を克服できずにいた。ヨークシャー男にとっては軟弱なことだった。二人の息子と一人娘を戦争で亡くしていた。他の男たちは同じ経験をし、それを克服した。父は自分マークを通して、末の息子――クリストファーはトラブルメーカーであると聞いていた。だが、たくさんの男がトラブルメーカーたる息子たちを持っていた。…では、家系に軟弱なところがあるのではないか！　確かにクリストファーには軟弱なところがあった。だが、それは母親に由来するものだった。マークの義母はヨークシャー南部の出身だった。南部の人々は軟弱な人たちで、クリストファーの母も例外ではなかった。クリストファーは彼女の宝物であり、彼女はシルヴィアが駆け落ちして彼のもとを去って行ったときの悲しみのせいで死んだのだった！…

声を出した少年の姿が、ベッドの後ろ側のド・ブレー・ペープ夫人の傍の視界に入ってきた。――身長が高めのほっそりした若者で、少々田舎者らしい頬、鮮明なふんわりした髪、褐色の目をしていた。直立しているが、やや軟弱な感じがする。マークは彼が誰だか知っているように思えたが、特定することはできなかった。少年は、侵入だとは気づかなかったと言って、侵入してきたことを許してくれるよう求めた。

ド・ブレー・ペープ夫人は、ありそうもないくらいにマリー・アントワネットについて話していた。夫人はマリー・アントワネットをはっきり嫌っていた。マリー・アントワネットはマントノン夫人に大変恩知らずな態度をとったとド・ブレー・ペープ夫人は言った。そんな態度はとてもとれるはずがなかったのに。ド・ブレー・ペープ夫人によれば、マリー・アントワネットがフランスの宮廷で蔑ろにされていた少女時代、マントノン夫人が彼女の味方になり、彼女にワンピースや宝石や香水を貸してあげたのだ。ところが、後に、マリー・アントワネットは恩人を迫害した。そこから、フランスと旧世界全体の不幸のすべてが生じたのだという話だった。

マークには、それは歴史を混同することのように思えたが[8]、確信はなかった。しかし、ド・ブレー・ペープ夫人は、このほとんど知られていない事実を、自分は西部の大学の一つで社会経済学の著名な教授となっているレジナルド・ワイラーから聞いたと言ったのだった。

少年が懇願するかのような、あるいは単に気が触れただけかもしれない目で彼のことを見つめている間、マークはティージェンス家の人々の軟弱さについて再びとくと考えた。マークには少年が何について懇願しなければならないのかが分からなかった。だから、それは単に馬鹿げたことに違いなかった。しかし、彼の半ズボンは、きれいに裁断されていた。本当にとてもきれいに。マークはどこの仕立て屋かが分かった――コンデュイット街の男だ。あの男から乗馬用半ズボンを得るだけの分別があるならば、こいつは単なる愚か者であるはずがなかった。…

母親がヨークシャー北部やダラムの出身ではないのでクリストファーが軟弱だというのは、十分に真実であるかもしれない――だが、それは一族が死に絶えつつあることを説明するには十分でない。マークの父親は、その息子たちを通じて子孫を残すことがなかった。マークの、戦死した二人の兄には、子供がいなかった。マーク自身にも子供はいない。クリストファーは…まあ、そこには議論の余地がある！　彼、マークが、実質的に父親を殺したと、マークは認める用意ができていた。人は誤りを犯す。人とはそういうものだ。人は誤りを犯したなら、それを正そうとすべきだ。でなければ、言ってみれば、損失を少なくしなければならない。マークには父親を生き返らせることもできなければ、同様にクリストファーに何かしてやることもできなかった。……確かに、たいしたことは。あいつは俺の金を拒否した。…だが、実際、あいつを非難することはできない。

少年はマークに皆と話しませんかと訊ねた。自分はマークの甥だと言った。マーク・ティージエンス・ジュニアだと。

マークは自分が平然としていることを誇りに思った。クリストファーの息子は彼の息子ではないのだから、この子の存在は忘れることにしようとまで決心していた。だが、そんなに早く決断を下すべきではなかった。マークは自動的な心の働きから自分がそうした決断をしたのだと知って驚いた。これまで考えてこなかった、あまりにもたくさんの考えるべき要素があった。クリストファーはこの少年にグロービー邸を継がせる決心をしていた。マークにとってはそれで十分だった。誰がグロービー邸をもらおうが構わなかった。

だが、これまで見たことがなかったこの若者の実際の姿をみると、この問題が解決を必要とする問題として、彼に突き付けられた。それは挑戦としてやって来た。それについて考え出すと、それは、女の性質について最終的な結論を出せという、彼への挑戦となった。そんな動物界の一部について頭を悩ましたことなどは、これまで一度もなかったと彼は想像した。しかし、その場に身を横たえ、マークはシルヴィアの動機について考えるのに、自分がまったく不相応に長い時間を使ったに違いないことを見出したのだった。

マークは男性以外とあまり話したことがなかった――それも自分と同じ階級とタイプの男としか。もちろん、週末に接待してくれる女性には少しは丁重な言葉をかけた。教会の前の日曜バラ園で、馬について知っている年取っていたり若かったりする女性と一緒にいたならば、女主人の客たちに丁重さを示せるだけの時間、彼女に向って馬やグッドウッド競馬場やアスコット競馬場について話した。もし女主人が馬について何も知らなければ、バラやアヤメについて、あるいは先週の天気について話した。だが、そんな話題はすぐに使い果たされた。

それにもかかわらず、彼は女についてあらゆることを知っていた。それについては自信があった。すなわち、会話や噂話の途中で、語られたりコメントをつけられたりした女の動きを耳にすると、彼は満足がいくだけこうした行動を説明する動機をいつでも提供できたし、将来がどんなコースをとるかも正確に予言できた。マリー・レオニーの、ほとんど止むことがないが不快でない会話を二十年間聞いてきたことは、明らかに教養教育だった。

マークはマリーとの関係に完全な満足を覚えていた。ティージェンス家の家系のことを考えるに際して完全な満足を見出し得る唯一の話題であると。クリストファーの彼女、ヴァレンタインは十分にかわいい娘で、忌々しいほどしっかりしている。だが、クリストファーの彼女との関係は男の頭に多くの心配をもたらしたので、娘個人のことはさて置くにしても、これはかなりまずい選択だった。男に心配をかけず、心配の原因にもならない女を選ぶということが、男の役目というものだった。まあ、クリストファーはその両方になる女を選んだ――その結果を見てみるがいい。

マーク自身は完全に誤りを犯していた――最初の瞬間から。彼が最初にマリー・レオニーを見たのは、コベントガーデンの舞台の上だった。彼は義理の母親に付き添ってコベントガーデンに来ていたのだ。義母は父親の後妻で――もの柔らかな女だった。血色がよく、穏やかな、本当に聖人のような人だった。グロービー邸のまわりでは聖人として通っていた。もちろん英国国教会の聖人としてだ。それがクリストファーにとっては問題だった。ティージェンス家の人間は気質に聖性を必要とはしなかった！そんなものは、必ずやティージェンス家の男を悪漢とみなさせた！

しかし、彼は継母への礼儀から、めったにロンドンに出たことのない継母にお供して、コベントガーデンに行ったのだった。そして、そこでバレエの二列目にマリーを見つけた――当時はもちろんもっとスリムだった。彼はすぐに彼女を身請けする決心をし、丁重な門衛に舞台の戸口から彼女の住所を聞き出してもらうと、次の日の十二時半近くには、彼女の下宿に向かってエッジウエア通りを歩いていた。彼は彼女を訪問するつもりだった。だが、通りで彼女に出会った。そこで彼女に会ってみると、彼は彼女の歩き方、姿かたち、こぎれいなドレスを好きになった。

マークは、傘をもち山高帽をかぶった姿でまっすぐ彼女の前に立ち――女は怯みもしなければ彼の脇をすり抜けようともしなかった――ロンドンでの契約が切れたとき、一年二五〇ポンドに考慮されるべき小遣い銭を加算するという条件で「ベッドのなかに」納まるつもりがあるならば、セント・ジョンズ・ウッド公園にあなたのために借りるだろうアパートに、あなたのクリーム入れを置いても構わないと言ったのだった。セント・ジョンズ・ウッド公園近辺は、当時、彼の友人たちのほとんどが居を構えていた場所だった。マリーは、グレイズ・イン・ロードの近辺のほうが好みだった。こちらのほうが、もっとフランスを思わせたからだった。

しかし、シルヴィアはまったく別だった。……

若者は顔中真っ赤だった。古靴のなかのアオガラの雛たちは苛立っていた。茅葺き屋根の上の大枝で母鳥が警告の鳴き声をあげたのにもかかわらず、チーチーと鳴き声を立てていた。茅葺きの上に大枝が何本も出ているだなんて、確かに不衛生だった。だが。とても堕落したため、アオガラの雛たちでさえ、食欲の前ではチーチー鳴くのを抑えられない時代に、それが何だというのだ。

この若者は――シルヴィアの庶子であるこの若者は――ド・ブレー・ペープ夫人に困惑したように話しかけていた。伯父さんは、ド・ブレー・ペープ夫人の歴史と社会学の講義に憤慨しているのではないでしょうか。自分たちは木について話すために来たというのに。それで伯父さんは僕たちと話そうとしないのではないでしょうか、と。

夫人は、旧世界の放蕩者の貴族たちに歴史の教訓を与えることがまさしく自分の生涯をかけた使命なのですと言った。彼らがどんなに恨もうとも、それが彼らのためなのです、と。木について話すことは、あなたが自分ですればよいでしょう。夫人は貧しい人々がどんな生活をしているかを見るために庭を一巡りするつもりだった。

それだと何故ド・ブレー・ペープ夫人がそもそもやって来たのかが分からないと若者が言った。夫人は、傷ついたお母様の聖なる依頼で自分はやって来たのですよ、と答えた。それは、若者にとって、十分な答えとなるはずだった。彼女はひょいと動いてマークの視界から姿を隠した。

若者は目に見えるほどに喉をゴクリとさせ、少し突き出た目を伯父に向けた。彼はしゃべろうとしたが、長時間、無言で、目玉をぎょろぎょろとさせていた。それはクリストファー・ティージェンスの癖であって――ティージェンス家の癖ではなかった。話す前に人の顔をじっと見つめるのは。クリストファーは明らかに、それを母親から受け継いだのだ――過大に。彼の母親は長い間、人をじっと見つめたものだった。もちろん、不快に、というわけではなかった。だが、クリストファーは小さな頃でさえ、いつも自分マークを苛立たせた。もしクリストファーが刺された豚みたいに自分のことをあんなにも長くじっと見ることがなかったならば、自分も今とはちがっていたかもしれない可能性がある。あの不快極まる朝には。停戦記念日のだ。…忌まわしい。

ハンプシャー連隊第二大隊のラッパ手であるクランプの長男が、カーキ色の軍服の後ろに輝くラッパを持って坂を下っていた。今や、彼らはこの楽器に関してひどい争いをするだろう。停戦記念日に、彼らはマリー・レオニーの窓の下の教会の階段で葬送ラッパを吹いた。…葬送ラッパだ。…イギリスの最期の。彼はそう考えたのを覚えていた。彼はそのときには降伏の全条件は知らなかったが、クリストファーには刺された豚みたいなところがあった!…十分な量の。…彼はそれに値しないとは言わなかった。もし間違いを犯したなら、その代わりになるものを得なければならない。間違いを犯すべきではなかった。

ベッドの足元に立つ若者は、喉に喉仏を飲み込むような、苦悶の表情をみせていた。

若者は言った。

「僕には伯父さんが僕たちに会うのを嫌がっているのがわかります。それでも、僕たちに話しかけるのを拒否するのは、少し酷いのではないでしょうか！」

マークは、あったに違いない会話の途絶に少し驚いた。シルヴィアはこの地所のまわりをスパイして回っていた。何度も何度もそこを回っていた。彼女はクランプ夫人との会見を再開していた。目下の者たちに暴露すること——自分が夫を嫌っているという事実を暴露し詳述することを好むとは、奇妙な趣味であるようにマークには思えた。女が自分のもとを去ったならば、マークはそれについては口を閉ざすほうを好んだだろう。彼は確かに、その女が選んだ男の使用人たる大工に向かって、そのことをギャーギャー言ったりはしなかっただろう。それでも十人十色だ。シルヴィアは明らかに彼女自身の悲しみで精一杯で、クランプ夫人が彼マークの状態について言ったことを聞いていなかったのだろう。彼があの売女とこれまでに交わした二回の話し合いでは、彼女はそんなだった。クリストファーに対する不満を激しく抱えて入ってきて、グロービー邸に住まうことの許される条件についてはまったく何の考えももたずに去って行った。明らかに彼女が考え出したことを考えるには、頭に負担をかける必要があった。例えば、頭をおかしくすることなしに、そうした性的残酷さを考え出すことはできなかろう。例えば、自分の内部から取り出さずして、マークが若い時の罪に苦しんでいるという話を作り上げることはできないだろう。それが頻繁に噂話をでっち上げる人たちに対する最終的な天罰なのである。彼らは少し頭がおかしくなる。名前は思い出せないが、クリストファーに対する最悪の話を聞かせた、半分スコットランド人で半分ユダヤ人である男は、少し頭がおかしくなった。彼は顎鬚を生やし、不適切な場面で山高帽をかぶった。まあ、実際、クリストファーは聖人であり、天は聖人を冒瀆する者たちに巧妙な罰を加えるものなのである。

とにかく、あの売女は自分の話に夢中になりすぎて、マークがしゃべれないことを気に留めていなかった。もちろん、性病の結果は考えて楽しいものでなく、彼のためにその病気をでっち上げたシルヴィアは、その結果の症状を考えるのを好まなかったのである。とにかく、若者は彼がしゃべれないことを知らなかったし――ド・ブレー・ペープ夫人も知らなかった。彼らに対しても、誰に対しても。マークは世捨て人だった。彼は世の中の動向を知覚し、その野望に、その祈りにさえ耳を澄ましたが、二度と舌も指も動かそうとはしなかった。それは死んでいるようなものだった――あるいは神であるような。

若者のほうは、罪の許しを求めているようだった。自分自身とブレー夫人がここに来たのはスポーツマン精神に適ったことではないというのが彼の考えだった。

しかしながら、それは十分スポーツマン精神に適っていた。彼には、自分たち二人が、彼マークをまさに悪魔のように恐れていることが分かった。しかし、その思いは――あらゆる状況がそうであるように――疑ってみてもよいかもしれなかった。それに、状況が異常だった――あらゆる状況がそうであるように。明らかに、父親が愛人と一緒に住んでいた家に若者が来て暮らすのは、若者にとっても妻の親友にとっても趣味の良いことではなかった。それでも、彼らはグロービー邸を、一方は貸したいと、他方は借りたいと思っていた。マークが許可を与えなかったり、少なくとも反対したりすれば、彼らはどちらも望みを叶えられなかった。これは取引であり、取引は悪趣味の大部分を覆い隠すものと考えられるかもしれなかった。

そこで、実際に、若者は、もちろん母は素晴らしい人ですと口では言ったものの、彼、マーク・ジュニアには母の手続きが多くの点で怪しいものであることが分かっていた。しかし、女性に――それも傷ついた女性に――そうでないことを期待することなどできるものではない…。ならば、不当な扱いを受けた女性にもそれは当てはまるだろう。…若者は目を輝かせ頬を赤らめながら、少なくとも母が傷ついた女だと認めてくれるようにとマークに乞うた。…不当な扱いを受けた女に…若いケンブリッジの学生たちと同じ目線でものを見ることを期待することはできません！　と言って。その一方、彼はマークに、自分の仲間たちは――首相の息子、年下のドーブル、ポーター、そして彼自身は――男が好きな相手と住むことは許されるべきだという意見を全員一致で持っていますと急いで請け合った。従って、自分は父の行動に異議を差し挟んでいるのではなく、機会があれば、喜んで父の…連れ合いと…握手するだろうと。

彼のキラキラ光る眼が少し潤んだ。自分は実際、何も疑っているわけでなく、もう少し父の影響を受けられていたら良かったと考えているだけだと言った。彼は自分があまりにも母親の影響下に置かれてきたと考えていた。ケンブリッジでは皆そのことに気づいていた。いったん結ばれた絆を解くという問題が生じると、それは真の障害になる。科学的に考えたならば、だ。問題は――性的魅力の問題は――科学者のあらゆる努力にもかかわらず、まったく謎のままに留まっている。それに対する最善の見方は――もっとも安全な方法は――性的引き付け合いは、原則として、気質的、肉体的に対極にあるもの同士の間に生じるというものだ。というのも自然は極端を修正することを望むものだからである。実際、自分の父と母ほど違った人間同士は存在しない。――一方はとても優雅で運動神経が発達していて…そう、魅力的だ。他方は、…そう、言ってみれば、尊敬に価するが…無法者。もちろん、ある種の法を犯しても清廉の士のままでいることはできるものだが。

この若者は、母親が、会った人には誰にでも、彼の父親は女にたかって生活していると告げているのを知っているのだろうかと、マークは思った。…無害だと思ったときには、女の不道徳な稼ぎについても仄めかしたものだった。

それでは、彼は名誉の人であり、男性として不器用であり、彼なりに立派な人でもあるということか…まあ、しかし、彼マーク・ティージェンス・ジュニアは、父親を裁くためにここに来たわけではなかった。伯父のマークには、この若者が愛情と賞賛の気持ちをもって父親のことを考えているのが分かった。しかし、もし自然が——擬人的な表現が一番の近道だと思うので、それを使うのを許してもらわねばならないが——子供における極端を矯正するために正反対な性質の結合を意図するならば、その過程は、要するに、肉体的結合の行為で完遂されるわけではない。というのも、明らかに遺伝した肉体的特徴と明らかに受け継がれた記憶があるにせよ、人との付き合いによる気質への影響に関する問題が未だに残るからである。それ故、結合の果実を専ら対極の人との付き合いによる影響のもとに置くことで、おそらくは自然の目的を打ち負かすことも大いに可能なのである。

あの若者は奇妙な問題だとマークは思った。彼は善良で率直な青年に見えた。少々おしゃべりだ。それでも、自分ですべてをしゃべらなければならないとすれば、それは許されるべきことだった。ときどき、青年は、敬意をもってマークの意見を聞きたいと願うかのように、話を中断した。それは適切なことだった。彼、マークは、気の利かない青二才には我慢ならなかった。気の利かない青二才のなかでも、特に通常以上に自説を曲げず、感情的に見える青二才には。さらに、いったん子供時代を越えてしまった若者には我慢ならなかった。しかし、科学的調査を行いたいと思うならば、自分で個人の血統の真実に到達したいと思うならば、自分の好き嫌いは脇に置いておかなければならないということは認識していた。

神のみぞ知るだ。彼がクリストファーのことを認識したのは、父親の下の息子たちの一人としてだった。――マークにはクリストファーが苛立っているのが分かった。どちらかと言えばボーッとした、金髪の悪ガキだった。数学にもっとも強い興味を抱き、何年も前にグロービーの子供部屋の内外で、その後グロービーの廏の内外で、あの出目で下品な目で人を睨みつけながら立っていた。そこで、もしこの若者が自分をイライラさせるとすれば、この若者は他の男がシルヴィアに孕ませた非嫡出子ではなくクリストファーの子であるということを明らかにする証拠となるだろう。…あいつの名前は何と言ったか？いずれにせよ、トラブルメーカーだ。

おそらくあの子は別の男の子供だろう。もしあの女が少なくとも妊娠したと考えなかったなら、クリストファーを結婚の罠に陥れることもなかっただろう。もしあの女がそうした状態にあったのなら、男を結婚の罠に陥れたことに対して言うべきことは何もない。しかし、いったん私生児に名前を与えてくれる男を得たからには、ある程度の忠誠をもってその男を扱うべきだ。男は大きな奉仕をしてくれたのだから。シルヴィアは決してそうすることがなかった。…ティージェンス家の人々はこの子を家族の一員として引き取った。子供はすでにグローピー邸に引き取られていた。…問題はなかった。ティージェンス家のような大家族では前にも同じようなことが起きていたのだった。

だが、シルヴィアを有害な存在にしたのは、彼女が後にこの色情狂ぶりを彼の不幸な弟に移してしまったことだった。

他にこの件について考える方法はなかった。彼女は正しいにせよ間違っているにせよ、他の男の子供を孕んだと考えたので、クリストファーを誘惑して自分と結婚させた。自分たちには決して分かるまい――彼女自身も恐らく分かっていないだろう――この子がクリストファーの息子なのかもう一方の男の息子なのかは。イングランドの女たちはこうした事柄について、それほどにだらしなく、内気なのだ。それは許されることだった。だが、その日以降の彼女のその他すべての行動は許されるべきものではなかった。――性的悪意の衝動によって犯された行動とみなすのでもなければ。

それは完全に正当なことだ。まだ生まれていない子供に名前と父親と与えるのは、母親の責務だ。だが、後にその父親の名を台無しにすることは、子供を名無しにするよりも恥ずべきことである。若者は今やグロービー家のティージェンスであった。――だが、この若者は、母親によれば、口に出すのも憚られる行為をした父親の息子だった。――さらに言えば、夫を魅了することのできなかった母親の息子だった。地所の大工にそのことを宣伝したのは誰だろう！　もし我々が種の利益は至高の法であると言うならば、これはどんな種類の美徳なのだろう？

シルヴィアの風変わりな行動はどれも、若者の父親を自分のもとに戻らせるという唯一の目的を視野に入れたものだと言ってよいだろう。きっとそうだろう。彼マークは完全に認める用意ができていた。シルヴィアの不倫でさえ、たとえそれらがどんなに悪名高いものであろうと、彼の不幸な弟の注意を取り戻すための手段、彼の不幸な弟に自分を忘れさせないための手段だったのではないだろうかと。結婚後、自分は単にだしに使われたのだと気づいたクリストファーは、おそらく結婚生活で彼女のことを冷たくあしらったか、彼女を無視したのだろう。…それに、あいつはかなり魅力的な男だ、クリストファーは。彼マークも今ではそれを認めざるを得ない。一般聖人でありキリスト教の殉教者である、等々。…もし女が彼のそばで暮らし、彼に無視されねばならないとしたら、女を発狂させるに足るだろう。

旦那への性的魅力を保持するためには——かき立てるためには——女たちは、明らかに、どんな手段でも使うことを許される。それこそがこの世にあばずれ女が存在する理由である。彼女たちは種を永続させなければならない。そのために彼女たちは自分自身に注意を払わせ、自分の気質に応じて、用いるのに適切とみなせるどんな工夫をも用いなければならないのだ。その残酷さは興奮剤となり、男は敗北を認めざるをえない。その女の要求を何でも認める準備ができる。残酷であることは、自分に注意を引くための手段である。自分の存在を男に忘れさせる女が、男に求婚されることはあり得ない。だが、おそらく物事には限度がなければならない。このことやその他すべてのことにおいて、自分には何ができ、何ができないかを知っていなければならない。——そして、この特別のプディングやその他すべての効果の証明は、食べてみることだ。シルヴィアは夫の心に自分を留め置く決心をして、あらゆる手段を講じたが、確かに、取り返しがつかないほどに夫を失ってしまった。別の娘のせいで。そして自分は単に厄介者になった。

男を取り戻すことに熱中する女は、何らかの方法を、少なくとも何らかの計画案を持っていなければならない。——だが、マークは停戦記念日の夜にクリストファーと交わした果てしない会話でそれを知ったのだが——シルヴィアは彼女の言う「シャワーの紐を引っ張って冷や水を浴びせること」に最高の喜びを感じていた。彼女は途方もないことを、ほとんどは残酷な種類のそうしたことを、何が起きるかを見る喜びのためにやってのけた。まあ、目的達成のための活動をしているときに楽しみに耽ることなど、通常はあり得ないことだ。目的達成の主題に関しては。もしも得策をとることよりも自分の欲求を優先したら、得られるものは限られてしまう。忌々しいことだ！

どんな振る舞いをしたにせよ、彼の弟の子をもう一人生むことに成功したならば、シルヴィアは正当化されただろう。だが、そうはならなかった。ティージェンス家の血筋は豊かにされなかった。それで、彼女は単なる厄介者だった。

忌々しい厄介者。…今は何を企んでいるのか。完全に明らかなことは、ド・ブレー・ペープ夫人とこの若者がここに来た理由は、シルヴィアがまたもや…事実上、サディズムの発作を起こしたからだということは、完全に明らかだった。彼らはクリストファーがもうちょっと傷つき、シルヴィアを忘れないようにするために、ここへ送られてきたのだ。では、これは何なのだ。いったい、これは何なのだ。

若者はしばらく黙ったままだった。若者はマークを、ギョロ目で喘ぐように見つめていたが、それは、彼の父親が――特に停戦記念日に――マークをイライラさせた仕草だった。…そこで、今、マークは、どうやらこの子はおそらく弟の子だと認めているようだった。結局、本物のティージェンス家の人間が、素晴らしい杉の木の背後にある途方もなく長い灰色の家を治めることになるのだ。ヨークシャーで、イングランドで、大英帝国で、一番高い杉の木の。…構うものか。屋根に樹を覆いかぶせる人間は、毎日、医者を呼び入れることになる。…若者の唇が動き始めた。何の音も出て来なかった。若者はおそらく緊張していたのだ。

彼は疑いなく父親似だった。…もっと色は黒く…褐色の髪、褐色の目をし、今は、血色の良い頬をすっかり紅潮させていた。一種…恐れや困惑を示す…何かそういった…表情だった。そう、シルヴィアは金髪碧眼、クリストファーは髪は白髪が混じった黒だが肌は色白だ。…畜生、この子はこの年齢かそれ以前の頃のクリストファーより魅力的だ。…クリストファーはグロービー邸の教室の扉のあたりをぶらぶらし、数学的波動理論に頭を悩ませた。彼マークは、彼にも、実のところ、グロービー邸の他のどの子にも我慢ならなかった。妹のエフィーは——牧師の妻になるべく生まれたような娘だったが——困惑していた！　まさにそれだった！…父の後妻である煩わしい女——聖人だと呼ばれたが糞くらえだ！——が、ティージェンス家に困惑の種をもたらした。…こいつはクリストファーの子だ。聖人の血統、その他を考えれば。クリストファーはおそらく土曜日の午後を除き、積分学の論文を書いて実入りの多い生活を送る、聖公会の地方参事になるために生まれてきたのだ。聖人であるという大きな評判を得るために。だが、クリストファーは地方参事でもなければ大きな評判も得ていない。彼は、高潔な鼻を使って騒ぎ立てる、古い家具の販売人である。天は妙な具合に仕事をするものだ。若者は今や言っていた。

「木が…大きな木が…窓を暗くしています。…」

マークは「そうか」とつぶやいた。グロービーの大木はティージェンス家の象徴だった。グロービー邸の四方三十マイル内に住む人々は、グロービーの大木のそばで誓いを立てるのだった。その他のライディング地方では、住人がグロービーの木とグロービーの井戸はそれぞれ同じ高さと深さをしていると言っていた。酔っぱらって想像力豊かになると、クリーヴランドの村人たちは、断言したものだった。グロービーの大木は三六五フィートの高さがあり、グロービーの井戸は三六五フィートの深さがあると。否定しようものなら殴り倒されるだろう。一日一フィートで三六五フィートなのだ。

特定の機会に——マークは何の機会か覚えていなかったが——村人たちがこの木の大枝にぼろ

や小物を吊るす許可を求めたものだった。クリストファーは、ジャンヌ・ダルクに対する主訴の一つは、彼女や他のドムレミー村の娘たちが杉の大枝にぼろや小物を吊るしたことに対するものだったと言った。妖精たちへのお供え物として。…クリストファーはこの木を非常に尊重していた。彼はロマンティックな頑固者だった。おそらく彼は、グロービー邸の他の何物にもまして、この木を尊重していた。屋敷がこの木の邪魔になると考えたならば、彼は屋敷を取り壊しただろう。

甥のマークはぐだぐだと話していた。肯定的な内容ではあったが。

「イタリアにはことわざがあります。樹に家を覆わせている者は、毎日、医師の訪問を受ける、っていう。僕も賛成です。…もちろん原則的に。…」

まあ、それはそれだ！　それでは、シルヴィアはグロービーの大木を切るよう脅しをかけて欲しいと提案しているのだ。ただ、脅しをかけて求めることを。だが、それだけでも惨めなクリストファーを苦しめるのには十分だろう。グロービーの大木を切り倒すことはできない。だが、この木が同情を示さない人たちの管理責任下に置かれていることは、クリストファーを発狂させるのにほぼ十分だろう。――何年も何年もの間。

「ド・ブレー・ペープ夫人は」若者は口ごもった。「木の存在に極めてご執心です。…原則的に僕も同感です。母は伯父さんに分かってもらいたいと思っているんです――ああ、今の時代――家を実質的に貸すことができません、もし木が存在すると。…そこで母はド・ブレー・ペープ夫人を見つけたのです。母は貸すことを宣言しましたが、まだ貸す勇気が出来ていないのです…」

若者は口ごもり続けた。それからビクッとして話を止め、顔を赤らめた。女性の声が呼びかけた。

「ティージェンスさん…マークさん…ハイ…ドオ！」

白いズボン、白い上着、白い広縁の中折れ帽と、全身白ずくめの小柄な女性が、白い星が額に一つ付いた――大きな鼻孔と利口そうな頭をもつ――栗毛の馬から滑り降りた。女性は明らかに若者に向けて手を振り、それから馬の鼻孔を撫でた。明らかに少年に向けてだった。…というのも、年上のほうのマークが「ハイ…ドオ」などと声を出して彼の注意を引くような女を知っているとは明らかに思えなかった。

四角い固い帽子をかぶったフィトルワース卿が、棺型の頭をした、非常に大きな、灰色に黒みがかったぶちのある馬に乗っていた。卿はブラシみたいな短く刈った口髭を生やし、カサガイのようにへばりついて座っていた。マークのほうに鞭を振り、鐙の脇にいるガニングに話し続けた。棺型の頭をした馬は前進し、一本か二本、脚を持ち上げた。激しい、傲慢な、鋭くかん高い叫び声が、それを邪魔した。若者はますます顔を赤らめ、あの汚らわしい日のクリストファーのように、激情に飲み込まれた。家具を一つ腕に抱えたクリストファーが、マリー・レオニーの部屋で、ベッドの寝るときに足の来る側を、目を剝いてじっと見つめていた。

マークは辛い気持ちで自分に誓った。彼はその日のことを思い出すのが嫌だった。今、この若者と、クランプの年少の子供たちがラッパ手の兄からもらった忌々しいラッパとが、このことを忌々しくも彼に思い出させたのだった。それが続いた。間隔を置いて。一人の子が挑戦し、もう一人が続いた。明らかに、その後。クランプの長男がラッパを手にした。

ラッパが鳴り響いた。…。タ…タ…タ…タ…ティ…ター…ター…ティ…タ。…消灯ラッパだ。

まったく忌々しい消灯ラッパ。ああ、あの日、マークが予言したように、誰か酔っ払いが窓の下で消灯ラッパを演奏している間に、クリストファーはむき出しの感受性により、まったくひどい地獄の混乱に陥ってしまったのだ。そのサヨナラが演奏されている間に、マークは先見の明を得たということを言いたかったのだ。だが、彼は思っていた以上にそれを嫌った。自分自身にさえ冒瀆を用いることはできなかった。彼は深く感動しなければならなかった。この獣のような騒音に、ひどく深く、感動しなければならなかった。それは惨事のように、その日を越えてやって来た。彼はマリー・レオニーの部屋の細部がどこもあの日のままであるのを見た。システィーナ礼拝堂の聖母像の巨大な彫刻の下の、大理石の炉棚の上には、マリーが彼のためにパン粥のようなものを温めておく吸い飲み器があった。…恐らく、自分で取って食べた最後の食事だ。

V章

いや、違う…あれはあの忌々しい日の十二時頃か、その前後だったに違いない。いずれにせよ、彼は、その後とったどんな食事も覚えていなかった。覚えていたのは、それに続く無限に長い、激しい苛立ちの期間だけだった。屈辱を感じ、自分を責めることができた限りにおいて、屈辱の期間だった。クリストファーが破滅的な意図と思えるものを告げたときに、自分が鼻孔から激しく息を吸い込んだことは未だに覚えていた。…おそらく朝の四時頃、ようやくウォルストンマーク卿が電話を掛けてきて、ハリッジ[1]から出されることになっている輸送を取り消すよう自分、マークに依頼してきた。…朝の四時にだ、馬鹿者奴らが！　彼の代理がお祭り気分でどこかに行ってしまい、ウォルストンマーク卿はハリッジで使われている暗号コードを知りたかったのだった。輸送はどうしても止めなければならない。ドイツへの侵攻は取り止めになる予定だ。…マークはそれ以降、一言もしゃべらなかった。

　弟はもうダメだ。国も終わった。自分も、ことわざに言う通り、落ちぶれ果てた。激しい屈辱を感じて――そう、屈辱だ！――彼はその朝――一九一八年十一月十一日に――もうおまえとは二度と話さないと言ったのだった。そのとき、彼は、あの件について――グロービーの件について――クリストファーにもう二度と話さないと言うつもりではなかった。クリストファーがあの広大な、はるかに広がる、灰色の、煩わしい家と、樹と、井戸と、荒地とジョン・ピールの衣装すべてを受け継いでも構わなかった。あるいは、自分がこれを彼に遺すことにしても。自分マークは、もうその件について二度と話すつもりはなかった。

どれだけ正しいか分からないが、マークはこう考えたのを覚えていた。自分マークは彼クリストファー・ティージェンスの家政から目を背けるつもりだと言っていると、クリストファーが受け取ったかもしれないと。彼の考えとこれ以上隔たった考えはなかった。彼はヴァレンタインに特別な愛着を感じていた。戦争省の控室で、傘の取っ手を齧りながら彼女の脇に腰かけ、愚か者のように感じながら座っていたとき以来ずっとそうだった。しかし、そのときには、マークはヴァレンタインにクリストファーの愛人になることを勧めたのだった。少なくとも、ヴァレンタインにクリストファーの骨付き羊肉とボタンの世話をしてくれるようにと頼んだのだった。そして、一年かそこら後に、クリストファーがついにあの若い娘とつきあうことになり、その結果どうなることか、一か八かやってみるということになったとき、マークには二人との関係を断つつもりはなかった。

その考えにかなりの不安を覚えたマークは、クリストファーに大まかなメモを書いて送った。――これは、彼がペンを握った最後となった。兄の支援など、女には大して役に立たないだろうが、この件での特殊な状況の場合、意味があるかどうかは別にして、自分がグロービー邸のティージェンスであること、またティージェンス夫人のマリー・レオニーがヴァレンタインと彼女の連れ合いの赴くあらゆる行事に同行するつもりであることは、小作人や何やらに対して、それなりの価値を持つものとなるだろうと断言したのだった。

そう、そしてマークは約束を破らなかった。

しかし、一旦、役所からばかりか全世界からも引退することを考えると、その考えは屈辱と倦怠を糧にして、ますます大きくなっていった。彼は死ぬほどに——役所について、国について、世界の人々について——倦怠を感じ、それを自分から隠すことができなくなった。

彼は、人々、街路、牧草地、空、荒地に倦怠を感じた。彼は仕事を終えていた。——それはウォルトンマーク卿が電話をしてきた前のことで、マークは未だに、物資を何らかの目的でそここに届けるのが自分の仕事だと考えていた。

男は国や家族に対して義務を果たすために世界に存在する。…だが、一番は自分の家族のためだ。だが、自分は家族を随分と落胆させてきたと認めざるを得なかった。——主としてクリストファーを。だが、その影響は小作人たちにまで及んだ。

彼は常に小作農やグロービー邸にうんざりしてきた。生まれつき怠け者だった。そういうことはあり得ることだ。傑出した旧家には起こりがちなことだった。グロービー邸やグロービー全体の業務がこんなに彼をうんざりさせるのは妙なことだった。自分は意固地に生まれついたのではないかと思った。ティージェンス家の人間は皆、ある程度の意固地さをもって生まれてくる。孤独に由来するのかもしれない。荒野は、気候が厳しく、隣人たちは荒っぽい。——ひょっとするとグロービーの大木が家を蔭らせているという事実にさえよるのかもしれない。教室の窓から覗けば大木の太いゴツゴツした幹が見えるし、子供たちのいる屋敷の翼状に延びた部分もその大枝で蔭らされている。真っ黒く！…葬式の羽根飾りだ！　ハプスブルク家の人々は彼らの宮殿を嫌ったと言われている。――明らかに、それが理由でヨハン・オルト[2]は一般市民になったのだった。いずれにせよ、彼らは王族としての仕事を投げ出してしまった。

　マークのほうはと言うと、彼は非常に早い年齢で、田舎紳士の仕事を投げ出す決心をしていた。自分が、とんでもなく頭の固い乞食たちや、何ともひどい吹き曝しの荒野や、湿った谷底に頭を悩ます者になるなどとは、まったく考えられないことだった。低い身分の者たちへの義務は負うが、自分にその者たちの間で暮らしたり、彼らが寝室に空気を通す面倒を見たりしなければならない謂れはなかった。それは、ほとんど常に、虚勢を張ることでしかなかったし、穀物法以降は、ほとんど完全に虚勢を張るためだけのものに堕してしまっていた。それでもなお、地主は、祖先たちが何世代にも渡って収入を得てきた土地から、自らもまた恩恵を受けていることは明らかだった。

　だが、彼はそれをしないつもりでいた。というのも、生まれながらにして、そんなことには飽き飽きしていたのである。彼が好きなのは競馬と、競馬が好きな仲間たちと競馬について話すことだった。彼は最後までそれをするつもりでいたのだった。

　ところが、現実はそうはならなかった。

　彼は、自分の目が閉じるまで、役所と自分の部屋とマリーの部屋を行き来し、立派な家柄の競馬馬所有者とともに週末を過ごすつもりでいた。もちろん、神はグロービーのティージェンス家の人々でさえ、最後には始末するだろう！　彼は、父親が死んだとき、グロービー邸を、後継ぎがあり地所をうまく管理できそうな弟たちの誰にであれ、譲るつもりでいた。そうなれば、極めて満足だっただろう。すぐ下の弟のテッドはしっかり者だった。もし子供がいたならば、この弟がぴったり望みにかなっただろう。その次の弟も同様だった。……彼ら二人には子供がなく、二人ともガリポリの戦い[3]で殺されてしまった。メアリーは、実際、彼の次に生まれた妹で、もししっかり者の女などという者がいるとすれば、まさにしっかり者の女だったが、赤十字の看護婦長として、何故か殺されてしまった。彼女だってグロービーを十分にうまく管理することができただろうに。ちょっと口髭が生えた、大柄で、赤ら顔の、地味な女だった。

こうして、クリストファーにぶち当たることになったとき、神はマークをがっかりさせた。……まあ、クリストファーだってグロービーを十分にうまく管理できただろう。だが、その気がなかった。グロービーの土地を一ヤードも所有しようとしない。グロービーの金には一ペニーたりとも触ろうとしない。クリストファーは今そのために苦しんでいた。

実際、彼らは二人とも苦しんでいた。というのも、マークには、クリストファーのことも地所のこともどうなるか、分からなかったからである。

父が死ぬまでは、マークはこの弟についてほとんど思い悩むことはなかった。弟は自分より十四歳年下だった。兄弟姉妹は全部で十人いた。彼の実母の子供たちのうち三人が幼くして死に、一人は脳足りんだった。それで、マークが永久にグロービーを去ったとき、クリストファーはまだ赤ん坊だった。彼が雨傘を持って、クリストファーが教室のドアのところや実母の居間で夢心地にボーッとしているのを見た訪問のときは除いてだが。それでも、マークはこの少年にほとんど会ったことはなかった。

そしてクリストファーの結婚式で、マークはもう二度と彼には会うものか、とはっきり心に決めたのだった。――だまされて売春婦と結婚する羽目になった愚か者とは。弟の不幸を願ったわけではないが、クリストファーのことを考えるとマークは気分が悪くなった。その後、彼は、何年もの間、これ以上考えられないほどの悪い噂をクリストファーについて聞いた。ある意味、そうした噂はマークを慰めた。自分がティージェンス家のことをほとんど考えていないことは神も承知だ。——特に、あの柔な聖人が生んだ子供たちのことは。だが、マークは自分の兄弟がいいカモであるよりは悪党であって欲しかった。

その後、広まった悪い噂によって、彼は徐々に、クリストファーが実際にとてもひどい悪党だと考えるようになった。彼はそれを十分容易に説明することができた。クリストファーは柔な性格をしていて、柔な性格の男を堕落させるために女ができることは、想像を絶する。そして、クリストファーが摑んだ女は——彼を摑んだ女は——これもまた想像を絶する女だった。マークは女たちをまったく高く評価していなかった。ちょっとぽっちゃりしていて、健康的で、ちょっと忠実で、ドレスで人目を引かない女であれば、彼には十分だった。…だが、シルヴィアはウナギのように痩せていて性悪の雌馬のように悪徳に満ち、まったく不誠実で、パリの高級売春婦のように着飾っていた。マークが見たところ、クリストファーは、年間六千か七千ポンドというかなりの額で、あの女を飼っておかなければならなかった。しかも間違った側にいる人たちと付き合うことで。——それも、最大、二万ポンドの収入のなかからだ。下の息子にとって、それはかなりの額になる。当然のこと、その金額を得るために道を踏み外さねばならなかった。

マークにはそんなふうに感じられた。…それに、それはほんのわずかな問題にしかならなかった。彼がクリストファーのことを考えたのは、おそらく年に二回程度だった。しかし、その後ある日——二人の弟が殺された直後に、グロービーから父親がやって来てクラブにいたマークに言ったのだった。

「二人の男兄弟が殺されたからには、クリストファーが実質的にグロービーの跡取りだという考えがおまえの頭に浮かんだことはないかね。おまえには嫡出子がいないのだろう？」マークは、自分には私生児もいないし、確かに結婚する積もりもないと言った。

あの日には、確かに、自分はカトリック教徒のマリー・レオニー・リオトールと結婚する積もりはなく、また自分は他の誰とも結婚する積もりはないとマークは確信していた。そこで、クリストファーが――あるいはクリストファーの跡取りが――絶対にグロービー邸に入らなければならなかった。実際、これまでそうした考えがマークに浮かんだことはなかった。しかし、この考えが強引に彼の頭に入り込んで来ると、これが彼のそれまで抱いていた人生の計画を覆すものであることが即座に分かった。今、クリストファーを見てみると、この男はグロービーを託すには、世界でもっともそぐわない男だった。グロービーの管理はある程度、牧師の仕事であると見なさなければならなかったからだ。自分自身もさほど変わりはない。地所に関してはあきれるほど関心がない。父の土地差配人は極めて有能な男であったけれども、マーク自身は当時の戦争の件に絶望的にのめり込んでいて、地所について学ぶ時間はまったくもたなかったのだった。

それ故、彼の人生設計には狂いが生じた。すでにかなりの激震があった。マークは自分を自分の運命の主だとみなす習慣だった。野心はそれほどに限られ、習慣や富を背景に身を護られていたので、状況が必ずしも彼の意思にそぐわないものとなっても、運命が自分に触れることはほとんどないものだと思っていた。

ティージェンス家の下の息子が大胆な法律違反者であり――少なくとも抑制を軽蔑しているこ

とは一つの問題だった。だが、グロービーの世継ぎが、不快な失策によって彼の属する階級全員の鼻腔に悪臭を漂わせる、騙されやすいトラブルメーカーであることは、それとはまったく別の問題だった。…少なくとも、彼の父や一番上の兄が属する階級にとっては。ティージェンスは、極めて軽蔑すべき値段で、自分の妻を彼女の従兄の公爵に売ったので、その取引があった後でさえも明らかに文無しだったと言われていた。彼は妻を他の裕福な男たちに――例えば、銀行の頭取たちに売った。その後でさえも　彼は偽造小切手を手渡すまでに成り果てていた。もし男が悪魔に魂を売るなら、彼は少なくとも相当な値段を主張しなければならない。同様の取引はあの売女がそれに交じって活動していた仲間たちを特徴づけるものであったとも言われていた。――しかし、ラグルズに言わせれば、妻を政府の役人に売る男たちのほとんどは、政府の機密情報によって何百万ポンドも稼いだ。――あるいは貴族の称号を手に入れた。貴族の称号と何百万ポンドとを手に入れることも稀ではなかった。しかし、クリストファーは大馬鹿なので、そのどちらも手に入れられなかった。彼の小切手は二束三文に成り下がった。それに、彼はとても不器用な男なので父親のもっとも早くからの友人の娘を孕ませ、その事実を全世界に知らしめなければならなかった。…

マークはこの情報をラグルズから得た。――そしてこの情報を知ったことが父親の命を奪ったのだった。ああ、自分マークが絶対的に責められるべきだ。それでいい。だが――それよりも無限に悪いことは――このことによって、クリストファーが、マークのものになった金、もともと父のものだった金を、一銭も受け取ろうとしなかったことだった。そしてクリストファーは豚のように頑固だった。このことでは、マークはクリストファーを非難しなかった。豚のように頑固であるのはティージェンス家の人間の責務であった。

しかし、マークは、クリストファーがグロービーから得られるあらゆるものを拒否したことは、憤慨の気持ちからであるのと同時に、彼の柔な母親から受け継いだ忌々しい聖性から来たものだという考えを捨てることができなかった。クリストファーはグロービーの大きな財産の相続から自分を外してほしいと思っていた。父と兄が彼のことを、マリー・レオニーなら「売女のヒモ」と呼んだだろう者だと信じ、このように彼のことを侮辱した事実を、彼は拒否の口実として、しきりに利用した。彼は世間と関わりたくなかったのだ。それだけだった。クリストファーは、うんざりするほどに非効率的で過ちが許される世界から離れたいと欲していた。ちょうどマークが、クリストファーの思っている以上に、生気を欠いた不正直な世間とみられるものと関わりを持ちたくないと欲していたのと同様だった。

とにかく、父の死後、グロービーの相続権について彼らが交わした最初の言葉で、クリストファーは、父の金とそれに加えグロービーの所有権もマーク兄さんが受け取ってくれて構わないと宣言していた。自分は父さんのこともマーク兄さんのことも決して許さないと言い張った。ヴァレンタイン・ワノップの緊急の懇願でようやくマークと握手することに同意した(4)。…

これはマークの人生のなかでもっともおぞましい瞬間だった。国は、このときにもう、破滅へと進んでいた。弟は飢えて死ぬことを提案した。弟の望みで、グロービーはあの売女の手に渡ることになっていた。…そして国はますます破滅へと進み、弟はますますひどく飢えていった。…そしてグロービーはと言えば…

白い乗馬服を着て、ハイドウ！と大声をあげる女の声の最初の響きで――まさに彼女の声の最初の響きで――実質的にグロービーを所有している若者が、ラズベリーの木々の間を馬で駆け抜け、今や生垣を背にして立った。一方、女は笑いながら彼の方に身を傾け、馬も彼女の背後で身を乗り出した。フィトルワースは慈悲深く彼らに微笑んだが、同時にガニングとの会話も続けていた。…

女は少年には年上過ぎ、少年は彼女の声の響きに顔を赤らめた。シルヴィアはクリストファーより年が上だった。まだクリストファーが子供の頃に彼を罠にかけた。世界は続いた。

それにもかかわらず、マークは休息を有難く思った。彼は父のときの年齢に比べ若くはないと自認しなければならなかった。世渡りのコツを飲み込めれば――確かに自分から世間に干渉するつもりはないが――世間については考えるべきことがたくさんあり、ほとんどが道徳的格言から成る会話を聞かなければならないことは自分を疲れさせると認めざるを得なかった。自分は短い期間にあまりにも多くのことを詰め込まれてきた。もし自分が自分から話すような人間だったならば、そうはならなかっただろうが、彼は話さなかったので、マントノン家の末裔である婦人とあの若者の両方が、彼に精神的な呼吸を整える十分な時間を与えることなく、考えることを要求するさまざまな道徳的観点について質問を浴びせてきたのだった。

婦人は彼らを堕落した退廃的な貴族階級と呼んだ。彼らはおそらく堕落してはいなかったが、確かに、土地所有者として見れば、退廃的だった――彼もクリストファーも。彼らはひどい厄介事について考えることに単にうんざりしていた。自分たちの立場の者の役目を果たすことを拒否し、報酬もまた拒否した。子供時代以降、彼はグロービーから一ペニーたりとも得た記憶がなかった。二人はその役目を受け入れる気がなく、他の役目を受け入れてきた。…まあ、これが自分、マークの最後の役目、消灯ラッパだ。…彼はゾッとするような冗談に微笑むこともできただろう。

　クリストファーに関しては、彼はそれほど確信がなかった。あの阿呆は恐ろしく感傷主義者だ。おそらく彼は大土地所有者として、領地への門を守ることを好むだろう。——門を守ることに関しては、彼は全く常軌を逸したフィトルワースのようだった。彼は今もなお、長靴の最上部を鞭の柄でピチャリと打ちながら、自分たちについて長々と議論しているだろう。その通り——門を守ることと適切な農法が耕作人の土地に何ブッシェルもの大量の小麦を生産させ、一年中たくさんの羊を飼っておけるようにするのだ。一エーカーの土地に何頭の羊を一年中放牧しておけるだろう。そして、その土地は適切な農法のもとで何ブッシェルの小麦を産出するだろうか。彼、マークには、皆目分からなかった。クリストファーには分かるかもしれない。グロービーの何千エーカーもの土地の一エーカー一エーカーに期待されるであろう違いが…。その通りだ、クリストファーは赤ん坊の顔を覗く母親の熱心さでグロービーのことを熟視していた。

　従って、彼が地所管理の仕事を引き受けるのを拒んだのは、ある種の禁欲の精神に由来するのかもしれなかった。かつて、キャンピオンの爺さんは言っていた。自分はクリストファーがキリストの精神で生きることを望んでいると信じている——身震いしながらも明確に信じている——と。キャンピオン将軍には、このことがおぞましく思えたのだろうが、マークには、そのこと自体がおぞましいこととは思えなかった。…しかし、マークは疑った。キリストは、もしそれが彼の仕事だったなら、グロービーを管理することを拒んだだろうかと。キリストは一種、英国人であり、英国人は原則として自分の仕事をすることを拒まない。…少なくとも、以前はそうだった。今では、明らかに拒むだろう。これはロシア的な策略なのだ。革命以前でさえ、ロシアの大貴族たちは、地所を分散し、農奴に自由を与え、硬い毛織の肌着を着、道端で物乞いをしていたと、マークは聞いていた。…何かそのようなことを。多分、クリストファーは英国人が変わりつつあることの象徴なのだ。マーク自身は変わっていなかった。ただ、怠惰で頑固なだけだった。――それにもう終わっていた！

マークは最初、クリストファーがグロービーや自分マークの金にまったく関与しないと決心しているとは信じることができなかった。それでも、その言葉が言われた瞬間、弟に対する温かい賞賛の気持ちを感じた。クリストファーは父親の金は一銭たりとも受け取ろうとしなかった。父のことも兄のことも決して許そうとしなかった。完全に冷たく、いわば愛想よく、発せられたヨークシャー気質だった。目玉は、当然のこと、ぎょろついていたが、彼がその他の感情を表すことはまったくなかった。

それにもかかわらず、マークは弟が何か企んでいるのかもしれないと想像した。弟は、自分マークを跪かせようとしているのかもしれないと。…だが、グロービーを譲ることを申し出ること以上に、弟に膝を屈するやり方があるだろうか。弟がフランスに行っている間、彼マークがその意向を隠していたのは真実だった。結局、砲弾の餌食になるかもしれない男に大きな所有物の管理を依頼するのは意味のないことだった。マークは、クリストファーが戦いに出て行くという事実にひどく失望したが、同時にある種の満足も感じていた。マークはそのことで弟を賞賛した。――マークは弟の罪に関し、それが完全にでっち上げられたものであることを今では知っていたが、戦争に出て行くことでクリストファーの評判に付きまとう汚点がいくぶんか取り除かれるのではないかと、そのときは想像したものだった。結局、もちろん、マークは間違っていた。戦争が終わった後では、市民たちは決定的な不信感なしに、前線に行っていた者たちを戦闘員として重きをなすものとみなすだろうと考えたことは。それが当然だった。男子の人口の大多数は一般市民であり、いったん戦争が終わって危険がなくなると、自分たちが戦争にいかなかったことをひどく悔やんだ。彼らは元兵士に間違いなくつらく当たった。

それでクリストファーは国への奉仕によって大いに救われるどころかさらに信用を落としてしまったのだった。クリストファーは本質的にあの怠惰で不品行な兵士なのだと、シルヴィアは理に適った言い方をすることができた。平時には大いに彼女の助けになった。

それでもマークは弟に大いに満足しており、いったんクリストファーが負傷して帰国し、イーリングの古鉄集積所に戻ったとき、マークは、クリストファーがグロービーを世話できるように、すぐに弟を除隊させるための車輪を回し始めた。グロービーには、そのときまでに、シルヴィアとその息子とシルヴィアの母親が居住していた。シルヴィアや彼女の家族は地所には手をつけなかったので、地所は彼の父に仕えていた土地差配人が管理するしかなかった。シルヴィアの母親は、地所は食料雑貨商や仲買人から成る農政委員会が認めるほどにうまく管理されているとマークに請け合うことができた。彼女たちは、ヒースしか生えない露出した荒野に小麦を植え、肝吸虫が一杯の水底で荒れ地の羊を肥やすことを主張した。しかし、土地差配人は、男一人で一国の小売商人たちのなかから選ばれた者たちと闘うことが期待できるほどに彼女たちと闘ったのだった。

そして、その日――クリストファーがイーリングに戻った日――マークはクリストファーが実のところグロービーの所有を強く要求し続けているものと未だに想像していた。それ故に、かなり幻滅した。マークはちょうど停戦が合意されそうなときに――クリストファーには何も告げることなしに――彼を除隊させることに成功していた。…その後、マークは、実際、自分が火に油を注いだことを知ったのだった！

彼は実際、少なくともあと一年、軍の支給金を当てにして、いまいましいアメリカ人と古家具の商売で合弁事業を始めるために殺害謝礼金を抵当に入れたこの哀れな男を一文無しにしてしまったのだった。それに、その殺害謝礼金もかなり減額されてしまっていた。というのも、除隊した将校に支払われる給与額は軍務に携わった日数で計算されたからだった。その結果、マークはクリストファーの給与額を二、三百ポンド減らしてしまったのだった。これが、彼の幸福を願う人々によってクリストファーが置かれることになった不愉快な状況だった。…ちょうど、停戦記念日の直前の、除隊の時点で、クリストファーには利用できる金がまったくなかったのだった！シルヴィアが家からあらゆるものを持ち去ったときに置いて行った数冊の本でさえクリストファーは売らざるを得なかったようだった。

その好ましからざる真実は、マークの肺炎がひどい状態になり、彼が今にも死にそうなときに伝えられた。マリー・レオニーは実際、自発的に、クリストファーに電話をかけ、もしこの世で兄に会いたいなら、早く会いに来たほうがよいと伝えた。

兄弟はすぐに口論を始めた――というか、むしろ各々が自分の見解を表出した。クリストファーは自分が何をしようとしているのかを述べ、マークはクリストファーが提案したことに対する自分の恐れを述べた。マークの恐れは、クリストファーが快適さを避けることを提案しているという事実から来るものだった。常に理に適った服装をし、一日ごとに一枚の綺麗なワイシャツを着、調味料を付けずに炙った骨付き羊肉を二本、小麦粉をまぶしたジャガイモを二つ、スティルトンチーズ一枚と引き千切られたパンが付いたリンゴパイ一つを食べ、クラブメドックを一パイント飲み、清潔な部屋を一つ持ち、冬には暖かい火を炉格子のなかに熾《おこ》し、肘掛椅子を心地良くし、ベッドを温め、朝には山高帽にブラシをかけ、傘を折りたたむ心地よい女を自分のために確保しておくことが英国紳士の義務なのだ。それを人生のために確保したとき、英国紳士は自分がしたいことをすることができる。自分のすることがその安全を危険にさらすことがない限りは。それのどこに文句をつけられようか。

クリストファーには、自分はそんな生き方をするつもりはないということ以外、何も提案すべきことがなかった。自分自身の才能によってそれが確保できない限りは、そんな生き方をするつもりはなかった。彼に唯一利用可能で、同時に売り物となる才能は、本物の価値ある古家具を識別する天賦の才だった。そこで、彼は古家具で生計を立てるつもりでいた。彼はその計画を十分に練っていた。アメリカ人のパートナーさえ確保していた。この男は、クリストファーが古家具を見つけるのに長けているのと同程度に、アメリカの購入者たちを甘言でだます才能を持つ男だった。当時はまだ戦争中だったが、クリストファーとその相棒は、今やアメリカ人が世界中に流通する金を吸い上げ、その結果、ヨーロッパの家々から古家具をはぎ取ってしまうだろうという点で、密かに意見の一致をみたのだった。…自分たちはそれを対象として生計を立てることができるだろうと。

彼には他の職業に就く道は閉ざされていた。かつての勤め口だった統計局は、彼を絶対的に冷たくあしらった。そこの人たちはただ頑ななだけでなく、兵役に就いた官吏に対して悪意を抱いていた。兵役のほうを好んだ局の職員は、単に女への欲望のために武器をとった怠惰でふしだらな奴だという見方をした。女性は当然のこと一般市民より兵士のほうを好んだ。今や、一般市民が兵士に復讐したのだった。それは当然のことだった。

マークはそれが当然だという意見に賛同した。兵役に就いた弟に関心を抱く前から、マークはほとんどの兵士は輸送について無知であり、一般的に厄介者だと考える傾向にあった。クリストファーは統計局に戻ることができないという点でも彼は同意見だった。局では、確かに、彼は要注意人物であるという点で。クリストファーには、局に再び受け入れてもらう権利を主張することもできただろう。彼の肺が爆撃に晒され、今でもかなりひどく傷んでいることが、局の者たちに彼を法的に拒否する口実を与えるかもしれないにしても。英国の政府官庁とその各部署には、永続的に不健康になった者を雇うことを拒む権利がある。例えば片目を失った者はもう一方の目も失い、年金をもらうことになるかもしれないので、どんな部署からも拒まれることになる可能性があった。しかし、もしクリストファーが強引に局に入ろうとしても、彼らは彼に対し悪い評価を下しただろう。戦争中、軍隊をさらに必要とするフランスの希望を打ち砕くために、省が局に提供することを強いた統計の偽造を、局の連中が彼にさせようとしたときに、クリストファーが彼らに無礼な態度をとったためであった。

その点については、マーク自身、完全に共感を覚えていた。マリー・レオニーとの長い付き合い、彼女が分別をもって難しい状況を扱うやり方に対しての敬意、彼女の噂話が彼に与えてきた小ブルジョアのフランス人たちの暮らしと観点への絶え間のない親しみ――こういったことのすべてが、自分自身の国の将来に対する絶望とともに、マークに運命へのかなりの信頼、そして実際、イギリス海峡の向こうの国の美徳へのかなりの信頼を与えていたのだった。そのために、マークは、弟が自分たちの同盟国に対して裏切りを行うような仕事を任された組織から給料をもらうことに不快感を抱いていた。そして実際、そうした進路を国に強いてきた政府から、自分自身が給料をもらっていることが、彼には極度に不快であったし、もし今も続いている戦争の首尾よい遂行のために自分の奉仕が不可欠であると考えなかったなら、彼は喜んで勤めている役所を辞職しただろう。彼はケリを付けたいと思っていたが、目下のところ、その機会がなかった。戦争はそのときまでには明らかに首尾よい状況へと進んでいた。このときまでには、統帥権を握ったフランス人の軍事的才能のおかげで、敵国は日々、広大な領土を放棄せざるを得なくなっていた。しかし、そのことで輸送の需要がますます高まっていた。その一方、彼が当時明らかにそうしなければならないと想像していたように、我々が首尾よく無駄をせずに、敵国の首都を占領しようとするならば、輸送の供給に対する要求はほとんど測り知れないものとなるに違いなかった。

それでもなお、それは弟を国家への奉仕に再び引き入れるための議論ではなかった。マークが事態を見たところでは、国政は、現在の政府のメンバーたちの邪な外交政策やこれまで英国の政治のパイの分け前に与ってこなかった影の財務官クラスの人たちとの彼らの蜜月関係に非常に志気を挫かれて——長い期間そのままの状態にあるに違いなかった。

——国政は、それほどに評判を落とすものになってしまい、唯一の解決策は、真に国を治める階級の人々が公的な仕事からすっかり手を引くことしかなかった。要するに、事態は改善される前に悪化せざるをえなかったのである。本国での崩壊の恐ろしい事態と、さらには、スコットランドの食糧雑貨商、フランクフルトの金融業者、ウェールズの悪徳弁護士、ミッドランドの兵器製造業者、戦争の後期に役所に巧みに潜り込んだ南部地方の無能者たち等の行動により、ほとんどたちまちのうちに信用を失った英国に対する海外諸国の不信――こうした恐ろしい状況が国に迫るなか、英国は北国の基準と英国的な常識といった何か古い基準に回帰しなければならなかった。彼や彼の仲間たちが属していた昔の支配階級が再び権力の座に就くことは二度とないかもしれないが、どんな革命が起こって――構うものか！――誰がその統治階級になろうとも、国はその人員に高潔な外観と公約の順守を厳しく求める必要に再び目覚めなければならないだろう。自分は明らかにその基準に外れているか、戦争が終わるとともにそこから外れるだろう。ベッドのなかからでさえ、自分は自分の役所の業務を指揮することに少なからぬ役割を果たしてきた。……交戦状態は、明らかに、いつも邪《よこしま》に騒ぎ立てる人たちを目立たせる。それは不可避の止む無きことだ。だが、平時には、国は――どこの国であれ――自分自身に対して誠実になる。

それにもかかわらず、マークは弟がその間、この件に関与しないことにとても満足していた。骨付き羊肉、一パイントのクラレット、女と雨傘を与えてくれるなら、自分はどんなに無名な男に成り下がろうとも構わない。だが、どうやってそれを確保できようか。いくつかの方法があるように思えた。

例えば、マークは、クリストファーが尋常一様でない数学者でもあれば聖職者でもあると意識した。彼は十分に聖職者になることができ、マークが贈与された三つある家族の聖職禄を世話することができるだろう。そして牧師の務めを十分に果たしながら、何であれきちんとした数学者の仕事を追究するだろう。

しかしながら、クリストファーはそうした生活への偏愛を公言しながら――それはクリストファーの禁欲主義、彼の総体的な軟弱さ、彼の個人的趣味にぴったり合ったものだとマークは見ていたが――そうした魂の救済を引き受けるには、障害が――越えがたい性質の障害があることを認めなければならなかった。マークはすぐさま、実際、ミス・ワノップと一緒に住むつもりかとクリストファーに訊ねた。しかし、クリストファーは二度目に前線に赴いた日以降、ミス・ワノップには会っていないと答えた。自分たちは隠れて陰謀を企てるような人間ではないとそのとき二人は同意し、自分たちの関係はそれ以上進まなかったと。

しかし、クリストファーのような人間の考え方をすれば、自分は魂の救済を禁じられていると感じることが十分にあり得るとマークは認識していた。若い女性を誘惑することを禁じられた事実にもかかわらず、密かにその女性との禁断の関係に入って行くことを望んだとするならば、だ。そして越えがたい障害が存在していたと言う際に、その発言が彼を正当化するのに十分であるならば、だ。自分自身が同意できるかどうかは分からないが、教会の件で、ある男とその男の良心との関係に干渉することは、自分マークの仕事ではなかった。彼はそれほど立派なキリスト教徒ではなかった。少なくとも男女の関係に関する限りは。それにもかかわらず、英国国教会は英国国教会だ。明らかに、もしクリストファーがカトリック教徒だったならば、彼がこの若い女性を家政婦として置いたとしても、誰も気にはしなかっただろう。

だが、一体全体、弟はどうすべきだっただろう。弟は、統計局の件で彼を黙らせておくために、明らかに、鍋のなかの餌として、どこか地中海の港――トゥーロン(5)かレグホーン(6)とか、そういったところ――の副領事の職を提供されていた。もしそうなれば、十分うまく行ったかもしれなかった。グロービーの相続人であるティージェンス家の人間が生計の資を得る必要があると考えるとしても、それについて為し得ることは何もなかっただろう。副領事の職はつまらない仕事だった。船の乗客名簿に留意し、乗組員を監獄からもらい受け、年とった貴婦人の旅行客に英国人や混血児によって営まれている下宿の住所を教え、訪問中の英国小艦隊の海軍中将に、旗艦上で催される娯楽に招待されるべき地元の住民の名簿を提供するといった、それはつまらない仕事だった。もし一種の足踏みと見做すならば、それは平凡な仕事だった。…それに、このとき、マークは同時に、クリストファーがグロービーとそこの小作人と採鉱の責任とを引き受ける前に、マークのほうの側の何らかの譲歩を強く要求し続けているものと考えていた。…しかし、彼を副領事にすることにさえ克服し難い反対があった。第一に、その仕事は公務に属するもので、その事実により、これまでも言ってきたように、マークは強く異議を唱えたのだった。それならば、この仕事は一種の賄賂として提供されることになる。それに加えて、領事の仕事は、領事や副領事の地位を占める者の誰にでも、それぞれ四百ポンドもの保証金を強いるのだ。ところが、クリストファーには四百シリングさえ持ち金がなかった。それに加えて、マークもよく分かっていたように、ミス・ワノップが障害になるかもしれなかった。イギリスの副領事はマルタ人やレヴァント人を裏町に囲っていても何の問題もないが、家族や地位のある英国人の若い女性と暮らすならば、おそらく職を失うほどの醜聞を引き起こさずには済まないだろう。…

この時点で、マークは再び、しかしこれを最後と、弟に、どうしてシルヴィアと離婚しないのだと訊ねた。

そのときまでには、マリー・レオニーは休息をとるために退いていた。彼女は相当疲れていた。

マークの病気は長期にわたり深刻で、マリーはとても注意深く彼を看護してきたので、その期間全体にわたって、一回か二回、カトリック教会へ行く道を横断した以外、街に出かけて行ったことがなかった。カトリック教会ではロウソクを一本かそこら捧げてマークの快復を祈り、マークのスープに入れる肉の品質について肉屋をたしなめた。加えて、多くの日に、彼女はマークの指示のもと、役所が彼に送って来た書類を整える仕事を行った。彼女は夜間のナースに主人を委ねることができなかったし、委ねる気もなかった。彼女は、戦争が病人を看護するあらゆる種類の利用可能な付添人を殺してしまったと主張したが、マークは彼女が助手を確保する努力を何もしていないと鋭敏に疑っていた。これを説明するものとして、マリーの隙間風に対する国民的恐怖があった。彼女は、病室には新鮮な空気を入れなければならないという医師の格言を、絶望的にではあっても、原則的に受け入れたのだが、夜な夜なフード付きの椅子に起きて座って風の変化を見張り、それに応じて患者と開いた窓との間に置かれた衝立の複雑な調整を行ったのだった。しかし、マリーは呟き一つ漏らさずに、マークを彼の弟に委ね、彼女自身の部屋に静かに寝に戻った。そしてマークはほとんどあらゆる種類の会話を弟と交わし、弟が内緒話だと見做す話題を持ち出すことができるように機会を捉え、クリストファーの面前で、シルヴィアに関する、また、この妙な夫婦の関係に関する自分の考えを披露したのだった。

それは結局、マークがクリストファーにシルヴィアと離婚して欲しいと思っているという事実、クリストファーのほうでは、男は女を離縁することはできないという考えを今も変わらずにもっているという事実に逢着するものだった。もしクリストファーがヴァレンタインと親しくするつもりなら、離婚の試みの後で、彼女と結婚しようがしなかろうが、実質的にほとんど問題はないと、マークは発言した。男が女と本当に親しくなろうと思うならば、そしてできるだけ女に敬意を表したいと思うならば、男がしなければならないことは、それに関して――象徴として――ある種の闘いをすることであると。結婚は、仮にそれを秘跡だとみなさないにしても――もちろんそうみなすべきだが――夫婦がともに良い関係を維持することを意図するしるしであることに変わりはない。今日、人々は――正しい人々は――それ以外のことはほとんど気にしない。絶えず連れ合いを変えることは、社会的な厄介事だ。そのカップルを一緒に茶会に招くことができるかできないのか判断できないからだ。そして社交は社会的機能のために存在しているのだ。それが乱交の許されぬ理由である。社会的機能のためには、男女同数でなければならず、さもなければ誰かが会話からはみ出してしまわなければならない。そこで、誰と誰を組み合わせるか、社会的な意味で公式的に、分かっていなければならないのである。戦争省長官のルーパスの子供たち全員が実際は首相の子であり、従って伯爵夫人と首相は恐らくほとんど常に一緒に寝ていたのだろうが、それは首相とその女を社会的公式行事に招く理由とはならない。というのも、彼らには表向きの結びつきを記すものが何もないからである。人はルーパス卿夫妻を新聞に載るあらゆる式典に招待するだろうが、逆に、長官がやってくる私的な、週末に行われるパーティーや、親しい人たちだけが集まるディナーには、夫人を呼ばないように注意を払うだろう。

こと結婚ということになると、世界の住民の九十パーセントが他のほとんどすべての人の結婚を無効と見なすだろうと、クリストファーは考えざるを得なかった。カトリック教徒は、英国の登記官やフランスの市長の前での結婚が道徳的有効性をもつとはみなさないだろう。精々、それは貞節の誓いの表明であるとしかみなさないだろう。男女が互いに寄り添うつもりであることを主張するために、公的に役人の前に出るだけの話だ。同様に、極端なプロテスタント信徒たちは、カトリックの司祭やその他の宗派の聖職者や仏教のラマ僧による結婚では、自分自身の信仰する種の神の祝福を授かれないと思うだろう。従って、実のところ、カップルが互いに寄り添うつもりであることを、可能ならば永遠に寄り添うつもりであることを友人たちに保証できるならば、それで実際は十分ということになるだろう。たとえ永遠にではなくとも、ほどよい年月寄り添えることを保証できるならば。マークはクリストファーを招き、マークの知る人たちのなかで誰が式を執り行うのがよいかと訊ね、二人が同意見であることを知った。

そしてワノップの娘を娶るならば、クリストファーは離婚を試みるべきだと心を砕いた。クリストファーは離婚できないかもしれない。クリストファーには明らかに離婚するだけの十分な理由があったが、シルヴィアが異議を申し立てるかもしれず、マークには離婚が成立する確率がどのくらいあるのか分からなかった。彼自身はクリストファーの完全無罪の主張を受け入れる準備ができていたが、シルヴィアは小賢しい悪魔であり、判事がどんな見方をするか分からなかった。ひどく噂が立っているところには、離婚の拒否を正当化するだけの十分な炎があるに違いないと判事が判断するかもしれなかった。だからこそ、獣の悪臭があるのだろうと。だが、獣の悪臭は、シルヴィアがクリストファーに擦りつけようと企てたベールに被われた悪評よりもはるかにましなものと思われた。そして、クリストファーがその悪評に立ち向かい、離婚を試みたという事実は、少なくとも、それだけミス・ワノップへの敬意を表すものだったと言えるだろう。社会は気立てが良く、もしある男が罰と面と向かいそれを受け入れるならば、その男は十分に赦されるものと考える傾向にある。そうした傾向に抵抗し続ける人たちもいるかもしれないが、マークはクリストファーが自分自身とヴァレンタインのために望んでいるのは、正しい側に立った十分な数の人々の群れが、週に一度か週末に一度、あるいは週末が立て込む季節だったなら月に一度、二人にディナーを提供してくれる、理に叶った物質的安楽であると想像した。

クリストファーは兄の見方の正しさを非常に愛想よく黙認したので、マークはグロービーの一層大きな問題で自分の言い分を通すことを希望し始めた。彼は一歩進んで、もしクリストファーがグロービーに定住し、妥当な収入を得て、地所の世話をするならば、彼マークは弟とヴァレンタインに耐えられうる社交上の状況を確保する用意があると請け合ったのだった。

しかし、クリストファーは、もし自分がシルヴィアと離婚をしようとすれば、それは自分の古家具の商売を台無しにしてしまうだろうと言う以外何の返答もしなかった。というのも、彼の商売の相棒であるアメリカ人が、アメリカ合衆国では、女のほうから離婚してもらうのでなく、男のほうが女を離縁すれば、誰もそんな男と商取引をしないと請け合ったからだった。相棒はブラムという男の件に言及した。ブラムはとても裕福な株式仲買人で、友人たちの忠告にもかかわらず、妻を離縁すると主張した。株式市場に戻ってみると、すべての顧客が彼を冷たくあしらった。それでブラムは身を滅ぼしたのだ。それに、こうした男たちは、古家具の商売を含む世界のあらゆるものをすぐに消滅させてしまうだろうと見られていた。クリストファーは彼らの偏見を学ばなければならないと思った。

彼はパートナーとかなり妙な具合に出会っていた。この男は、父親はドイツのユダヤ人で帰化してアメリカ市民になった人物で、ベルリンでドイツの古家具をモップできれいに掃除して、アメリカの内陸で販売し、商売を繁盛させていた。そこで、アメリカがドイツの側でない側に付いて参戦したとき、ドイツ人たちは単に嬉々とした様子でシャッツヴァイラー氏にいやな仕事を押し付け、自分たちの軍隊のなかに組み込み、アメリカ軍が参戦する一か月前に、惨めな陸軍兵士として前線に送ったのだった。そこで、彼は哀れな捕虜の一人として世話を受けることになった。クリストファーは、小柄で、大きな目をした繊細な人物が、ドイツ語は一言も話せないけれど、捕虜たちが行進の際に通り過ぎたフランスの城のなかで、家具や壁掛けに夢中になっているのに気づいた。クリストファーは彼の友人となり、他の囚人たちは無論のことこの男を好きでなかったので、できるだけ他の囚人たちとは離しておき、彼とかなりたくさんの会話を交わしたのだった。

古家具で富豪になった老人のサー・ロバートソンとの取り引きの過程には、シャッツヴァイラー氏が深く関与していたようだった。サー・ロバートソンはシルヴィアの古くからの友人で、クリストファーの家具購入の才能のかなりの賞賛者であり、何年か前、クリストファーに事業提携をもちかけたこともあった。その当時、クリストファーはサー・ジョンの提案を自分の将来の埒外のことと見做していた。当時、彼は統計局に雇われていた。だが、その提案はいつもクリストファーを面白がらせ、かなり彼を感動させたのだった。すなわち、商売で巨額の富を築いた頑固なスコットランドの老人が、木材や曲線に関するクリストファーの才能を当てにして、かなり真剣な商売上の提案をしてきたならば、クリストファー自身、ある程度の真剣さをもって、自分の才能を受け止めてもよいのかもしれなかった。

そして、こうした惨めな連中の護衛の指揮をとるようになる頃までには、彼は護衛の必要がなくなったら、自分はどうやって生計を立てていくつもりか考えなければならないと、かなりの程度、認識していた。それは確かだった。前に勤めていた局で一緒に仕事をしていたくだらない連中の集まりのなかに割り込むつもりはなかった。陸軍で働くには年をとりすぎていた。確かに、グロービーから上がる収入は一ペニーたりとも受け取ろうとは思わなかった。彼は自分がどうなろうと構わなかった。だが、それでも彼の無頓着は悲喜劇的な形はとらなかった。彼は丘の中腹にある小屋で暮らし、戸外の三つのレンガの上で食事を調理する気に相当なっていた。――だが、それはあまり実際的な暮らしではなく、それでさえ金が必要だった。前線で軍務についた者は誰もが、生きていくのに――それも満足な生活をするのに――必要なものがどんなにわずかであるか知っていた。しかし、世界が落ち着きを取り戻し、倹約の有難さを学んだ老兵たちにふさわしい場所となったとき、老兵がその世界を見ることはなかった。それどころか、老兵たちは彼らをひどく嫌う一般市民たちによってひどく苦しめられた。それで、単に清潔でいて借金なしに暮らすことさえ、大変な仕事になりそうだった。

その点、月明かりの下、有刺鉄線の柵のあたりを哨兵たちが歩き回り、ときどき誰何《すいか》している間に、テントのなかにいて長い寝ずの番をしていると、サー・ジョンの提案がある種の力をもってティージェンスの頭に浮かんできた。それがシャッツワイラー氏との出会いで勢いづいたのだった。この小男は恐怖に震える芸術家であり、クリストファーは、このようなあり得ない場所で二人が一緒になった偶然に感銘を受けるのに十分なほど迷信家だった。結局、天はほどなく彼を寛大に扱わねばならないのであり、だから、この不幸な、選民たちのなかでも印象的に東洋風の人物が契約であってならない訳はなかった。ある意味、彼は、クリストファーに彼のかつての被保護者だったマクマスターを思い出させた――同じ形で、同じく震えるような熱望を秘めた、同じ黒い眼をしていた。

彼がユダヤ人でアメリカ人であることは、クリストファーを不安にさせなかった。彼はマクマスターがスコットランドの食料雑貨商の息子であるということにも異議を唱えたことはなかった。もし自分が共同事業を始め、誰かと密接な関係を結ばなければならないとしたら、その相手がならず者か自分と同じ階級や人種の者でない限り、彼は相手が誰であろうと気にしなかった。英国のならず者や良家の英国人と親密な精神的コミュニケーションをとることは、自分には我慢ならないことだとクリストファーは気づいていた。しかし、マクマスターと同年配の、少し身を震わせる芸術家のユダヤ人に対しては、真の愛着を感じることができた——ちょうど動物に対して感じるような具合に。彼らの物腰は自分の物腰とは違い、彼らの知性がどうだろうと、彼らがある種のちょっとした機敏さやある種の思考の正確さを持っていることは期待できないのである。……その上、もし自分たちが、すべてのビジネスパートナーや手下に対して予想し得るように、彼らが自分の失敗の原因になるにしても、自分と同じ民族や立場の人間に騙されて金を巻き上げられるのに感じる程には、屈辱を受けずに済むだろう。前者の場合、それは予期されるべきことであるが、後者の場合は自分自身の属する伝統が壊れてしまった事実に直面することだからである。それに、戦争の長い緊張のもとで、彼自身が自分の家族や民族の心的態度や伝統に収まり切らなくなってしまっていた。心的態度も伝統も長い緊張に耐えるのには適さないのである。

そこで彼は、不幸なテントのなかで、この小男の嘆願するような眼差しと究極的な東洋人の感謝を喜んで受け入れたのだった。というのも、当然のこと、たまたまその近辺にいたときに、彼は、彼の重みのあるやり方で、アメリカ合衆国の司令部とコミュニケーションをとって、この小男の解放を確実にし、男は今では北アメリカの内陸のどこかに安全に戻っていたのだった。

マークは弟の話を寛大に、喜びさえもって聞いていた。ティージェンス家の人間が商売を始めることを考えるとしたら、その人間は元気ある態度で行われる愉快な商売を少なくとも考えるだろう。クリストファーがひょうきんに考え出したものも、株式仲買や手形割引と比べ、少なくとももっと品位のあるものだった。おまけに、マークはこのときまでに弟が完全に自分やグロービーと和解したものと、かなり十分に確信していた。

この頃、マークが再びグロービーの話題を持ち出し始めたときに、クリストファーはそれまで座っていたベッド脇の椅子から立ち上がり、自分の冷たい指の間に兄の手首をとって、こう言ったのだった。

「兄さんの熱はだいぶ下がりました。兄さんはそろそろシャーロットと結婚することを考えるべき時期なのではありませんか。この熱病の発作が終わったら本気で彼女と結婚してくれますね。また再発するといけませんから」

マークはその発言を完全によく覚えていた。さらに加えて、クリストファーが、急げば、その件は今夜のうちに済ますことができると言ったことを。それは、一九一八年十一月十一日の三週間ぐらい前の午後一時ぐらいのことだったに違いなかった。

マークはおまえにはとても感謝していると答え、クリストファーはマリー・レオニーを起こすと、姉さんが一晩ぐっすり眠れるようにすぐ戻ります、ランベスに直行するつもりです、と告げて姿を消した。当時は、三十ポンドかそこらの金を自由に使えれば、考えられるもっとも短い通知期間で結婚するのに困難はなく、クリストファーは、伝手を知らないあまりにもたくさんの部下たちに、土壇場の結婚ができるように手助けしてきたのだった。

マークはその処置を大変満足のいくものと考えた。議論の必要はなかった。その処置がグロービーの推定相続人によってなされるものであるならば、もうそれに反対する理由は何もなかった。それに、マークはクリストファーが発した推定相続人しか勧告しえない処置に自分が同意するならば、クリストファーのほうも最終的にグロービーを管理することを承諾するだろうという考えを持ったのだった。

Ⅵ章

それは十一月十一日の三週間前のことだっただろうか。十月の実際の日付がどうだったかマークの頭は少々混乱していた。肺炎のために、彼の頭にはその当時の日付がはっきりと記録されていなかった。日々は熱病と退屈のうちに過ぎて行った。それでも、男は自らの結婚の日付を覚えていなければならない。一九一八年の十月二十日だったといった具合に。十月二十日はマークの父親の誕生日だった。そのことを考えたとき、マークは、父親が生まれた日に自分が死んでいくのは奇妙なことだと、朦朧とした意識でぼんやりと考えた。それは一種、完全停止することだった。そして実際、その日に完全停止した。それは、カトリック教徒たちがグロービーの彼らの邸に入ってきたからだった。すなわち彼は決心した。たとえクリストファーが受け取らないにしても、クリストファーの息子にグロービーの邸を与えることにしようと。それにこの子は今では、一人前のカトリック教徒だった。ピクルズ漬けされ、香油をかけられ、ウエハースで包まれて。シルヴィアは、マークに彼の甥がおよそ一週間前に仮の洗礼と初の聖餐式を済ませたことに事寄せてカードを送り、マークにこの事実を摺り込んでいた。

その事実が彼にマリー・レオニーとの結婚を納得させたことは明らかだった。彼は一年かそこら前に弟に、マリーはカトリック教徒だから自分は彼女とは結婚しないだろうと言っていた。その頃、彼は『神聖冒瀆に関するスペルドンの書』を書いた男であるスペルドンを木端微塵に粉砕していた。この本は、以前カトリック教会の土地だった場所を所有し、カトリック教徒を立ち退かせた者たちへの災難を予言するものだった。クリストファーにシャーロットとは結婚しないと言ったとき――結婚前はカモフラージュのため彼はマリーをそう呼んでいた――彼は自分がスペルドンの亡霊を木端微塵に粉砕していることを十分に自覚していた。――スペルドンが死んでから百年かそこら経つに違いないのだから。彼は、言わば、亡霊に愛想よく、しかし厳しくこう言っていた。

「おい、爺さん。分かるだろう。あんたはオランダ人ウィリアムの時代にその土地があんたの仲間たちの頭越しにティージェンス家の者に与えられたため、グロービーに災難が起こることを予言したのかもしれない。だが、あんたはわたしを脅して、カトリック教徒を正式な妻に――ましてやグロービーの女主人に――させることはできないぞ」

　そして、実際、彼はそうしてこなかった。結婚の日に頭に浮かんだグロービーへの災いという考えがそれまでに頭に浮かんだことはなかったと彼は誓えた。だが、今やそう誓うことはできなかった。それでも、今、自分が感じていることは確かだと思った。式が進行している間、マークは一七四五年に処刑される前にロヴァットのフレーザー[1]が言ったとされる言葉について考えた。処刑台の上で執行人たちは、もし貴様がジョージ二世に何らかの形で服従するつもりならば、エディンバラの建物を囲う柵の大くぎの上に貴様の死体を晒すことはしないことにすると。それに対してフレーザーは答えた。「もし王がわたしの首をとるつもりなら、わたしは王がわたし

『…』をどうされようが構わない」と、今では応接間で口にされることのない紳士の体の部位の名称を口にしたのだった。従って、たとえカトリック教徒がグロービー邸に住むことになったのにせよ、グロービーの初代ティージェンス令夫人がカトリック教徒であろうが異教徒であろうが、それはほとんど取るに足らない問題だった。

男は、気概がある限り、原則として情婦とは結婚しない。もし未だに社会的栄達の道を目指すならば、妻がかつて情婦であったことが知られると、栄達の道が閉ざされるかもしれないからだ。あるいは、社会的栄達を目指す男は、もちろんのこと、良縁をその一助にしたいと思うかもしれない。また、たとえ男が社会的栄達を求めないとしても、情婦だった女が結婚後に、自分を寝取られ男にすることは考えるかもしれない。というのも、女がその点で男を裏切るならば、他の点でも男を裏切る可能性が高まるだろうからである。だが、もし事実上、男の運が尽きていたならば、こうした懸念は消え、処女を誘惑したら事実上終わりだということを思い知るだろう。男はいつか創造主と和平を結ぶことにもなる。永遠とは長い言葉であり、神は神聖化されない結び付きを承認しないと言われている。

その上、それはマリー・レオニーを喜ばせるだろう。彼女自身はそのことについて何も言っていないが。また、それは明らかにグロービーの初代令夫人となることを期待しているシルヴィアの、グロービーへの野望を打ち砕くことにもなるだろう。そうなればマリー・レオニーは一層安泰になるだろう。あれやこれやの方法で、マークは自分の情婦に、向こうの売女が欲しいと望むかもしれないたくさんのものを与えていた。大法官府裁判所[2]はそこに入ってみるととても高くつくところなので、マークの生活もクリストファーの生活も、中を覗いてみると、随分と金のかかるものだった。

　それにマークは、自分がマリー・レオニーに対して、心に弱みを持っていることに気づいていた。さもなければ、彼女に公的に使用する名前として、シャーロットなどという名を与えはしなかっただろう。結婚する可能性がある場合、男は愛人に別の名前を与える。結婚するときに他の人と結婚するように見せるためである。マリー・レオニー・リオトールは普段使うシャーロットとは違って見える。その名前が彼女に外の世界でより良い機会を与えるのだ。

　それ故、それは十分に良いことだった。世界は変化しており、それと一緒に彼が変わっていけない特段の理由はなかった。…そして彼は自分が変化の途上にあることを自分から隠すことができなかった。時間を弄ぶようになった。戦争中はそれを当てにしなければならなかったつまらない地方競馬の一つからずぶ濡れになって帰ってくると、彼は何かが自分に迫ってきていることを知った。というのも、マリーがベッドで彼を寝具に包み込んだ後、彼はつまらない障害レースの優勝馬の血統を思い出せなくなってしまっていた。彼はマリー・レオニーにバター入りのかなりの分量のラム酒を一杯渡され、それを飲んだことで頭がぼんやりとしてしまったのかもしれなかった。――それでもなお、以前は、ラム酒を飲もうが飲むまいが、そんなことが彼に起こったことは決してなかった。そして、今では、優勝馬の名前や競馬会の名前さえ忘れてしまっていた…。

　記憶力が衰えていることを自分から隠すことはできなかった。その他の点では、自分は以前と同様に健全な男であると考えていたが。だが、記憶力ということになると、あの日以来、彼の脳は障害に差しかかった疲れた馬のように急に止まってしまうのだった。…疲れた馬のように！

　彼は十一月十一日から遡る三週間がどうなっていたか算定することができなかった。彼の脳はそれに取り組もうとはしなかった。実際問題として、その三週間の出来事を適切な順序で思い出すことができなかった。クリストファーが確かに近くにいて、夜はマリー・レオニーを介護から解放し、聖人を母に持つ者のみが耐えうるような、優しい出目の注意深さで、マークを介護した。何時間も何時間も、彼はボズウェルの『ジョンソン伝』を兄に朗読したものだった。それはマークのお気に入りの作品だった。

そしてマークはその声の響きに満足して微睡み、まだその声が響いていることに満足しながら微睡みから目覚めた。クリストファーは自分の声が響き続けば、マークの微睡みももっと満足のいくものになるだろうと考えていたのだった。

満足。…たぶん、それはマークが知ることになる最後の満足だった。というのも、あのとき——あの三週間の間——クリストファーがグロービーのことで本当にあれほど抵抗するとは信じられなかったからだ。小麦粉袋でできたような、少女のような優しさで自分に仕えてくれている男が、相手の胸を引き裂く決意をしていようとは！　だが、それが本当のところだった。…それでも、自分の全体的なものの見方に驚くほど合致した見方をする男だった。それについては自分の十倍もよく知っている男だった。本当に学のある男だった。

マークは学識があることを軽蔑しなかった——とくに次男以降には。国の仕事に就くのが務めの次男以降に教育が欠如すれば国は滅びてしまう。それは北国の韻を踏んだ格言だった。土地がなくなり、金が費やされるとき、学問だけに価値がある、というのは。その通りだ、彼に学問を軽蔑する気はなかった。自分自身は怠惰で学問を身につけなかったけれど。サルスティウスやコルネウス・ネポスを少し齧り、ホラチウスに触れ、小説が読めるほどのフランス語に通じ、マリー・レオニーの言うことを理解した。結婚後は、自分自身、彼女をマリー・レオニーと呼んだ。これには最初のうち、彼女も驚いて飛び上がった。

だが、クリストファーはものすごく学識のある男だった。彼らの父親も、最初のうちは下の子だったけれど、ものすごく学識のある男だった。死んだときでさえ、イングランドでもっとも優れたラテン語学者の一人だった。——教授のワノップという男の親友だった。自らの手で死を選んだときには、かなりの高齢だった。まあ、あの結婚が一九一八年の十月二十日だったとすれば、そのときもう死んでいた父は、何年かの十月二十日生まれだったに違いない。…一八三四年の。…いや、それはあり得ない。…四十四年だ。マークは父の父が一八一二年生まれであることを知っていた。——ワーテルローの戦いより前の。

長い時間が経過した。大きな変化があった。だが、父は教養ある男だった。無骨で頑固だったにせよ、逆に、もの静かな男だった。それに感受性豊かだった。確かにクリストファーのことを大いに愛していた。——それにクリストファーの母親のことを。

父は背がとても高かった。最後の頃は、倒れかかったポプラの木のように前方に身を屈めていた。相手の言葉が聞こえないくらい、頭が遠くにあるように見えた。鉄灰色の髪で、短い口髭を生やしていた。最後の頃には放心状態だった。ハンカチをどこに仕舞ったか忘れ、メガネを額の上に摺り上げては、それがどこに行ったか探していた。…父は自分の父親と四十年間決して話さなかった。ビゲンのセルビー嬢と結婚したことを父の父が決して許さなかったからだった。…それは彼が格下の娘と結婚したからというのではなく、父の父が彼女を長男の嫁にしたいと思っていたからだった。…それで自分たちは幼い子供の頃、貧しく、ヨーロッパ大陸をさまよったが、ついにはディジョンに定住し、一種の社会的地位を保って暮らし続けた。…町の真ん中に大きな家を持ち、何人かの召使がいた。マークは母が年収四百ポンドでどうやってそんな暮らしをすることができたのか想像できなかった。だが、現実にそんな暮らしをしていた。締り屋だった。だが、父はフランスの人たちと良い関係を続け、ワノップ教授や英国の各種学会とも交流を続けた。父は自分マークのことを劣等生だとみなしていた。…父は優雅な装丁の本を何時間にもわたって読みふけった。父の書斎はディジョンの家の展示室の一つだった。

父は自殺したのだろうか。もしそうならば、ヴァレンタイン・ワノップは父の娘なのだ。重大事というわけではないが、そこから逃れることはあまりできそうになかった。…その場合、クリストファーは自分の異母妹と暮らしているということになる。…それは大したことではない。自分マークにとって重大事ではない。…だが、父はそうしたことで自殺に追い込まれるような男だったのだ。

運の悪い乞食みたいな奴だ、クリストファーは！…全体を一番悪く考えるとするならば――父親は自殺し、自分は異母妹と同棲し、息子は実の子でなく、グロービーはカトリック教徒の手に渡る――それがクリストファーのようなティージェンス家の人間には起こりそうなことだった。自分マークのように逃げたり潜ったりしようとしないティージェンス家の人間には誰にでも。ティージェンス家の人たちは、自分たちが途轍もなく望んだが故に途轍もなく上手く手に入れたものを受け継いだ。ああ、それによって彼らは今の地位を築いたのだ。…最後の地位を。もしあの子がティージェンスの子ではないとすれば、グロービーはティージェンス家の手を離れることになる。もうティージェンス家の人間はいないのだ。スペルドンの言い分が正しかったということだろう。

父の祖父は一八一二年の戦争中、カナダでインディアンに頭皮を剝がれた。父の父はいるべきでない場所で亡くなった。そのために得たものを受け取り、ヴィクトリア(3)の民事裁判所でかなりの醜聞を撒き散らした。父の一番上の兄はキツネ狩りの間にぐでんぐでんに酔っぱらった。クリストファーは自業自得で極貧になった。もしそうなら、もっと多くのティージェンス家の血を受け継いだ者がいるということになろう。…可哀そうな奴らが！彼らは自分たちの従兄弟にあたるかもしれない。何かそういったことだ。

多分、それでさらに事情が悪くなることはないだろう。…スペルドンかグロービーの大木がおそらくそれ以外のすべての事情を減じていた。グロービーの大木は売春宿で死んだ曾祖父の誕生を記念して植えられたものだった。——そこで子供たちや召使たちの間では、グロービーの大木は屋敷が気に入らないのだと囁かれていた。その根が屋敷の土台の大きな塊を引き裂いた。また、二、三度、幹をレンガで囲って壁のなかに塗り込まなければならなかった。この木は紳士たちが造園について頭を悩ましていた時代にサルディニア(4)から苗として持ち込まれたものだった。その頃の紳士は相続人たちに植樹について相談したものだった。隠れ垣の向こうに一群のムラサキブナを白いカエデの木を背景にして、屋敷から四分の一マイルに渡って植えてはどうだろう。その対照が舞踏会場の窓から心地よく見えるように——三十年後には。当時は、家族間で三十年後のことに思いを馳せたものだった。所有者は相続人に真剣に相談した。所有者が決して見ることがないであろう光と影の対照を相続人が見られるように。

近頃、相続人が所有者に相談したようだった。先祖伝来の館を家具付きで借りることになる借家人が、今日の健康志向の考え方に合うように、グロービーの大木を切り倒してはいけないかと相談してきたということを。…アメリカの時代だ！　まあ、それも悪くはないだろう。ピールの荒野の斜面から見た場合、この木がグロービー邸の屋根に対してどんなに絵のように美しいコントラストを描くか、この人たちに分かるはずもない。彼らはジョン・ピールのことも、とても灰色のコートのことも聞いたことがないだろう。

どうもそれがあの青二才とド・ブレー・ペープ夫人がやって来た理由のようだった。彼らはグロービーの大木を切り倒す許可を所有者であるマークに求めに来たのだ。その後、彼らは怖気づき、逃げ出した。少なくとも、青年は垣根の向こうで白衣の婦人と熱心に話していた。ド・ブレー・ペープ夫人がどこにいるのかは、マークには知る術もなかった。彼が知る限りでは、貧しい者たちのためのジャガイモを研究するために、ジャガイモの列の間にいたのかもしれなかった。夫人がマリー・レオニーに出くわしませんようにとマークは願った。というのも、マリー・レオニーはド・ブレー・ペープ夫人を軽くあしらい、その上イライラした気分にさせられると思われたからだった。

だが、彼女たちがグロービーの大木を切り倒すことを自分マークに話すのを恐れるのは間違っていた。彼は少しもそのことを気にかけていなかった。ド・ブレー・ペープ夫人はただ来て陽気に言えばよかったのだ。「ねえ、あなた、わたしたちは忌々しいグロービーの大木を切り倒して、家に陽の光が入ってくるようにするつもりです」と。…それが陽気な気分のときのアメリカ人の話し方ならばだ。彼には知る術もなかった。アメリカ人と話した記憶がなかったからだった。…ああ、そうだ、カミー・フィトルワースがいた。彼女は確かにご主人が爵位を相続するまでは、ひどく俗っぽい若い女だった。おまけに、その後はフィトルワースも人を当惑させるほどに俗っぽくなった。彼は貴族院で行おうとした演説を途中で断念せざるをえなかった、それは、大法官を動揺させる「べらぼうな」という言葉なしで済ますことができなかったからだと噂された。そこで、ド・ブレー・ペープ夫人も古い杉の木に夢中になっている衰えた貴族階級の梅毒にかかった一員に話しかけているのだと考えなかったならば、何を言い出すか知れたものでなかった。しかし、彼女は陽気にそのことを公表すればよいのだ。マークはどうでも構わなかった。グロービーの大木は決して彼のことが好きでないようだった。誰のことも決して好きでないように見えた。快適で暖かいサルディニアからこの哀れをそそる気候の場所に移植したことで決してティージェンス家の人間を許さないのだと言われている。…それが召使いたちが子供たちに言ったことであり、子供たちが暗い廊下で囁き合ったことだった。

だが、哀れなクリストファー！　もしそうした仄めかしが彼になされたら、彼は気が狂ってしまうだろう。ほんのわずかなほのめかしであったとしても。哀れなクリストファーは、今、グロービーから戻って来るのに、頭上のおぞましい機械の一つのなかにいるだろう。…もしクリストファーが南国に展示小屋を買わなければならないとしても、忌々しい飛行場のすぐ近くには買わないようにとマークは願った。だが、おそらく、忌々しいアメリカ人が忌々しい古屑を買いに、忌々しい飛行機に乗ってやってくるのだと予想した。彼らは実際そうしていた。――小切手の送信を除けば、確かに有能なシャッツワイラー氏に送られて。

クリストファーは、シルヴィアと、さらには彼自身の相続人が、グロービーを家具付きで貸したいと思っていることを知ったとき、心臓が口から飛び出すほど驚いた――すなわち、白い大理石の塊のように身動き一つせずに座っていた。シルヴィアの最初の手紙越しにマークにこう言った。「兄さんは屋敷を貸したりはしませんよね」そこでマークは、弟の青白い顔面と驚いて丸くした目の背後にある苦悶を知ったのだった。…弟の鼻腔のまわりは完全に白色になっていた。――それが証拠だった。

そして、それは、これまでにないほどに訴えに近いものとなっていた。――休戦記念日における借金の要請を訴えとみなさないとすれば。だが、マークはそれを得点とみなすことはできなかった。二人のゲームにおいては、どちらもまだ実際の得点をあげてはいなかった。おそらく二人とも得点はあげられないだろう。他にどんな悪口が言われようとも、彼らは北国人の頑強な二人組だった。

そう。一昨日、クリストファーが「兄さんはグロービーを貸したりはしませんよね」と言ったとき、それは得点ではなかった。クリストファーは苦悶を感じていたが、マークにグロービーを貸さないように頼んでいるわけではなかった。彼はマークがあの古い屋敷の劣化をどのぐらい容認するのか情報を得ようとしただけだった。マークは、自分が指一本動かす前に、グロービー邸は取り壊され、テラコッタでできたホテルがそれに取って代わるだろうとクリストファーに十分に知らせたのだった。他方、クリストファーが指一本動かせば、食料貯蔵室の前の庭の小石の間に生えた草の葉一枚摘み取られずに済むだろう。…だが、ゲームの規則によって、二人とも命令を出すことはできなかった。二人ともに。マークがクリストファーに言った。「グロービーはおまえのものだ!」完全な機嫌のよさと冷淡さをもって。それで、おそらくは、古い屋敷は崩壊するか、シルヴィアが売春宿に変えてしまうかだ。…それはうまい冗談だった。うまい、しかしゾッとするような、ヨークシャーの冗談だった！

二人のうちのどちらの苦しみがより大きいか知るのは不可能だった。確かにクリストファーは屋敷のことで胸を張り裂かれる思いをしていた。――だが、クソッ、かなりひどく胸を張り裂かれる思いをしたのはマークではなかったか。というのも、クリストファーが彼から家を受け取るのを拒否したからだった。…兄弟どちらの苦しみが大きいかを知るのは不可能だった！

そう、彼マークの忌々しい胸は、停戦記念日の朝に張り裂けてしまった。――その朝と次の朝との間に。…そう、クリストファーが、夜な夜な三週間、ボズウェルを朗読した後で。…あれはゲームだったのか。兄のことが許せないときに、兄を眠らせないためのゲームだったのか。…あぁ、明らかに、あれはゲームだった。兄が弟をひどく失望させたならば、弟は兄を許さないだろう。それに、もちろん、弟が妻の不道徳な稼ぎで生活していると兄が信じていることを知らせたのは、ひどい、ひどい仕打ちで弟を失望させることだった。…マークはそれをクリストファーに対して行ったのだ。それはまったく許されざることだった。同様に、もちろんのこと、兄は犯罪の性質を囲んだ線の内側以外で弟を傷つけてはならないのだ。また、弟も兄の最高の友なのだから、犯罪の性質を含んだ線の内側を除いては、その奉仕を妨げてはならないのだ。

というのも、クリストファーが兄の健康のためにできただろう最善のことは、グロービーの資産管理人の地位を受け入れることだっただろう。――だが、兄が死ぬ可能性もあれば、彼自身がそれより先に死んでしまう可能性もあった。それにもかかわらず、それはかなり残酷なことだった。ボズウェルを通して、兄弟二人は、驚くほどの親密さによって、泥棒同士みたいに親密になっていた。――それも驚くべき類似性によって。もし彼らの一方がベネット・ラングトンに関する意見を述べたならば、それはまさに、もう一方の男の口から出かかっていた意見だっただろう。それは近頃、馬鹿な奴らがテレパシーと呼んでいるものだった。…、夜遅く、目から灯りが遮られ、落ちてくる爆弾の衝撃音を待つロンドンの静寂を通して声が聞こえてくるときの、暖かく、心地よい感情。そう、マークは、自分は十八世紀の男だというクリストファーの考えを受け入れたが、おまえはもっと古風だ、腋の下にギリシャ語の聖書を挟んで木立のなかを散策しているべき十七世紀の英国国教徒だという意見をクリストファーに向かって言いかけたときだけは、相手が機先を制した。…畜生、わたしには余地が残されています。…土地は変わっていません。…まだ、深いブナの森があり、それが耕作地の脇で木立を作り、鋤が動いていくとミヤマガラスが怠惰に飛び立ちます。土地は変わっていないのです。…繁殖は変わりません。…ここにクリストファーがいます。…ただ、時代…時代だけが変わったのです。…ミヤマガラスも耕作地もブナの木もクリストファーも、まだここにいます。ですが、当時の考えは存在しません。…陽は昇り、生け垣の後ろに沈むまで耕作地の上を渡っていきます。そこで農夫は宿に戻り、休息します。そして月も同じことをするでしょう。ですが、それらは——太陽も月も——その旅路の全過程において自分クリストファーとよく似た者の姿を見下ろすことはないでしょう。決して。マストドンを見ることは、ひょっとしたら望めるかもしれませんが。…だがな、自分マークは無能な老いぼれになっているだろう。それはまったく構わない。イスカリオテのユダ[5]も無能な老いぼれだった。大昔の話だが！

クリストファーが親密さを確立させると同時に不寛容な態度をとり続けるのは、いい加減な態度はとりたくないという気持ちの表れだった。まったくいい加減な態度をとらないというわけではないが、ほとんどそのような態度はとらなかった。というのも、マークが触手を伸ばしてきたからではなかったか。マークは譲歩したのではなかったか。マリー・レオニーとのまさにこの結婚がクリストファーへの譲歩によって行われたものではなかったか。真実を求めるなら、クリストファーはヴァレンタイン・ワノップと結婚したかったので、マークにもマリーと結婚してもらいたかったのではないか。もし真実を求めるなら…マークはクリストファーに譲歩したのだ。いずれにせよ、一種の牧師であるクリストファーに。だが、クリストファーはそうした譲歩を――テレパシーによって相手に求め――強いるべきだったか、本人は何の譲歩もするつもりがないというのに。クリストファーは自分が夢見心地で考える女性のような奉仕を彼マークに強いるべきだったか。あの哀れな奴が来る日も来る日も古鉄屑を片付ける軍務のためにすでに疲れ切っていたときに、もし古家具商になってグロービーに住むことを拒否するつもりでいたならば。というのも、驚いたことに、停戦記念日の朝まで、マークはシャッツワイラー氏についてのクリストファーの話を、愛想のいい無慈悲な脅しとしか受け取っていなかった。…脅しの見せかけとしてしか。

マークは、その後、それを受け取った。まともに正面から。クリストファーはマークから一銭の金も受け取ろうとはしなかった。その事実はナイフが牡鹿に突き刺さるように、マークの心を突き刺した。それはそれなりの怪我を負わせたが殺しはしなかった！　畜生、殺してくれれば良かったものを！　そのほうがましだったのに。…あいつが自分自身の兄にそんなことをしたのは、単に兄があいつを、何という言葉だっただろうか、…そうだ、「ヒモ」だ！…そう呼んだからだろうか。おそらくヒモの方がポン引きよりも悪い。ジョンソン博士が言ったように、ノミとシラミの違いに過ぎないのだろうが。

ああ、だが、クリストファーは辛辣だった！…彼は最初、あのちょっとした物を持って、サー・ジョン・ロバートソンのところに行ったようだった。何年も前に、サー・ジョンは百ポンドでそれを買う約束をしていたのだった。それは一七六二年にバース公お抱えの高級家具師により署名された特別な型のものだった。それはアメリカ独立戦争の始まった年(6)ではなかったか。とにかく、クリストファーはそれをある骨董店で五ポンドで買い、サー・ジョンは彼に百ポンドを約束した。サー・ジョンは高級家具師の作品を蒐集していて、そうした作品には並外れた価値があった。クリストファーは、これには千ドルの価値があると吐き捨てるように言った。…古道具を買い漁る人たちのことを考えてみてください！

クリストファーが――白いラードのような頭部から青い小石のような眼を突き出して――その言葉を言ったとき、マークは体中から汗が噴き出すのを感じた。彼は万事休すであることを知っていた。…クリストファーは言葉を続けた。人は、彼が火花を吐くのを期待したかもしれないが、彼の声は硬かった。サー・ジョンはこう言ったのです――

「ああ、いや、きみ。きみは今や素晴らしい兵士であり、フランドル地方やイーリングの女たちの半分を凌辱し、我々に君のことを英雄とみなすように求めているのでしょうな。それに、きみは今や安全です。…百ポンドは愛する妻に対して誠実なキリスト教徒の払う対価ですぞ。その品に対してわたしが与えることのできる金額は五ポンドですな。昔のよしみで、一ポンドではなく五ポンドであることに感謝してください！」

それがサー・ジョン・ロバートソンがクリストファーに言った言葉だった。それが出征した兵士たちに対する当時の世間の反応だった。――汗がシーツを氷のように冷たくしている兄に対してさえ、クリストファーが苦々しい気分だったことは驚くに当たらない。マークは言っていた。「弟よ。あの珍奇な代物のために、わたしは一銭だって貸すものか。だが、今この瞬間、千ポンドの小切手は書いてやる。テーブルから小切手帳を取ってくれ」

マリー・レオニーがクリストファーの声を聞いて部屋に入ってきた。彼女はクリストファーから知らせを聞くのが好きだった。それに彼女は、クリストファーとマークが白熱した議論を交わすのを好んだ。そうした議論がマークに良い影響を及ぼすのを観察したからだった。三週間前に、クリストファーが初めてここに来た日に、兄弟二人が激しい議論を交わしたとき、マリーはマークの熱が三十七・六度から三十六・八度に下がったのを観察したのだった。二時間のうちに。…結局、ヨークシャー男は喧嘩ができれば、生きることができるのである。他の人たちもそうなのよ、とマリーは言った。

クリストファーが彼女のほうを向いて、言った。

「愛する人が我が家でわたしを待っています。わたしたちは連隊の友人たちとお祝いをしたいと思っているのです。わたしは文無しです。四十ポンド貸してください。お願いします」とフランス語で。彼は抵当に飾り箪笥を置いていきましょう、と付け足して言った。彼はバッキンガム宮殿の外の歩哨のようにしゃちほこ張っていた。幾分驚いて、彼女はマークを見た。結局、彼女が驚くのも当然だった。マーク自身は何の合図もせず、突然、クリストファーが大声をあげた。

「わたしにそれを貸してください。わたしにそれを貸してください。神への愛のために！」

マリー・レオニーの顔から少し血の気が失せたが、彼女はスカートを捲り上げ、ストッキングを下ろして、紙幣を取り出した。

「愛の神のためになら、ムッシュー、喜んで」と彼女は言った。フランス女性は何を言い出すか知れたものでない。それは古い歌からの引用[7]だった。

しかし、その思い出のせいで彼の顔中に汗が噴き出したのだった。大きな汗の雫が。

Ⅶ章

マリー・レオニーは、口のなかにリンゴの強烈な酸味を、空気中に強いリンゴの香りを感じながら、体のまわりにスズメバチが飛び交い、吹き寄せられた綿毛が足元に流れ落ちてくる状況のなかで、注ぎ口にガラス管が取り付けられたブルゴーニュワインの壜のなかにリンゴ酒が流れ落ちてくるのを真剣に睨みつけていた。彼女がしかつめらしく夢中になった顔をしていたのは、スズメバチが彼女を悩ませていたからでもあり、自分の内部の衝動に抵抗していたからでもあった。それは、何かがマークを苦しめており、行って彼の面倒を見るようにと彼女に強いるものだった。

それが彼女を困惑させた。というのも、原則として――それはとても強固な原則だったので規則の側面を帯びていたからだが――彼女は夜だけマークを苦しめている何かの前兆を感じていた。夜にだけ。昼間には、彼女は普通、マークが自分でそうしたいから今の状態にあるのだと心の中で感じていた。彼の視線はとても男らしく支配的であったので、そうとしか感じられなかった。暗く、液体状の、直接的な視線は！　だが、夕暮れどきには、あるいはとにかくも、夕食のすぐ後で、彼女が自分の部屋に引き籠るときには、マークに惨事が起こるのではないかという恐ろしい予感がマリーには訪れるのだった。マークは寝ているところで死んでいるかもしれない。田舎のお化けのような存在に悩まされているかもしれない。強盗さえもがマークに忍び寄ってきているのではないかと。それは不合理な考えだったけれども。というのも、田舎の人たちは皆、マークは体が麻痺していて、マットレスのなかに富を蓄えていることなどありえないと知っていたからだった。…しかし、悪辣なよそ者が彼を見て、枕の下に金の懐中時計を隠しているのではないかと想像するかもしれなかった。…そこでマリーは一晩に千回も起き上がり、低いダイヤ格子の窓のところに行き、身を乗り出して聞き耳を立てたものだった。だが、何の物音もしなかった。葉を揺らす風、頭上に聞こえる水鳥の鳴き声が聞こえるのみだった。ぼんやりとした明かりが小屋に点り、明滅することもなくリンゴの木の枝の間から見えた。

だが、お茶の時間に向かうこの真昼時、彼女の傍らのストゥールには小柄な女中が座り、明日には市場に出すことになっている茹でた雌鶏《めんどり》の羽根を毟《むし》っていた。卵の箱が棚の上に置かれ、それぞれの卵は箱の底に針金で結ばれ、マリーが日付のスタンプを押すのを待っていた。夏の日の静かな白昼の光の下、種苗や農具を入れておく開いた小屋で、彼女はマークを苦しめるものについての虫の知らせに付きまとわれていた。マリーはそれを忌み嫌ったが、彼女はそれに抵抗するような女ではなかった。

だが、それを正当化するものは何もなかった。彼女が向かっている家の角からは、マークの孤独な姿の大半がとてもよく見えた。ガニングは、英国の領主に話しかけられながら、替え馬の手綱を抑え、生垣越しにマークを見ていた。ガニングは何の感情も表していなかった。若者は、生垣のなかの、生垣とキイチゴの木々の間を歩いていた。それは彼女には関わりのないことだった。ガニングが抗議しようとしないことは。若い女の頭と肩が――ひょっとしたら、もう一人の若い男性かもしれないが――もう一人の若者とほとんど同じ高さで、生垣の外側を進んでいた。それも同様に、彼女には関わりのないことだった。おそらく彼らは鳥の巣を見ているのだろう。あの厚い生垣のなかには何か鳥の巣があるということを彼女は聞いたことがあった。都会の英国人だけでなく田舎の英国人も、愚かさには際限がない。あらゆることに時間を無駄遣いする。この鳥は、シマ…シマ何とかで、クリストファーもヴァレンタインも牧師も医者も丘の麓に住んでいる芸術家もそれに熱中していた。二十ヤード以内にこの鳥がいれば、つま先立ちで歩いて行った。ガニングが生垣を刈ることは許されたが、どうも鳥はガニングを分かっているようだった。…マリーにとっては、すべての鳥が「モアノ」（フランス語で言うスズメ）だった。ロンドンで「スパラー」と言っているような鳥は。――同様に、すべての花がジロフレーだった。それは普通、ニオイアラセイトウを指していう言葉だったが。スズメの巣を保護し、無数のニオイアラセイトウに名前を付けることに時間を無駄に費やせば、この国が荒廃していくのも無理はないように思えた。国は大丈夫よ――カーン[1]の郊外だと言っていいわ。でも、人々は！　ウィリアム王が、ノルマンディーのファレーズのウィリアム公[2]が、いとも簡単に彼らを征服したのも無理がないと思うわ。

　さて、マリーは、今、リンゴ酒を樽から壜へと吸い上げる経路となった、ゴムで留められたガラス管を台から取り外さなければならなかったので、それに五分を浪費してしまった。空気が管のなかに入ってしまったためだった。彼女はそれを取り除かなければならず、リンゴ酒の最初の細い流れが彼女の口に入るまで、今一度、管を吸い上げなければならなかった。そんなことをしなければならないのは嫌なことだと彼女は思った。そんなことをすればリンゴ酒が台無しになり、昼食をとった後、味がおかしくなってしまうだろう。小柄な女中も言ったものだった。「まあ、奥様、あれはおかしいですわ」と。女中は賢明で従順だったけれど、何ものもあの娘がああ言うのを正すことはできない。こうした管を見たら、ガニングでさえ頭を掻くでしょう。

こうした野蛮人たちは、発泡性のワインを――つまり泡立つワインを――得たいならば、沈殿物をできるだけ少なくする必要があるってことを理解できないのかしら。そして、樽を長いこと動かさずにいたら、樽の底にはいつでも沈殿物が溜まってしまうだろうってことを。――特に、底に近い栓から汲み出すことによって、液体のなかに決まった流れを作り出すとするならば。そのため、発泡酒を壜詰めするには、大きな樽の上部から液を掬い取るのだ。残りは樽から飲み、最も濃いところは冬の間凍らせておくために、たくさんの箍《たが》が付いた小さな薄い木の樽に小分けしておくのだ。物品税のせいで蒸留器が手に入らないところでカルヴァドス(3)を造るためには。……この不幸な国では、アップルジャックやプラムブランデーやその他の高級酒を造るためであっても、蒸留器は手に入らない。――物品税のせいで！　何ていう国でしょう！　何という人たちでしょう！

彼らは勤勉さ、質素さ――そして何よりも魂を欠いていた。英国貴族院から来たのではないかと思われる人たちがいるので、二階の部屋に隠れている哀れなヴァレンタインを見てご覧なさい。…本来なら、あの哀れなヴァレンタインがわたしの瓶詰を手伝い、彼女の亭主がもっと古屑を買うために出かけている間、馬鹿げた古家具を訪問客たちに売る準備をしているべきなのに。…それなのに何かの版画が見つからないといって取り乱している。その版画は――マリー・レオニーはその事実を何度か聞いていたので、よく知っていたのだが――数年前のロンドンの医療用具の呼び売り商人を描いたものだった。見つかったのは八枚だけ。あとの四枚はどこに行ったのか。爵位をもつ英国夫人がそれを欲しがっていた。近く行われる結婚式の贈り物として。わたしの弟殿は、二日前に、売り物としてセットになるその四枚が売られているのを見つけたのだ。彼は満足して、芝地でそれを見つけたことを物語った。彼はそれを家に持ち帰ったと思っていたが、大工のクランプの倉庫にはなかったし、荷車のなかにも残されていなかった。引き出しにも戸棚にもなかった。わたしの義理の弟が売り場からそれを持ち帰ったことを何が証明できるだろうか。彼はここにいなかった。泊りがけで出かけていた。確かに彼はもっとも必要なときに泊りがけで出かけたのだ。神経質な状態にある若妻を置いてどこへ行ったのか。泊りがけで！　以前は泊りがけで家を空けたことなどなかった。…そのときには何か不穏なものが醸造された。その匂いが宙に漂った。それはマリーの骨にも染みついているものだった。この哀れな国が麗しきフランスの国を裏切った、あの停戦記念日に似ていた。…弟が自分から四十ポンド借りたときのことだ。…どうして彼はもう四十ポンド――八十ポンド、あるいは百ポンドを借りなかったのだろう。彼自身の心をかき乱し、マークとあの娘の心をもかき乱すのでなく。…

あの娘は理解力のない娘ではない。洗練されている。ピレーモーンとバウキスの話(4)をすることができる。だが、垢抜けしていない。無いもの尽くしだ。青踏派のように学識をひけらかすでもなく――ただ十分な学識はもっている――高級娼婦のように粋でなく、恋人と結婚するには尻軽だ。義理の弟は陽気な人間ではない。だが、男のことはわからない。…服の裾の切り込み、髪のねじれ。今ではパンチパーマにするほどの髪はないが、パンチしたのと同等にはある。

だが、男のことはわからないというのが真実だ。ソルボンヌのデュシャンと十年間暮らしていた。エレノール・デュポンの例を見るがいい。エレノールは服装には決して几帳面でなかった。それというのも、彼女の夫は青い眼鏡をかけ、科学者だった。…だが、それで何が起こったか。…緑色の生地と袖で覆われた、荷車の車輪のように大きな帽子を両耳の上に被った小柄な女がやって来た。――それというのも、当時はその様式が…

それが当時まだ少女であった彼女マリーへの教訓となった。もし自分が八十歳の全く目の見えない紳士と親密な関係になったなら、わたしは最新の香水に至るまで今日の様式を研究することにしようと心に決めたのだった。紳士はそんなことは知らないでしょうが、世界的な上流婦人やおしゃれな高級売春婦は知っているでしょう。故郷の自分は家の炉端の小さな褐色の鳥であり、ドレスのラインも髪も体の匂いも同様であるに違いなかった。マークは想像もしなかった。マリーは、マークが目の前に広げてある彼女の私室のファッション雑誌を見たことがあるとか、自分が留守の間に、日曜のロウでマリーが散歩したことがあるとか疑ったことがあるとは、まったく思っていなかった。…しかし彼女は別のことと同様にこうしたことも研究していた。さらに多くのことについて。流行に乗っていく一方で、同時に自分が真面目な小ブルジョアであるように見せることは難しい。それでも、マリーはそれをやり、その結果を観察した。…

ああ、だが、可哀そうなヴァレンタイン!…相手の男は十分に愛情を注いでいた。彼のせいで女が陥った状況を考えれば、それも当然だった。だが、いつでも嵐の最盛期、頂点、尖峰《せんぽう》はやって来るものだ。人はそれを避けて通らなければならない。そんな日に、男は女を見て「フム、フム」と言い、ロウソクのほうがゲームより大切なのではないかと考えるのだ。…ああ、それを七年目のせいにする賢者もいれば、他の賢者は二年目だと言い、また別の賢者は十一年目だと言う。

…しかし、実を言えば、何年の何日だと言うことはできるのだ——百年を越えなければ。…そして、あの哀れなヴァレンタインは、あとの二枚を除けば唯一のスカートに四つの油染みを付けている。それにスカートをだらしなくぶら下げて履いていた。その品は、かつては明らかに良いものだっただろうが。それは認めなければならない！　この国では見事なツイード地が作られる。ルーベ[5]のものより確かに優れている。けれど、それだけでこの国を救うのに十分な理由となるだろうか。女をひどい商売に引き入れた男を救うのに十分な理由となるだろうか？

　背後で声がした。

「十分な卵を採ってきたのを見ましたよ！」息を切らした、神経質な、聞き慣れない声だった。マリー・レオニーはブルゴーニュ産の壜のなかに管の口を押し付けていた。この壜のなかには、篩にかけた砂糖少々とルーアンの薬局から手に入れた微量の粉がすでに入れられていた。これによって濃い茶色のリンゴ酒ができることをマリーは知っていた。マリーは、何故リンゴ酒が茶色でなければならないのか知らなかったが、薄い金色だと栄養価が下がってしまうからだと考えていた。マリーは、頭上に開いた鉄-鉛製の窓格子を通してヴァレンタインが神経質に呟いているように見えることについても考え続けていた。ヴァレンタインはラテン語の本を下に置き、窓際に忍び寄って聞き耳を立てた。

　マリーの傍らの少女が三脚椅子から立ち上がり、胸にほとんど羽根が生えていない、死んだ白い家禽の首を摑んで持ち上げた。少女がしゃがれ声で言った。

「こちらが奥様の赤タマゴの価格設定です」娘は金髪で赤ら顔で、くすんだ金髪の上にはかなり大きな縁なし帽をかぶり、痩せた体の上には青いチェックの木綿のガウンを羽織っていた。「卵一個、半クラウン。(6) 一ダース買えば、二十四シリングよ」

マリーは、いくぶん満足して、そのしゃがれ声を聞いた。二週間前に雇ったばかりのこの娘は、頭は悪くないようだった。卵を売るのはマリーの仕事ではなく、ガニングの仕事だった。それにもかかわらず、マリーはその詳細を知っていた。彼女は振り向かなかった。卵を買いたい人と話すのは彼女の仕事ではなかった。それにお客さんには関心がなかった。彼女には他に考えることがたくさんあった。声がした。

「半クラウンは卵を買うには高すぎだわ。ドルではどうなの。こんなのは、よく聞かれる生産者による食品への暴政に違いないわ」

「ドルでは売れません」と娘が言った。「半ドルは二シリング、半クラウンは二シリング六ペンスですもの」

会話は続いたが、マリーの頭のなかでは、それは霞んでいった。あの娘と客の両者の声は、ドルとは何かについて議論していた――あるいはそう思えた。というのも、マリーは議論している二人の訛りのどちらにも親しんでいなかったからだった。あの娘は闘志盛んな娘だ。あの娘は真鍮製の器官を利用して、ガニングのことも木製家具職人のクランプのことも酷使する。真鍮製というか、おもちゃの笛のようなブリキの器官を使って。薄汚い恰好をして働いているとき以外は、貪るように本を読んでいる。手に入るときには「血」に関する本を。彼女は家族に対しては大げさなほどの敬意を払っていたが、世の中の他の人たちには、誰にであれ、決して敬意を払うことがなかった。…

マリー・レオニーは、今はもう滓が沈んで樽の底まで達したかもしれないと考えた。彼女は一定量のリンゴ酒を透明なコップのなかに注ぎ、親指で管を閉じた。リンゴ酒はもう一ダース壜詰めできるくらい透明だと、彼女は判断した。それから彼女は、次の樽の栓を抜かせるためにガニングを呼び寄せようと、人を遣った。四つの六十ガロン[7]の容量の樽からリンゴ酒を小分けしなければならなかった。二つは終わっていた。彼女は疲れ始めてきていた。疲れ知らずではあったけれども、疲れないわけではなかった。少なくとも、眠気がさしてきていた。ヴァレンタインが手伝ってくれたらいいのに思った。だが、あの娘はあまり意欲のある人間ではないし、将来のために休んで、ラテン語かギリシャ語の本を読むほうがよいとマリー・レオニー自身認めた。そして神経に障る出会いは避けたほうがよいと。

　ヴァレンタインは四柱式ベッドの上の羽布団に身を包んだ。というのも、すべての窓が開け放したままになっていて、気流はとりわけ女たちにとっては避けなければならないものだった。…ヴァレンタインは以前、青い地中海の傍らでアイスキュロス[8]を読むことがかつて彼女の夢だったと微笑みながら言っていたことがあった。彼女たち二人はキスを交わした…。

　マリーの傍らのメイドが、「老いた雌鶏が多すぎるときには、販売業者だった父さんがよく『半ドル二枚にしておくよ!』と言っていました」と話していた。英国には一ドル札はなかったが半ドル札はあった。海賊のキャプテン・キッドもドル札と八ドル以上のドル硬貨を持参していた。

　一匹のスズメバチがマリーを苛立たせた。ほとんど彼女の鼻先をブンブンと飛んでいた。退き、戻り、大きな輪を描いた。彼女がちょうど引き出したリンゴ酒のコップのなかで、すでに何匹かのスズメバチが格闘していた。樽が並べられている板の上のリンゴ酒の染みのまわりを周回しているものもいた。恍惚として、尻尾を引っ込めたり伸ばしたりした。だが、マリーとヴァレンタインがガニングと一緒に、角灯と籠手《こて》と青酸とをもって、果樹園じゅうを探索して、小道沿いや土手のなかに出来た穴を塞いだのは、たった二晩前のことだった。マリーにはその経験が気に入った。その暗さ、伸び放題の草を照らす角灯からの光の輪、自分がマークのそばで外に出ているという感覚、それでもなお、ガニングの角灯が霊界からの訪問者たちを追い払っているという感覚が。…深夜に夫を訪れたいという欲望と幽霊に出会う可能性との間で苦しんだことが…あれは理に適ったことだっただろうか?…夫のせいで苦しまない女などいるものか。夫が貞節だったにしてもだ。…

あの不幸なヴァレンタインも苦しんできた。…いわゆる婚礼の晩においてさえも。事態は理解不可能に思えた。マリー・レオニーは詳細を知らされていなかった。それはただ途方もないことに思えた。マークがほとんどそのことを考えていないとは、ひょっとすると悲劇的でさえあった。本当に、マークは気が狂ったのだと彼女は考えた。午前二時に、マークのベッドの傍らで。彼ら、二人の兄弟は、ヴァレンタインが震えているところで、かなり激しい言葉を交わした。そして決定した。彼女を母親のもとへは返さないということを。午前二時だった。…まあ、午前二時に母親のもとへ帰ることを拒絶するならば、水車小屋の向こうに靴を蹴とばすことになるだろう。

スズメバチたちの間で、また水を飼い葉桶に汲むために小屋のなかにいる姿の見えない女の話し声の下で、その夜の詳細が彼女には思い出された。壜のなかの発酵の過程が始まるまでリンゴ酒は冷やしておいたほうが良いので、マリーは壜を飼い葉桶のなかに浸していたのだった。緑色のガラスの輝く首が付いた壜は、見た目が心地良かった。彼女の背後の女性はオクラホマについて話していた。ピカデリーシネマの映画で見た大きな鼻をしたカウボーイはオクラホマから来たのだと。それは確かにアメリカのどこかだった。彼女は毎週金曜日にピカデリーシネマに行く習慣だった。もしあなたが正しい考えの人なら、金曜日に映画を観には行かないでしょう。シネマと劇場との関係は無駄のない食事と肉食との関係に等しいとみなすことができるでしょう。…マリーの背後でしゃべっている女性はどうもオクラホマから来たようだった。彼女は若い頃にはプレーリーチキン⑨を食べていた。農場で。だが、今では大金持ちだった。少なくとも、女中にそう言った。フィトルワース卿の地所を半分買っても、夫はその金が惜しいとは思わないでしょうね。ここの人たちがそれを手本としてくれさえすれば。…

停戦記念日の晩、彼らが来て、ドアをドンドンと叩いた。あの日の街中での騒音の後では、呼び鈴で彼女の目が覚めなかったからだった。…彼女は床の真ん中に飛び込んで、急いでマークを救おうとした…空襲から。彼女は停戦記念日であることを忘れていた。…だが、ドアを叩く音は続いた。

ドアの前には、義理の弟と、ガールスカウトが着ているような濃い青の制服を着たあの娘とが立っていた。二人とも真っ青な顔で、へとへとに疲れていた。互いに互いの体を支えているかのようだった。…マリーは彼らに立ち去るように命じるところだったが、マークが寝室から出てきていた。寝間着姿で、脚はむき出しのままだった。おまけに、毛むくじゃらでもあった！　彼は二人になかに入るよう乱暴に命じ、ベッドのなかに戻った。これを最後にマークが立ち上がることはなかった！　今では、彼はもうとても長くベッドに寝たきりでいるので、彼の脚はもはや毛むくじゃらではなく、つやつやになっている。艶をかけられた薄い骨のように！

マリーは彼の最後の身振りを思い出した。彼は熱弁を振るう男のように積極的に身振りを使った。…それに実際、彼は熱弁を振るっていた。クリストファーに向かって。汗だくになって。二人が互いに大声でやり合っている間、マリーは二度マークの顔を拭った。

二人は方言で話していたので、彼らが何を言っているのか理解するのは難しかった。当然のこと、二人の使う言葉は、子供の頃話していた言葉に戻っていた。——この冷静な人たちが興奮したときに使うような！　それはブルトン人[10]の方言に似ていた。荒々しい。…

そしてマリーのほうは、もっぱら女の子のほうを気遣った。彼女が女の子を気遣うのは当然だった。自分のほうは大人の女性だった。…最初、マリーは彼女のことを街で拾われてきた小娘だと考えた。その後、彼女はこの娘が口紅も模造真珠のネックレスも付けていないことに気づいた。

もちろん、マークが彼らに金を押しつけようとしていると推測したときには、彼女は違った風に感じた。二つの面で。この娘は小娘じゃない。そのとき、マリーは金を譲るという考えで心臓を締めつけられる思いがした。自分たちは破産するかもしれない。自分の死体を手に入れようとするのはパリの従兄弟たちではなく、この人たちになるかもしれない。だが、義理の弟は両手で金銭に関することは自分の頭にはないことを示した。もし姉さんが一緒に来てくださるなら、自分の財産を分与いたしましょう。…何という国、何という人たちなんでしょう！

これまでは自分たちの間には理解などないように思えていた。この娘が恋人とここに留まるよう主張したのはマークのようだった。逆に、恋人のほうは娘が母のもとへ帰るよう主張した。娘は決してクリストファーのもとを離れないと言い張った。彼を置いていくことはできない。置いていけば、彼は死んでしまうだろうと。…たしかに、義理の弟はひどく病んでいるようにみえた。彼はマークよりひどく喘いでいた。

マリーは、ついに娘を自分の部屋に連れて行った。小さな、思い悩む、金髪の娘を。マリーは娘を腕に抱きたい気持ちだったが、そうはしなかった。お金のせいだった。…それはこの娘がもらえるかもしれないものだった。そうなる可能性もあった。だが、こうした人たちに、金に触れることを許すわけにはいかない。服と下着を揃えるのに二十ポンド貸す以上のことは考えられなかった。

娘は一言もしゃべることなくそこに座っていた。何時間も経ったように思えた。そのとき、教会の階段の上で、誰か酔っ払いが軍用ラッパを吹き始めた。長い響き…ティー…ティーー…ティーーー…タ・ヒーー…ト・ヒー…永遠に続いた。…

ヴァレンタインが泣き始めた。彼女はとても恐いと言った。誰も止めさせられなかった。彼らが吹いているのは葬送ラッパだった。死者のための。その夜、死者のための葬送ラッパを吹くことに反対することはできなかった。たとえ吹いているのが酔っ払いだったとしてもだ。そしてそれが人を狂気に陥れるにしても。死者は受け取れるものをすべて受け取るべきなのだ。

それは、必要な斟酌をしなければ、マリー・レオニーには誇張された感情のように思えただろう。英国のラッパの音はフランス人の死者たちには効果がなく、英国の喪失は量的に取るに足らないものだったので、酔っ払いによって葬儀のラッパが吹かれても、感情的になる必要はほとんどないと思われた。フランスの新聞は、英国の人命の喪失は数百人と見積もっていた。マリーの国で失われた人命が何百万になるのに比べれば、何だと言うのだ。だが、マリーはこの娘が彼の妻との間でその夜おぞましい事態を経験し、それでも個人的な人生の浮き沈みに感情を露わにするにはあまりに誇り高いので、ラッパの音に鬱憤の捌け口を見い出したかのような振りをしているのだと推測した。…それは十分に哀れなことだった。クリストファーがドアの隙間から顔を覗かせ、あの音はマークには耐えられないでしょう、自分はあのラッパの演奏を止めさせるつもりです、とマリーに囁いた。

娘は、見たところ、物思いに耽っていた。彼女にはクリストファーの声は聞こえなかった。マリー・レオニーはマークを見に行き、娘はそこのベッドの上に座った。マークはそのときまでに昏睡状態になっていた。ラッパの音は止んでいた。彼を元気づけるためにマリーは演奏の不適切さについて少しばかり批判した。取るに足らない数の死者のために午前三時に葬送ラッパを吹くだなんて。フランス人の死者たちのためになら、あるいはフランスが裏切られることがなかったなら、ともかくも！　あの怪物たちに国境から離れたところで停戦を迎えさせたのは、フランスを裏切る行為だった。まさに、似非連合国の裏切りだった。彼らは、防御の術もない人々を百万人単位で殺すこうした怪物たちの間を通って進軍すべきだったのに。そして火と剣で彼らの国を荒廃させるべきだったのに。彼らにもフランスが味わった苦しみを味わわせよ！　それをしなかったのは裏切りに相当し、まだ生まれていない子供もそのために苦しむだろう。

だが、その後、裏切りがなされた後でさえ、まさにその裏切りの見返りが何なのかを知るために、イギリス軍はそこで待っていた。彼らは今でさえベルリンに乗り込む気はないらしい。だとしたら、命は何のためにあるのでしょう。

マークがうめき声をあげた。事実上、彼は良きフランス人だった。自分でそうなるようにうまく取り計らってきたのだ。娘が部屋に入って来ていた。一人でいるのが耐えられなかったのだ。…動きと反対の動きがせめぎ合う、何という夜だろう。マリーはマークと議論を始めた。十分な苦しみをもちましたか、とマリーが訊ねた。十分な苦しみがあったとマークが同意した。だが、それ以上の苦しみがあるに違いなかった。…まさに哀れな血まみれのドイツ人に対する正義から生まれた苦しみが。…マークは彼らを哀れな血まみれのドイツ人と呼んだ。決然たる行動の後に容赦のない結果が続くことを知らさないことは、敵に対して加えることのできる最悪の仕打ちだと彼は言った。彼らがしたいことをしたにせよ、その報いは必ずしも受け取る必要がないと彼らに仄めかすために介入することは、結局、神に対して罪を犯すことなのだ。もしドイツ軍が世界の見ているなかでそれを経験するならば、ヨーロッパも世界もお終いだ。一九一四年八月四日の午前六時にゲメニッヒと呼ばれる場所の近くで起きたことの際限のない反復を何が防げられようか。それを防ぐことのできるものは何もない。もっとも小さな国からもっとも大きな国に至るどんな他国でさえも。

娘が話を遮って、世界は変わったわ、と言った。そこで、疲れ切って枕の上に仰向けになったマークが、一種の厳めしい鋭さで言った。

「きみはそう言うのだね。…ならば、きみは世界を統治できるかもしれない。…それについては、わたしには何も分からない。…」マークは疲れ果てているように見えた。

この二人の議論は並外れたものだった。午前三時半に「その状況」を議論した。まあ、その晩は誰も眠っていたくないように見えた。あのくすんだ街中においてさえも、暴徒たちが叫んだり、コンサーティーナ(11)を奏でたりしながら、通り過ぎていった。彼女は以前、マークが議論するのを聞いたことがなかった。――それにもう二度と彼が議論するのを聞くことはないだろう。彼はあの娘のことを孤高とした寛大さをもって考えているようだった。彼女のことは好きだけれど、学識がありすぎ、若過ぎ、あらゆる経験が欠けているといった具合に。そして、マリー・レオニーは彼らをじっと見つめ、熱心に聞き耳を立てた。この三週間の間に、マリー・レオニーは二十年の間で初めて、マークが親族の者と話すのを聞いた。それをじっと眺めていると、彼女もまた心を奪われた。

それにもかかわらず、マリーには夫が肉体的に疲労困憊し、娘も明らかに試練を受けているように見えた。娘は話している間、遠くの音に聞き耳を立てているかのように見えた。…懲罰は現代人の精神にとって忌まわしいものだという考えに、娘は何度も何度も立ち返った。マークのほうは、ベルリンを占領することは懲罰ではなく、一方、ベルリンを占領しないことは知的な罪を犯すことだという点にこだわった。侵略の結果は、侵略への仕返しと象徴的な占領を招く。過ぎたる自慢の結果が屈辱を招くのと同じことだ。世界の他の部分のことは分からないが、自国にとっては、それが論理だった。――娘が生きてきた論理でもあった。その論理を捨てることは、頭の明晰さを捨てることだった。それは心的臆病とでもいうべきものだった。武器や旗を公的な場所に掲げて、ベルリン占領を世界に示すことは、英国が論理を重んじていることを示すためのものだった。それを世界に示さないとすれば、英国は心的に臆病であることを示すことになるだろう。我々に敵国にあえて痛みを与える勇気が湧かなかったのは、わたしたちがそれについて頭を働かせることに尻込みしたからだ。

ヴァレンタインは言っていた。「苦しみが多すぎるわ！」

マークが言った。

「そう、きみは考えることを恐れているね。…だが、英国は世界にとって必要だ。…わたしの考える世界には。…だが、もしそれを君の世界にしたら、それは壊れてしまうだろう。わたしには打つ手がない。…だが、君はその責任をとらなければならないだろう。英国が道徳的臆病の景観を示すとき、そこは低水準の世界になるだろう」…「もしきみが一マイル競馬の記録を低めたなら、それは競馬の水準を低めたことになるのではないかね。それを考えてみなさい。もしパーシモンがあの記録をなし遂げなかったとしたら、フランスグランプリはたいした競馬大会ではなくなってしまい、メゾン＝ラフィット競馬場(12)の調教師たちはあまり有能ではないということになってしまうだろう。それにジョッキーたちも。それに少年の馬丁も。それにスポーツ記者も。…世界は確固たる国家の手本から益を得ているのだよ…」

唐突にヴァレンタインが言った。

「クリストファーはどこにいるの？」その激しさは殴打のようだった。

クリストファーは出かけていた。ヴァレンタインが大声をあげた。

「でも、クリストファーを出かけさせてはいけないわ。…一人で外出するにはふさわしい体調じゃありませんもの。…戻ってくるために出かけたのね…」

マークが言った。

「行くんじゃない」…というのもヴァレンタインがドアのところに至っていたからだった。「葬送ラッパを止めに行ったんだ。だが、わたしのためなら葬送ラッパを吹いてもらって構わない。多分、あいつは広場に戻ったんだ。あいつは、おそらく、妻がどうなったのか見て来たかったたんだ。…戻ってくるために出て行ったのだ。わたしならしないがね」

ヴァレンタインがこの上ない苦々しさを込めて言った。

「彼は戻って来ないわ。彼は戻って来ないわ」ヴァレンタインは出て行った。

一部はそのとき、一部はその後、クリストファーの妻が数ヤードしか離れていない彼の空き家に現れたのだということがマリーの頭に閃いた。彼らがおそらく愛を交わすために夜遅く戻ると、そこに彼女を見つけたのだ。彼女は癌のために手術を受けることになることを伝える目的でそこに来たのだった。それによって感受性の強い二人が、そのとき一緒に寝ることをほとんど考えられなくするために。

それは上手い嘘だった。このティージェンス夫人は、愛人型の女だった。それは否定できなかった。夫人自身は、彼女の性向により、また夫の強い禁止命令に反発して、他の男たちと関わったのだったが、ティージェンス夫人は確かに賢かった。どんなカップルが迷惑をかけられたり信用を傷つけられたりするのにも劣らぬほど、このカップルに迷惑をかけ、その信用を傷つけることに成功していた。このカップルは世の中でもっとも無害なカップルであったのにもかかわらず。

二人は確かに、停戦記念日に心地よい祝いを催すことがなかった。祝いの食事に出席した将校の一人は怒り狂っていた。クリストファーの連隊の別の仲間の妻はヴァレンタインに無礼な態度をとった。連隊の大佐は、すっかりメロドラマ的な気分になって、死ぬ機会を窺った。もちろん、他のすべての将校たちは逃げ出し、狂人と瀕死の大佐をクリストファーとヴァレンタインの手に委ねた。

心地よい新婚旅行。…二人は四輪馬車を確保したように見えた。その馬車のなかには、狂人ともう一人が乗っていて、彼らは目立たない郊外の――バルハムへと馬車を駆った。十六人の式の参加者が馬車の外側にぶら下がり、二人は馬の背に乗った。――少なくてもトラファルガー広場から二マイルの間は。彼らはもちろん、馬車の内部には関心がなかった。もう苦しみがなくなるので、彼らは陽気だった。ヴァレンタインとクリストファーはチェルシーのどこかで砲弾ショックの患者のための施設へと狂人を排除しようとした。だが、当局は大佐を捕まえようとはせず、彼らはバラムまで馬車に乗って行き、大佐は先の戦争と自分の業績とクリストファーに借りている金について、いまわの際の演説をした。…ヴァレンタインはそれをとても腹立たしく思っているように見えた。その男は馬車のなかで死んだ。

彼らはロンドンまで歩いて帰らなければならなかった。というのも四輪馬車の馭者が馬車のなかで死者が出たことに動転し、馬車を御せなくなってしまったからだった。トラファルガー広場に着くまでには夜中の十二時になっていた。ほとんど全行程、群がった人々のなかを縫うように進まなければならなかった。彼らは自分たちの義務、施しの成就に嬉しい気持ちだった。彼らは広場の上に聳える聖マーティン教会の階段の最上段に立った。教会は全体をイルミネーションで照らされ、満員で、騒々しかった。地上には、舗装用の木材、乗合馬車があり、ネルソン記念柱が聳え立ち、泉の盥は酔っぱらいや演説家や楽団で一杯だった。…二人は一番上の段に立ち、深く息をし、互いの腕のなかに倒れ込んだ。五年間の間互いに愛し合ってきたようだったが――今回が初めてだった。…何という人たちだろう！

その後、彼らは、グレイズインのフラットの階段の最上段に、白装束に身を包んだシルヴィアを見たシルヴィアはどうクリストファーとこの娘とが連絡を取り合っているかということを——クリストファーから借金をしているので彼のことを好まない貴婦人から——聞いていたらしかった。この貴婦人こそ、マクマスター令夫人であった。借金しているからといってクリストファーを嫌っている人間は他には誰もいないようだった。精神に異常を来した大佐であれ、ヴァレンタインに無礼だった令夫人の夫であれ…誰も彼も！　大きな額のうち数ドルの小切手一枚をクリストファーに渡し、その後、戦争捕虜として被った被害のために神経衰弱に陥ってしまったシャッツワイラー氏でさえも。…

だが、一人の女の財産を手に入れているとは、クリストファーは何という男なのだ。どんな女であれ！

それが、マークがマリー・レオニーに言った実質的に最後の言葉だった。眠れるようにと彼女が作ったハーブティーをマークが飲んでいる間、彼女はマークの体を支えていた。そのとき、マークが重々しく言った。

「マドモワゼル・ワノップに優しくするようにおまえに頼む必要はなかろう。クリストファーに彼女を世話する能力はない。…」それがマークの最期の言葉だった。というのも、その直後に電話のベルが鳴ったからだった。その直前、マークにまだ十分な熱があったように見え、彼の目がギョロギョロとマリーを見ていた間、彼女がマークの口のなかに突っ込んだ体温計がマークの暗い色の唇の上で煌めき、また、マリーがマークを彼の身内に悩まされるが儘にしておいたことを後悔していた間に、広間から電話の鋭くけたたましい音が響いたのだった。すぐさま、ウォルストンマーク卿の強いドイツ語訛りが、いつもの不快さで、彼女の耳にぼんやりと聞こえてきた。

閣議が未だ開かれていて、皆、マークがさまざまな港と交信するのに使っている暗号を知りたがっていると、卿は言っていた。次長はその夜、さまざまの祝いのために行方不明になっているようだった。マークは寝室から一種冷酷な皮肉を込めて言った。わたしの輸送船が出て行くのを止めたいのなら、暗号は使わないほうがよいでしょう。来るべき選挙の公約に、取るに足らない額の節約を掲げたいならば、できるだけ公にやるに越したことはありません。逆に、あなたがたが現有の輸送船でドイツに入って行くことは考えられません。多くが最近破壊されました。

大臣は一種重々しい歓喜を表して、ドイツに入って行くつもりはないと言った。それはマリー・レオニーにとって、もっともおぞましい瞬間だった。だが、訓練の賜物として、彼女はマークにその言葉を繰り返しただけだった。そのとき、マークは彼女が完全には聞き取れない何かを言い、言ったことを繰り返そうとはしなかった。マリーが聞き取っただけをウォルストン卿に伝えると、含み笑いをしているような声が、確かにご主人を怒らせるような報せだと言った。だが、人は新しい時代に適応せねばならんのです。時代は変わったのです、と。

マリーは電話口を離れ、マークを見た。彼女は彼に話しかけた。もう一度話しかけた。さらにもう一度――パニックを起こしたような素早い言葉で。マークの顔は濃い紫で、充血していた。まっすぐ前を見つめていた。マリーは彼の体を起こした。だが、彼はぐったりと沈み込んだ。

マリーは電話口に行き、回線の向こうの男にフランス語で話したことを思い出した。電話の相手に向かって、あなたはドイツ人で裏切り者だと言った。わたしの夫はあなたやあなたの仲間たちと二度と話すべきではないと。男は言った。「えっ、何ですって。えっ…あなたは誰なのですか?」と。

ぞっとさせるような影が次々と彼女の心を過ぎるなかで、マリーは言った。

「わたしはマーク・ティージェンスの妻です。あなたはわたしの夫を殺しました。もうわたしに電話をかけてこないで、人殺し！」

彼女がその称号を使ったのはこれが初めてだった。あの役所に向けてフランス語で話したのは、これが初めてだった。だが、マークはすでに役所とも、政府とも、国とも関係を絶っていた。……世間とも。

その男との電話を切るや、マリーはすぐにクリストファーに電話をかけた。彼はヴァレンタインを連れてやって来た。若い二人にとっては、確かに、婚礼の夜どころではなかった。

第二部

Ｉ章

シルヴィア・ティージェンスは、左膝を使って、自分の乗った栗毛の馬を、光輝あふれる将軍の乗った鹿毛の馬のほうにジリジリと近づけた。彼女が言った。

「わたしがクリストファーと離婚したら、結婚していただける?」

将軍はショックを受けた雌鶏みたいな激しさで怒鳴った。

「断じて、断る!」

将軍はいたるところ輝いていた。何度も着られたであろうことを光沢がところどころで示すグレーのツイードスーツの各部分は除いてではあるが。彼のわずかな白い口髭、彼の両頰、彼の鼻の頭ではなく鼻柱、彼の手綱、彼の守備隊のネクタイ、彼の長靴、胸懸《むながい》、小勒《しょうろく》、くつわ鎖、指、指の爪——そうしたものすべてが絶え間のない研磨の証拠を与えていた。…彼自身によって、彼の下男によって、フィトルワース卿の廏務員や馬丁によって。…絶え間なく馬体を擦り、両腕を広げた端々まで管理を行き届かせていた。見ただけで、彼がエドワード・キャンピオン卿であることが分かる。除隊した陸軍中将であり、国会議員であり、聖マイケル・聖ジョージ勲爵士(軍務による)であり、ヴィクトリア十字章、武功十字章、殊功勲賞の受賞者でもある。…

そう彼は怒鳴ったのだ。

「断じて、断る！」と。そして小勒のはみに小指で触れることで、彼の牝馬を怯ませ、シルヴィアの栗毛の馬から引き離した。

気性の荒い白い額の栗毛の馬は、仲間の動きに困惑し、牝馬に対して歯を剝き出しにし、少し踊るかのような動きをして、泡の薄片を吹き出した。シルヴィアは鞍の上で前後に揺られ、微笑みながら夫の庭園を見下ろした。

「いいこと」とシルヴィアが言った。「ただ馬を狼狽えさせることで、わたしの頭から考えを追い出すことはできませんからね。…」

自分の乗った牝馬に向かって「ドオドオ」と言う合間に、将軍は「男は結婚しないものだ、自分の…」と言った。

将軍の牝馬は一歩か二歩土手のほうへ後ずさりし、それから一歩前に出た。

「ご自分の何ですの？」とシルヴィアが愛想よく訊ねた。「わたしのことを棄てた愛人とは呼ばせませんからね。確かに、大抵の男はそれを狙うのでしょうけれど。でも、わたしはあなたの愛人でさえなかったわ。…マイケルのことも考えなければならないし！」

「願わくは」と将軍が復讐するかのように言った。「あの男の子を何と呼ぶべきか決めてもらいたいものだね…マイケルかマークか！」さらに加えて「わたしは言おうと思ったんだ。『名づけ子の妻』と。…男は名づけ子の妻と結婚するわけにはいかない」

シルヴィアは栗毛の馬の首を擦ろうと身を乗り出した。

「男は」と彼女は言った。「他の男の妻と結婚することはできないわ。…でも、考えて御覧なさい、わたしは二番目のティージェンス令夫人になるのよ。…フランスの売春婦の…後にね。…」

「インド総督夫人になる方がいいって言うのかね」と将軍が言った。

二人の互いに敵対し合う心にインドの情景が過ぎった。二人はそれぞれの馬の上から、ウェスト・サセックスのティージェンス家の領地を、この地方特有の灰色の石造りの深い窓が付いた、急勾配のタイル張りの屋根の家を見た。それでも、将軍はアクバル・カーンやピリッポス二世の息子、マケドニアのアレクサンドロス大王や、デリーやカーンプルの大殺戮のような名称の数々を見ていた。将軍の心は少年時代から英国の王冠のなかでも最も大きな宝石への思いに耽りがちで、こうしたロマンスを紡ぎ出した。彼はウエスト・クリーヴランド選挙区の議員であり、政府の脇腹に刺さった棘であった。政府の者たちは彼にインド総督の地位を与えなければならなかった。彼らはもしそうしなければ、彼が先の戦争での終結の日々について暴露記事を公にすることができることを知っていた。…もちろんそんなことはしないだろう。一時の政府であれ、自分は強請《ゆす》ったりしない。

それでも、彼は事実上、インド総督だった。

シルヴィアには、彼が事実上インド総督であることが分かっていた。彼女は総督公邸での接待を思い描いた。そこでの彼女は宝冠を被り、総督夫人だった。…シェイクスピア劇で誰かが言っていたように

俺は死ぬ、エジプトよ、死んでしまうだろう。

ただもう少し命が欲しい。というのも

これまで何千回となくあなたとキスを交わしてきたが、もう一度、最後のキスをあなたの唇に残したい。

シルヴィアは自分がこの老インド総督を裏切り、愛人をもつことが望ましいと想像した。愛人は彼女の足下で喘ぎながら言うのだ。「俺は死にそうだ、死にそうだ…」と突然、大声で。宝冠を被った自分はその上にそそり立つ。おそらく白い衣装を身に付けて。おそらく繻子の衣装を！

将軍が言った。

「きみは、わたしの名づけ子と離婚できないことが分かっているだろう。ローマカトリック教徒だからな」

シルヴィアはずっと頬笑みながら言った。

「あら、できないかしら？…その上、継父に陸運元帥をもつことはマイケルにとっても最大の利点になるでしょう。…」

将軍は弱々しい苛立ちを見せて言った。

「少年の名前がマイケルなのかマークなのか決めてもらいたいね！」

シルヴィアが言った。

「彼は自分をマークと呼んでいるわ。…わたしはマイケルと呼んでいる。マークと言う名前は嫌いだから。…」

シルヴィアは真の憎しみを込めてキャンピオンを睨んだ。見せしめに、時折この仕打ちをしてやるわと、彼女は心のなかで言った。「マイケル」はサタースウェイト家の――自分の父親の名前だった。マークはティージェンス家の長男の名前だった。少年は元々国教会の洗礼で、マイケル・ティージェンスと登録されていた。後にローマカトリック教会への入会の際に、洗礼を受け直し「マイケル・マーク」と名づけられた。その後、シルヴィアの人生のなかで唯一の真に深い屈辱が続くことになった。少年が、カトリック教の洗礼を受けた後で、マークと呼ばれることを求めたのだ。シルヴィアは息子に本気なのかと訊ねた。長い沈黙の後で――子供たちが決断を下す前の恐ろしいほどに長い沈黙の後で！――少年は今後自分のことをマークと呼ぶつもりだと言った。父の兄、父の父、祖父、曾祖父の名前で。…ライオンと剣の直情的な使徒の名前で。母親の家系であるサタースウェイト家は無視しても良いと。

シルヴィアとしては、マークという名を嫌っていた。シルヴィアが彼女の魅力に無関心だという理由で嫌う男がこの世に誰かいるとすれば、それは彼女の視線の下にある茅葺き屋根の小屋のなかに横たわるマーク・ティージェンスに他ならなかった。…それでも、少年は子供の残酷さをもって、自分のことをマーク・ティージェンスと呼ぶつもりでいた。…

将軍が不平を言った。

「君にはついていけない。…あのフランス女のあとでティージェンス令夫人になるのは屈辱的だと今は言う。…だが、あのフランス女はマークの妾にすぎないといつも言っていたではないか。女中にそう言っていたのをわたしは昨日聞いたばかりだ。…君はあることを言い、また別のことを言う。何が信じられようか」

シルヴィアは朗らかな、見下すような態度で、将軍を見つめた。将軍は不平を鳴らし続けた。

「あることを言い、また別のことを。…ローマカトリック教徒だから、わたしの名付け子とは離婚できないと言う。それにも関わらず、離婚手続きを始め、あの惨めな男の顔に泥を塗ることばかりしている。その後で自分の信条を思い出し、止めてしまう。…いったいこれは何の企みなのだ？」シルヴィアは、未だ皮肉な目で、だが、また上機嫌に、自分の乗った馬の首越しに将軍をじっと見つめた。

「本当に君が何を考えているのか推し量りかねる。少し前には――何か月も続いて――君は瀕死の状態だった――要するに、体のなかの癌のために。…」

シルヴィアは最大に陽気な愉快な気分で意見を言った。

「わたしはあの娘に、クリストファーの愛人になって欲しくなかったのよ。…想像力のある男なら誰もそんなことはできないとあなたもお思いでしょう。つまり、妻がこんな状況にあるというのに。…でも、もちろんあの娘がそれを主張したならば。…そうよ、わたしも生涯に渡ってベッドのなかに、静修のうちに留まるつもりはないわ。…」

シルヴィアは話し相手に向かって機嫌よく笑った。

「あなたに女のことが分かるとは思わないわ」と彼女は言った。「分かるもんですか？当然のこと、マークは愛人と結婚したわ。男はいつも、一種、臨終の捧げものとしてそうするものなのよ。あなたも、もしわたしがインドに行くことを選ばなかったなら、最終的にはパートリッジ夫人と結婚するでしょう。あなたはそんなことはないと思っていらっしゃるのでしょうけれど、そうするでしょう。…わたしとしては、マイケルにとって母親が、インド総督の――エドワード・キャンピオン卿の令夫人となるほうが――かつて夜陰に紛れてフランスから空を飛んでやって来た寡婦に次いで――グロービー邸のティージェンス令夫人第二番になるだけよりは――ましだと思っているわ。…」彼女は笑って、付け加えた。「いずれにせよ、祝福された御子の会の修道女たちは、わたしが死にそうだったときのお茶の会で、こんなにたくさんの百合は見たことがないと言っていたわ——純潔のしるしのね。…百合と紅茶茶碗に囲まれ、頭上に大きな十字架が掲げられたわたしほどに魅惑的なものは見たことがないと、あなたも認めるでしょう。あなたはひどく感動していたわ。夫がここで本当にあの娘と暮らしていると探偵がわたしたちに報告した日に、あなたはクリストファーの喉を掻き切ってやると断言したわね。…」

将軍が大声をあげた。

「グロービー邸の寡婦の家のことだが。…実に困ったことだ。…君がグロービー邸をあの気の狂った女に貸したとき、君はわたしが寡婦の家を使い、グロービーの廏に馬を置いておいてもいいと、わたしに約束したではないか。だが、今の話じゃ、できないようだな。…どうやら」

「どうやら」とシルヴィアが言った。「マーク・ティージェンスは寡婦の家をフランス人の妾の自由な裁量に任せるつもりみたいね。…いずれにせよ、あなたは自分の家くらい持つ余裕があるでしょ。十分金持ちなんですもの！」

将軍がうめき声をあげた。

「十分金持ちだって！　何てことを言うんだ！」

シルヴィアが言った。

「その上あなたは、きっと、まだ下の息子さんへの贈与財産を保有しているはずよ。未だに、将軍の給与も受けている。戦争の終わりに国があなたに与えた恩賜金の利子も受け取っている。国会議員としても年四百ポンドもらっている。あなたは何年も何年も、あなたの生活費や下男の生活費、馬や馬丁の費用をわたしにたかってきた。…」

大きな落胆がシルヴィアの話し相手の顔を覆った。彼が言った。

「シルヴィア…選挙のための資金を考えてくれ！…まるで君はわたしを憎んでいるみたいだ！」

シルヴィアの眼は、眼下に広がる果樹園や前庭を貪るように探った。自然なままの、最近掘り起こされたばかりの土の畝が、彼らの馬の蹄のほぼ真下から下の家まで、ほぼ垂直に続いていた。シルヴィアが言った。

「あそこが彼らの水の供給源みたいね。ここの上の泉からの。大工のクランプが彼らはいつも水道管に手を焼いていると言っているわ」

将軍が驚きの声をあげた。

「ああ、シルヴィア、それに君はド・ブレー・ペープ夫人に、あそこには水道設備がないから風呂は使えないと言ったのだな」

「もしそう言わなかったら、夫人があえてグロービーの大木を切り倒すことはなかったでしょうね。ド・ブレー・ペープ夫人のような人たちには、風呂に入れないのは違法だってことがお分かりにならないの？　ですから、夫人は実際、勇敢でなかったにしても、あの古い木々を切り倒す危険を冒したでしょう。…」シルヴィアは付け加えた。「そうよ、わたしはけちな人間は本当に大嫌いなの。あなたはわたしとの交際で名誉に浴している人たちのなかで誰よりも吝嗇漢と言うにふさわしいわ」さらに付け加えた。「でも、まずは気持ちを落ち着けなさい。もしわたしがあなたと結婚することを自分に許すなら、あなたはサタースウェイト家の落ち穂を拾うことになるでしょう。マイケルが成人するまでグロービーの落ち穂を拾うことになるのは言うまでもなく。それに――あれは何でしたっけ――あなたはインドから年収一万ポンドも貰えるわ。それでも、わたしが肩代わりしてきた家の部屋の代金をしぶしぶ出すこともできないなら、あなたはわたしが思っていた以上のしみったれね！」

何頭かの馬が、フィトルワース卿とガニングとともに、庭の脇の外側の柔らかな轍から近づいてきて、前庭の天辺を縁取る固い道に進んで行った。それらの馬はペープ夫人とラウザー夫人とマーク・ティージェンスの馬であった。ビワの木が生えた庭、かつて木材が豊富だった田舎に見られるような、非常に急傾斜の屋根が付いた古い家、マーク・ティージェンスの避難所の茅葺きと有名な四つの国が、生垣の反対側から無限へと向けて続いていた。何マイルも離れたところで、飛行機がそちらの方向にブーンと降り立った。道路からは、シダの茂みに覆われた斜面が、ブナの木々のところまで、鉄条網の生垣に沿って続いていた。そこがクーパーの共有地の頂上だった。静けさのなか、すべての馬の蹄が、気まぐれに近づいて来る騎兵隊のような音を立てていた。ガニングが少し離れたところに複数の馬を止めた。シルヴィアが乗った馬は、気性が荒く近寄れなかった。

フィトルワース卿が、将軍に馬を近づけて言った。

「畜生、キャンピオン、ヘレン・ラウザーが下に来ているに違いない。あのご婦人は、もう二週間、わたしを休ませてくれようとしないのだ！」卿はガニングに向かって大声をあげた。「ここにいたのか、悪党め、貴様が邪魔をしたと下男のスピーディングが文句を言っていた門はどこだ」彼は将軍に付け加えて言った。「この悪党は三十年間に渡ってわたしに仕えてきた。なのに、あんたの名付け子に対して門が内側に開かないようにしている。もちろん下男は主人の利益を考えなければならないが、わしらは一種の取り決めをするに至ったのだ。こんなことを続けてはおられんという取り決めだ」彼はシルヴィアに言い足した。

「ここはヘレンが来るような場所ではない。あらゆる種類の人間があらゆる種類の人間と暮らしている。…もしあなたの言っていることが真実なら！」

フィトルワース伯爵は、あらゆる場所で、緋色の燕尾服を纏い、キツネ狩りのピンを付けた白いワイシャツを着、白い鹿皮のズボンを履き、結構痛みがある単眼鏡を嵌め、絹の紐で体に結びつけた絹の山高帽を被っているという印象を与えていた。実際は、彼は四角くて背の高い黒のフエルト帽を被り、霜降りのツイード地の服を着、メガネはかけていなかった。それでも、片目を細め、人を見るときには、彼の澄んだ黒い瞳と、しかめた浅黒い顔と、黒っぽい灰色の剛毛から成る口髭が、大きな馬に跨った彼に、怒りっぽいが、しかし優れた技量を持つ猿の様相を与えていた。

彼は自分の声がガニングの耳に届かないと考え、他の二人に向かって話し続けた。「召使の前で主人の秘密を漏らしてはなりませんぞ。だが、カミーが彼女の金の大半を手に入れたのはショーの会長の姪のところではありませんでした。いずれにせよ、彼女がわたしの口髭を梳かして黙らせるでしょうがね！」伯爵と結婚する前、フィトルワース令夫人はカムデン・グリム嬢だった。「愛の家、アガ…アガペーモンとでも言いましょうか。…あの年のマークにとっては妙なことだったでしょうが…」

将軍がフィトルワースに言った。

「あのですな、シルヴィアはわたしのことを常日頃から吝嗇漢だと言っています。あなたは付添人たちから、例えば、わたしが十分な心付けを与えないといった苦情を受けた試しがないでしょう？　彼女に言ってやってください。そんなことがあれば真に吝嗇漢のしるしになるでしょうが、と！」

フィトルワースがシルヴィアに言った。

「わたしがご主人の家庭についてそんなふうに話しても構いませんかな？　昔は貴婦人の前でそのご亭主のことを、そんなふうに話したりはしませんでしたが」と彼は付け加えた。「あるいは、おそらく、話したかもしれません！　祖父は持っていたとか…」

ヘレン・ラウザーは自分で自分の面倒を見られる人間だというのが、シルヴィアの意見だった。彼女の夫は夫人が亭主に期待する権利を持つ注意を彼女に払わなかったと言われていた。それで、もしクリストファーが…。

彼女はフィトルワースを品定めするかのように横目でちらっと見た。この貴族は褐色の肌の下が少し紫がかって来ていた。彼は景色を眺め、喉をゴクリと鳴らした。彼女は決断を下すときが来たと感じた。時は移り、世界は変わった。彼女は以前より、朝は重苦しい気分だった。彼女は昨夜、長いテラスの上で、フィトルワースと長く率直な会話を交わしていた。彼女は自分としても率直だった。だが、彼女は、フィトルワースがその後でカミーと長い寝床の会話を交わしたことに気づいた。最も偉大な家々の上でさえ、主人が愛人と話しているとき、一種の不安感が覆う。主人と愛人が——まず普通は主人から——引き下がると、少なくても小人数の招待客は散り散りになり、誰が退く合図をするか分からないばかりか、欠伸をすることさえ不安になる。ついには執事が最も昵懇の招待客たちに近寄り、伯爵夫人はもう降りて参りませんと告げるのだった。

その夜、シルヴィアは最善を尽くした。テラスの上で、伯爵のために、今、自分がその屋根を見下ろしている世帯の絵を描いた。その小さな敷地が彼女の足下に伸び広がっていた。あたかも彼女がその運命を支配する女神であるかのように。だが、彼女はそれに自信が持てなかった。フィトルワースの皮膚の下のくすんだ紫色は縮小する気配がなかった。彼は彼の領地を見渡し続け、まるで本のなかにあるかのように、それを読んだ。――ここでは木立が伐採され、あそこでは新しい別荘の赤い屋根が木々の間で大きく広がっている。円丘からは特徴的な僧帽を被ったホップの乾燥窯が取り外されていた。彼は何か言おうとした。昨夜、彼女があの斜面から家族を根こそぎにするよう頼んだことについてだった。

もちろん、そんなにたくさんの言葉を弄することなく。もしもこの貴族が彼女の言葉を信じるならば、疫病の流行の地を自分の田舎から取り除こうと最善を尽くすことが意識的な貴族にとっては必要不可欠だとクリストファーもマークも考えているという絵をシルヴィアは描いて見せたのだった。…問題は、彼女がぞくぞくするような声を持つ美女であることで、フィトルワースが彼女の言うことを信用することを選ぶかどうかだった。彼は恐ろしく家庭的で、人生の終わり近くにある、とても邪悪で色の黒い年配の男たちが、とても邪悪で、傲慢で、影響力のある家の出であるときにだけできるような具合に、大西洋の向こう岸から来た女性にぞっこん惚れ込んでいた。彼らは多くのオペラ歌手や有名なプロの人たちの気紛れにいわば付き合い、年をとってから、気まぐれな影響力ある妻を娶り、人生のパートナーにあらゆる種類の巧妙な服従を綿密に示すコツを身に付けていた。それは彼らの生まれつきの特徴だった。

そこで、その庭と急勾配の屋根の運命は、事実上、カミー・フィトルワースの手に握られていた。――今日の大貴族たちが、隣人たちの運命を左右し得る限りにおいて。そして彼らはいくぶんその力を持っていると推測されていた。

だが、男は皆、奇妙な生き物だ。フィトルワースは、妙なところで身をこわばらせる。昨夜もそうだった。彼はとてもタフだった。マーク・ティージェンスが昔から、彼の知り合いだったことが思い出されねばならなかった。伯爵に子供があったならばなったであろうほど昵懇の仲ではなかったけれども。というのも、マークは子供のいる夫婦の家を好んだのだった。それでも、伯爵はマークのことをとてもよく知っていた。…さて、よく知っている別の男の噂話を聞く男は、美しい女が言うことを信じる可能性が高い。美は真のように見えて来る。それに、男にとっては、もう一人の男の姿が見えないとき、その男が何をしているのか分からないというのも真実である。

そこで、破滅をもたらす隠れたハーレムをでっち上げたりほのめかしたりして、そこで貰った病気の結果、マークは今の体の状態と明らかな破滅をもたらされたのだと言っても、言い過ぎにはならないとシルヴィアは考えた。とにかく、彼女はそれを一か八かやってみた。それは男が信じるだろう種類のことだった。…たとえ一番の親友についてであれ。男は言うだろう。「考えてみれば…その間、X氏は…黙した変わり者のような態度を取っていたが、実のところは…」そうした言葉が確信を生み出した。そこで話は通じたように思われた。

クリストファーの財政上の習慣についてのシルヴィアの暴露は、そう上手くはいかないようだった。伯爵は頭を片方に傾げて聞いていた。一方、シルヴィアはクリストファーが女を食い物にして生きているものと伯爵に推測させた。――たとえば、今はマクマスター令夫人となっているかつてのドゥーシュマン夫人に関して。そう、それに対して伯爵は敬意をもって聞いていた。それはかなり安全な主張であるように思えた。故ドゥーシュマン氏が未亡人に大金を遺したことは周知のことだった。令夫人は二人が立っているところから六、七マイルも離れていないところに、とても素晴らしい小さな地所を所有していた。

イーディス・エセルのことを持ち出すのは自然なことに思えた。というのも、つい先頃、マクマスター令夫人がシルヴィアを訪問してきたのだった。故マクマスター氏がクリストファーから借りた借金の話だった。マクマスター令夫人の頭が変になり出したのは、その時点だった。それ以前も少し頭が変であるように見えていたが。実を言うと、令夫人は、クリストファーに対して影響力を振るってくれないかとシルヴィアに頼むために彼女を訪問したのだった。借金を軽減してもらうために。昔も、マクマスター令夫人はそのことでシルヴィアを悩ませたものだった。

どうやら、クリストファーは思っていたほど馬鹿ではなかった。彼はあの哀れな小娘を極貧状態に引きずり込んだが、彼女とこれから生まれて来るであろう子供に現実の飢餓を味わわせたり、あまりにも大きな心配をかけたりしないようにしているようだった。そして、見たところ、マクマスターは落ち着かない虚栄心を満足させるために、何年も前に、クリストファーに生命保険をかけていた。マクマスターは、シルヴィアもよく知っての通り、彼女の夫から情け容赦なく金を吸い上げ、クリストファーは確かに自分が信用貸しする金を贈り物と見做していた。シルヴィア自身は何度もそのことでクリストファーを責めた。それはクリストファーのもっとも我慢ならないところの一つだとシルヴィアはみなしていた。

しかし、見たところ、その保険はまだ存在していて、料金はあの惨めな男のかなり広大な領地にかけられていた。いずれにせよ、保険会社は料金の支払いが満了するまでは未亡人にその金を払うことを拒否した。…そしてクリストファーが決して自分のためにはやってくれないと自分が確信をもっていることをあの娘に対してはやっていることを考えると、シルヴィアの苦々しい気持ちに新たな弾みがつくのだった。実際、彼女の苦々しい気持ちは、単に人を苦しめる活力に取って代わられていた。――彼女は心の底からあの娘を苦しめてやりたいと思った。そのために自分はここに来たのだ。彼女はヴァレンタインが高い屋根の下で拷問を受けているところを想像した。というのも、シルヴィアは生垣越しに下を覗いていたからだった。

だが、マクマスター令夫人の訪問は、確かにシルヴィアの苦々しい気持ちを蘇らせた。というのも、それは自分自身がこの下に住む世帯にとって厄介者になるという企てを彼女に示したからだった。マクマスター令夫人は、かつて葬儀の馬の優雅さと大胆さを同時に彼女に与える、もっとも不吉な黒いクレープ地の喪服を身に着け、実際、少々気が触れているのではないかと思わせる以上の有様だった。クリストファーに手綱を緩めさせるためのあらゆる方策についてシルヴィアに意見を求め、手紙のやり取りにおいてさえ懇願を続けていた。ついに、彼女は妙な方策を考え出した。…何年か前に、イーディス・エセルは今は故人となっている著名なスコットランドの文学者と心の情事を重ねていた。よく知られているように、イーディス・エセルはかなりの数のスコットランドの文人たちに対してエゲリア[1]の役を演じていた。それは当然のことだった。マクマスターの親族はスコットランドにおり、マクマスターは批評家として、たくさんのスコットランドの文人にエゲリアの役割を果たしており、貧乏な文人たちを救済するための政府の資金を握っていた。一方、イーディス・エセルは情熱的に洗練されていた。彼女の着るクレープ地の服の型や彼女が座ったり、両手を揉みしだくために立ち上がる際のその着こなしで人はそれを理解することができた。

だが、この特定のスコットランド人の手紙は、普通のエゲリア風を越えていた。それらはイーディス・エセルの眼、腕、肩、女性的なオーラのことを述べ立てたものだった。マクマスター夫人はこうした手紙を大西洋の向こうの収集家たちに販売するようクリストファーに託した。彼女はそれで少なくても三万ポンドの代金が入るだろうと、クリストファーはその十パーセントを手数料として受け取り、マクマスターが地所の購入のために借りた四千ポンド強の払い戻しを受けることになるだろう、と言ったのだった。

そして、これはシルヴィアにはとても風変わりな手段に思えたので、彼女はイーディス・エセルにそれらの手紙を持ってティージェンスのもとに車で乗り付け面会すること――またひょっとしてティージェンスが不在の場合はヴァレンタインと面会することを、この上ない喜びをもって提案したのだった。そうすればライバルを相当不安にさせることができると彼女は計算した。――たとえそうならないにしても、その後、自分シルヴィアは、イーディス・エセルから、ワノップのやつれた外見、みすぼらしい服装、擦り切れた手について、非常に多くのグロテスクな詳細を聞くことができるだろうと。

というのも、男に棄てられた女の主たる苦悩の一つは、その男のその後の人生について実質的詳細を知りたいという純然たる渇望に苛まれることだということは思い出されねばならないからである。何年も何年もの間、シルヴィアは夫を苦しめてきた。彼女自身、自分は夫の肉体に刺さった棘だったと言えただろう。それは主として、夫が自分の果たすべき役割を果たしていないように思えたからだった。大いに他人につけ込まれることで苦しむ人間と共に暮らすなら、そしてその人間が自分の権利を主張しようとしないなら、自分は地位ある人間として、キリスト教徒としての水準が彼に比べて低いのではないかと思いがちになり、その経験が永続的に不快なものとなる。だが、いずれにせよ、シルヴィア・ティージェンスは、良かれ悪しかれ――たいていは「悪しかれ」のほうだったが――長年の間、クリストファー・ティージェンスに支配的な影響力を振るってきた。今では、外部からの悩みの場合を除いては、良きにつけ悪きにつけ、もはや自分は彼に影響力を及ぼすことができないと気づいていた。彼は彼女が引き摺り回すにはあまりに重い、硬くて四角い小麦粉袋の山だった。

そのために彼女がもった唯一の真の喜びは、その夜、気の置けない友人たちの間で、自分は夫の信頼をまだ失っていないと主張できたことだった。彼女は普段――彼女の付き合う人たちもそうだったように――かつての夫の使用人たちを、秘密を打ち明け合う腹心の友にしようとはしなかった。それでも、大工の妻によって暴露されたクリストファーの世帯の詳細は、シルヴィアが夫の従者たちと付き合うことで犯した社会的逸脱を友人たちに忘れさせるほどに面白いものなのか、それとも夫が彼女のもとを去ったという事実に対し自分の過失を公言して自分の魅力のなさをはっきりさせてしまうものなのか、彼女は運任せに試してみざるをえなかったのだ。

シルヴィアはその両方をやってみたが、フランス人がランジェ（「身を固める」）と言うようにインドの最高司令官の妻になるほうが、自分の能力の発揮に完全に頼らなければならないフリーランサーであるよりも良くはないかと自分に問わなければならないときが迫ってきていることを彼女は知っていた。自分の威信をバース上級勲爵士であるキャンピオン将軍のような老いぼれに負わなければならないことは不名誉なことだったが、それでもそれは何とも心が落ち着くことだった！　マージーやビーティーや、さらにはフィトルワース伯爵の妻カミーのような人たちとの交際に身を置くことは、たとえ自分が心地よいほどに裕福で生まれが良かったにしても、絶えざる努力と用心を必要としたし、――自分の娯楽の主な資源が自分を愛していない夫の家庭での不幸であるときには、さらなる尽力が必要とされたのだった。

シルヴィアはスターン令夫人マージーに対して、彼女の夫の服はボタンがとれている、夫の相棒の妻はとてもあかぬけているのに、と指摘したかもしれなかった。エルスバッハー令夫人ビーティーには、夫の大工をしている男の妻によれば、夫の室内は濃い色の木材でできた荷造り箱で満たされた洞窟に似ているそうだと指摘した。一方、自分が一緒だった時代には…。そして、フィトルワース令夫人、ド・ブレー・ペープ夫人、ラウザー夫人には、水道設備に欠陥があるため、夫の愛人はおそらく彼を風呂に入れるのに難儀しているだろうと言ったのだった。…しかし、時折――一度か二度、三人のアメリカ女性に話していたときがそうだったが、誰かが――少しためらいがちに――彼女の夫は事実上グロービー邸のティージェンスなのよ、と指摘したものだった。そして人々は――特にアメリカ女性たちは、彼女たちの前で、貴族の称号や何やらを拒絶したイングランドの地方の素封家たちに特別な重要性を付与したものだった。彼女の夫は一つの称号だけは拒絶しなかった。それはできないことだった。マークがいまわの際に男爵の称号を拒否したいと望んだので、それを拒絶することはできないことと理解したのだった。しかし、彼女の夫は大きな領地全体を実質的に拒絶していた。そしてその行為のロマンティックな側面が彼女の友人たちの心に浸透し始めたのだった。彼が貧乏にみえるのは、放蕩な生活とその結果としての破産のせいだというシルヴィアの主張にもかかわらず、彼女の友人たちは、実際、彼の貧乏は単に自発的な選択ではないのか、賭けや神秘主義的な性質の結果なのではないかと、時折訊ねたものだった。シルヴィアとその息子が少なくともかなりの富を有しているあらゆる兆候を持っているという事実は、クリストファーがもはや浪費するほどの富を持っていないというよりは、彼が富を望まないし浪費もしないことの印であるように思われたのだった。

カミー・フィトルワースが自分の家に泊めることを好んだアメリカの婦人たちがそうした疑念を抱いた兆候が見られた。これまで、シルヴィアはそうした兆候を押し潰すことに成功していた。結局、彼女の足下にあるティージェンスの所帯は、その秘密を解く鍵をもたない人たちにとっては単に妙な事柄だというだけの話だった。彼女自身の手元にはその鍵があった。シルヴィアには二人の兄弟の静かなる反目が分かっていたし、二人の人生に対する態度が分かっていた。お金で買うことができ、彼女がとても大切にしている品々に対するクリストファーの軽蔑が彼女を激怒させたにしても、それにもかかわらず、こうした押し黙った反目とそれが引き起こす放棄に関する責任は彼女自身にあると最終的には見做されるだろうことを知って、彼女は満足の気持ちを味わった。マークが弟に対して信じた不名誉な噂を流したのも彼女の舌だったのだ。

だが、もし自分の舌にこの家庭を吹き飛ばす力を保持させようとすれば、自分は確証となる詳細を手に入れるべきだとシルヴィアは感じた。さもなければ、あまりにも確信的に見捨てられた堕落の絵に関して、説得力をもって分からせることが必要だった。ド・ブレー・ペープ夫人と自分の息子に幾分無謀な訪問を強い、田舎家の内部についてラウザー夫人に無邪気な好奇心を覚えさせた際に、シルヴィアはただヴァレンタインを苦しめたいという欲望に駆られてそうしたのだと考えることもできたかもしれない。だが、それにはもっと多くの理由があったことにシルヴィアは気づいていた。他の聞き手たちの集団に対して、その所帯と自分とが親密である証拠として言い触らすことができる、あらゆる種類の風変わりな詳細が摑めるかもしれないと思ったからだった。

麻袋の思いやり深い集まりであるクリストファーのような男が、実際にはラブレイスとパンダラスとサチュロスを組み合わせたような、三重に縒り合わされた存在であるのは奇妙なことだと言うような気配をもし聞く人たちが示したとしても、シルヴィアは「ああ、でも、応接間でハムを乾燥させるような人に一体何が期待できるでしょう」といつでも答えることができた。もし他の人たちがそれは妙だと主張したならば、そして、もしシルヴィアが言うようにヴァレンタイン・ワノップがクリストファーをあごで使っていて、結局、シルヴィア自身の家である場所で二人に愛の生活を営ませておかなければならないとすれば妙なことだと主張したならば、シルヴィアは喜んでこう答えただろう。「ああ、でも、階段にヘアブラシとフライパンとサッポーの本を並べている女性に一体何が期待できるでしょう！」と。

それはシルヴィアが必要とする種類の詳細だった。彼女が持つ唯一の話の種だった。大工のクランプの夫人から聞いてシルヴィアは知っていた。ティージェンス家には大きな暖炉があり、由緒ある方法に従って、暖炉でハムを燻るのだと。だが、クリストファーのことを客間でハムを燻るような人間だと主張すれば、大きな暖炉でハムを燻ることが由緒ある習慣であることを知らない人たちには、自分たちがソファーのクッションの上にハムが載っているような場所に来てしまったような印象を与えるだろう。内省的な人たちにとっては、それは、犯罪者はサディスティックな精神異常者だということの証明にはならないだろうが、内省的な人などほとんどいなかったので、とにかく、それは妙なことだと受け止められたのだった。そして、さらに、妙なことは別な妙なことを意味するものと受け止められるかもしれなかった。

しかし、ヴァレンタインについてはシルヴィアは十分な詳細を知らなかった。ヴァレンタインは家政の切り盛りが下手で、学者ぶる女であり、彼女がクリストファーに対して持っている影響力は邪なものであり、クリストファーが惨めであることは明らかだと、シルヴィアは証明しなければならなかった。不適当な場所に置かれたヘアブラシとフライパンとサッポーの本の詳細を述べることは、そのために必要だったのだ。

しかしながら、そうした詳細を知ることは難しかった。クランプ夫人は、援助を求めれば、ヴァレンタインは、家事は下手ではないけれどもまったくやらず、一方、マーク令夫人のマリー・レオニーは完全なる家政の権化だと、かなり明らかにしてくれた。クランプ夫人は、どうも洗濯場より奥までは、その住居に入ることを許されていないようだった。雑役婦としての性格上、半ポンドの砂糖と砂糖振りかけ器が自分への心づけであると弁《わきま》えていた。マリー・レオニーはそうでなかった。

この地の医師と牧師の二人もその家を訪れていたが、この若い女性の色褪せた肖像画を描いて見せただけだった。シルヴィアは彼らを訪問しに出かけ、カミー令夫人が倹《つま》しい隣人たちの詳細を自分の知識のために得たいと言っていることへのフィトルワースの賛助を利用して、牧師や医師を特徴づける職業上の秘密を掻い潜ろうとした。だが、シルヴィアはあまり掻い潜ることができなかった。牧師はヴァレンタインがどちらかと言えば陽気な娘で、とても寛大で、酒樽の樽口を自由に開閉し、木々の下で——主として古典を——読書するのを好むという印象をシルヴィアに伝えた。ティージェンス家の窓下の土手の傍に見ることのできる岩生植物にもとても関心を払っていた。…彼らの家はいつもティージェンスの家と呼ばれていた。シルヴィアはこの家の下に立ったことがまったくなく、そのことが彼女を苛立たせた。

シルヴィアは医師から、ヴァレンタインの健康状態がかなり悪いという印象を得ていた。しかし、それは医師が彼女に毎日会っているという事実から生じる印象にすぎなかった。――医師が、毎日の訪問は、いつぽっくり逝くか分からないマークのためであると言ったという別の事実によって、その印象はかなり薄められた。マークは注意深く看視しておく必要があった。少しでも興奮すれば、ぽっくり逝ってしまうかもしれなかったのだ。…さもなければ、ヴァレンタインが古い家具に厳しく目を光らせているだろうことを医師は知っていた。というのも、医師も小規模ながら自分の費用で古家具を集めていたからだった。そこで医師は言ったのだった。ヴァレンタインは小さな田舎家で小さな品を販売するとき、ティージェンスにはなし遂げられない程の強硬な交渉をすることができるのだと。

その他の点では、医師からも牧師からも、ティージェンス家は奇妙な世帯だとの印象をシルヴィアは受けた。――とても月並みで統合されているが故に奇妙だった。彼女としては、実のところ、もっとワクワクするようなものを期待していたのだ！　実際、彼女が彼に与えてきた激情の歳月の後で、ティージェンスが兄とその愛人に無言の献身を捧げ得る状態にあることは、あり得ないことであるように思えたのだった。一人の男がフライパンのなかから飛び込んだかのようだった――アヒルの池のなかに。

それで、フィトルワースの顔が紅潮するのを見たとき、シルヴィアはほとんど狂ったような苛立たしさに襲われた。この男は、彼女に立ち向かう勇気のある、ほとんど唯一の男だった。…キツネ狩りをする大地主であり、絶滅種だった！

問題はこの種族がどこまで絶滅しているのかが分からないことだった！　この種族はキツネと同じくらい強く嚙むことができるかもしれない。さもなければ、彼女は今すぐにも走り下るだろう、ジグザグなオレンジ色の道を通って、禁じられた土地へと走り下るだろう。

それを彼女はこれまでまったくやらずにきた。社会的な観点からすれば、それは法外なことだったが、彼女はそれをやってみる心の準備ができていた。彼女は社会のなかでの自分の立場を十分に弁えていて、もし夫が妻のもとを去ることを人々が許そうとするならば、人々は妻が少々度を越した一つか二つの抗議活動をすることも許すだろうと思った。しかし、彼女はあえてクリストファーに会おうとはしなかった。彼が彼女を無視する可能性もあったからだった。

おそらく彼は会おうとしないだろう。彼は紳士であり、紳士は寝たことのある女を実際無視したりはしないものなのだが。…それでも無視するかもしれなかった。そこに降りて行って、暗く天井の低い部屋の中で何らかの条件を提示することもできるかもしれない――神のみぞ知る、最初に頭に浮かんだことを――ヴァレンタインへの。自分に取って代わった女に近寄るための理由を作ることはいつでも可能だ。でも、ふらふらと彼が入ってきて、突然に顔を、大きな、ぎこちない――ああ、崇拝すべき――石の顔へと強張らせるかもしれなかった。

それは人があえて面と向かおうとはしないものだ。それは死とでもいうべきものだった。彼女には彼が肩をグルグルと回しながら部屋から出て行くところが想像できた。屋敷全部を無関心にも彼女に残し、見えない紐で自分だけを縛り、燃える剣をもつ天使のように彼女が近づくことを許さない！…それが彼のやろうとしていることだった。もう一人の女性の前でのことだった。彼はかつてそれに近いことをやり、彼女はそれから回復していなかった。あの病気の振りは、まったく振りどころではなかったのだ！　彼女は大きな十字架の前で天使のように微笑んだ。彼女の療養所であった修道院で――天使のように、百合に囲まれて、将軍や修道女たちや多くの徐々に彼女の茶会に来るようになった訪問客たちに対して。しかし、クリストファーはおそらくあの娘の腕のなかにいて、シルヴィアのことは体の具合が悪くて確かに彼の助力を必要としていたときに放ったらかしにしていたのだった。

それでも、それは暗いガランとした家のなかでの穏やかな日々のことだった。…それに、その時期にはまだ、クリストファーは、あの若い娘の恩恵を、家事の提供を受けていなかった。彼には比較の機会がなかったので、拒絶は勘定に入っていなかった。彼は妻に野蛮な扱いをした――社会的対抗処置に関する限り、これは彼女の助けになった――が、若い女の強い刺激によって激怒に駆られることにもなった。それは和らげることができた。それは実際、その逆の効果を彼女に与えることはほとんどなかった。理性的に見れば、もし男が何年もの間彼を魅了してきた女と寝ようと思って帰宅すると、癌にかかったと言い、その後、名誉となる失神をして階段の天辺から転げ落ちたもう一人の女が――爪のように固い習慣と存在にもかかわらず――足首を捻挫するということになれば、男は二人の女のうちのどちらかを選ばなければならない。そして、この件では、若い娘のほうが、活力があり、男に執着し、男を叱りつけさえした。明らかに、クリストファーは妻が体のなかにできた癌で死にそうなときに若い娘を誘惑するような男ではなかった。だが、若い娘のほうは、もはやデリカシーやそれが命じるところを気にしない段階にまで達していた。

ええ。自分は立派な生き方をして世間に過去の過ちを忘れさせることができる。でも、ぼんやりした静かな日の光のなかで、今また同じことが起こるなら……自分はそれに直面することができないだろう。自分の夫が去って行くことを認めるのと、去って行くことについて、それは元に戻せないということとは、まったく次元の違う話だ。もう一人の女が取るに足らない、才女ぶる、まったく趣味のよくない存在だったならば、彼は帰ってくるかもしれない。でも、彼がわたしを切り捨てる手段――責任――を取るならば、彼はライバルに対してどんなに倦怠を覚えようと乗り越えられない障壁をわたしとの間に建てることになるだろう。

シルヴィアには苛立ちが募った。あの男は飛行機で去って行った。北へ向かった。シルヴィアにとって、彼が去って行くのを知った唯一のときだった。このオレンジ色のジグザグの坂道を走り下る唯一の機会だった。フィトルワースが彼女の駆け下りる姿を見たら、非難するだろうことは一目瞭然だった。フィトルワースを無視することはできなかった。

Ⅱ章

そう、フィトルワースを無視することはできなかった。キツネ狩りをする大地主として、彼は絶滅した怪物であるかもしれなかった。――それでもなお、そうでないかもしれなかった。それでも、悪女を取り扱う邪悪な、腹黒い達人として、何世代にも渡って善女も悪女も取り扱ってきた種族の出である達人として、彼は見出されうる限りで、もっとも邪悪な達人だった。あの粗野で、のろまで、野卑で、頑固な、ガニング爺さんは、不機嫌にフィトルワースに立ち向い、口答えし、やってくれそうなことを当てにすることができた。日雇い農夫なら誰でもそうできた。それでも、彼らはフィトルワースの民であった。彼女はそうでなかった。…それに、彼女、シルヴィア・ティージェンスには、彼に大胆に立ち向かう余裕が自分にあるようには思えなかった。イングランドの半分の人たちにその余裕はなかった。

キャンピオン老人はインド総督の座を欲していた。――おそらく彼女もキャンピオンにインド総督になって欲しかった。グロービーの大木は切り倒された。もし自分がその栄誉のしるしを取り除いたのだとしても、夫を徹底的に傷つけるためにグロービーの大木を始末したのだとしても――自分にはまだインドを取ることができた。時代は変わって来ていたが、フィトルワースのような男の状況がどのように変わったのか知ることはできなかった。彼は猿のように馬上に座り、彼の祖先の人々が私生児であろうが嫡出子であろうが、何世代にも渡って行ってきたように、彼の土地をじっと見回した。彼は大西洋の向こうの名のない人間と結婚した単なる地方の大地主で、孤立した者とみなされても、まったく構わなかった。彼は、カミーとロンドンまで飛び、注目を浴びずに最良の場所を見て回り、そこここで言葉を漏らした。伯爵夫人が外国の未知の出自であるにもかかわらず、インド総督を狙う者にとっては聞かれたら危険な人物の耳に向かって話を聞かせた。キャンピオンは軍歴と選挙区を持っているかもしれなかった。だが、カミー・フィトルワースは適切な場所で人気があった。そしてフィトルワースは猟犬を飼っていて、選挙区ということになれば、多国間の貿易商の支持があった。それに邪悪だった。

クリストファーを護るために、神がいつの日か足を踏み入れ干渉するだろうと、シルヴィアは長い間、はっきりと思っていた。結局、クリストファーは善良な男であり――どちらかと言えばむかつくほどに善良な男だった。それは結局、善良な男は最終的に気詰まりな家庭生活に落ち着くことを…古家具の商売を始めることさえも…許されることを見通す神や見えざる諸力の技なのだと、シルヴィアは不承不承認めた。それは喜劇的なことだったが、認めざるを得ない事柄だった。神はおそらく――それも正しいことに――むさ苦しい家庭生活の側に立っているのだ。さもなければ、世界は継続しえない――子供たちは健康でいられないだろう。確かに、神は健康な子供たちの大群が生み出されることを望むのだ。神経衰弱のすべての事例は、両親が調和した生活を送らなかった人たちに起きると今日の医師たちが言っていることにも心を留めるがよい。

そこでフィトルワースがティージェンス家の避雷針として選ばれることは十分にあり得ること

だった。それに、見えざる諸力の側にとって、この選択はなかなか良いものだった。それに、疑いなく定められたものだった。マークが伯爵の——そういう言い方をするならば——保護の下にあるのは、まったく偶然ではなかった。マークは長い間、この土地の諸力の一つだったし、フィトルワースもそうだった。二人は同じ領域のなかを——上流階級の人々のどちらかと言うと神秘的な領域を——動いてきた、装飾的で輝かしい仕事に関する限りにおいて、国の運命を左右する人たちだった。二人は長年の間、そこここで顔を合わせてきたに違いなかった。そして明らかに、マークはこの近辺で人生の最期を過ごしたいという気持ちを表していた。それはフィトルワースの近くにいたかったからであり、またフィトルワースならマリー・レオニーやその他の者たちの面倒を見てくれると当てにすることができたからだった。

その件について言えば、フィトルワース自身、神のように、退屈な家庭生活と健康な子供を産む女性の側に立つ人間だった。若かりし頃、彼には見込みなく惚れ込み、ロマンティックな状況でモノにした女がいた——実際、かなりの大物から掠め取った有名なダンサーだった。その女性はお産で亡くなったか、あるいは未熟児を産んだ後、精神を病み、その結果、自殺したのだった。いずれにせよ、何か月も何か月もの間、フィトルワースの友人たちは、彼が自殺しないように、毎夜彼と共に寝ずにいなければならなかったのだった。

後に——猟犬のことを除いては、彼が実際に、むさ苦しいものにしてしまった家庭生活の復興を求めてカミーと結婚した後で——彼は——そしてもちろん伯爵夫人もまた——出産前の女性に対して穏やかな状況を提供するという大義に関心を持った。二人はこの土地の彼らの邸の窓の真下に本当に素晴らしい産院を建てた。

それ故に産院がそこにあった。——そして、カミーは彼女の脇の空中高いところにいるフィトルワースを横目でチラッと見たとき、彼女の運命にはめったに訪れたことのない夫との対決に自分は挑むことになるだろうということを完全に意識していた。

フィトルワースはこう話を切り出した。「畜生！ キャンピオン、ヘレン・ラウザーがここに来るはずだってことか」それから、シルヴィアの情報に基づいて、小屋は、実際は売春宿だと言った。しかし、「君の言うことが正しいならばだ」と付け加えた。

これはもちろん確かに危険なことだった。というのも、フィトルワースには、ヘレン・ラウザーがここに来るのはシルヴィアの唆しのせいであることが十分よく分かっていたからだった。もしそれがシルヴィアの唆しであり、実際、彼女が信じる通りにその家が売春宿ならば、伯爵夫人は恐ろしく落胆するだろうと思いながら、フィトルワースはカミーに知らせているところだった。恐ろしく！

ヘレン・ラウザーは、伯爵夫人にとっての——そして、もちろん、マイケルにとっての——重要性ということを除けば、特に重要性を持ってはいなかった。彼女はこのあたりを漂流し、恐ろしく単純なことを楽しむ、魅力がないわけではないアメリカ人たちの一人だった。廃墟を訪れたり、特に価値のないことについておしゃべりをしたり、丘陵地を馬で速駆けしたり、年取った召使と話したりするのが好きで、マイケルの敬慕を喜んでいた。おそらくそれより上の年齢の者の敬慕は受け付けなかっただろう。

それに伯爵夫人もおそらくは彼女の無邪気さを保護するのを好んだ。伯爵夫人は今ではもう五十がらみで、ある種の古風な心の広さと率直さを保つ世代に属していた。彼女はかつては法外に裕福に見え、現段階ではそれほど圧倒的とは見えないが、それでも強い印象を与える安楽と社会的権威の様相を保つ階級のアメリカ人で、ほとんどが彼女とほぼ同じ階級のアメリカ人やイギリス人やフランス人から成る仲間たちとともに行動していた。彼女はシルヴィアのことを許容し――好んでさえいたが、彼女が後見するヘレン・ラウザーが万一彼女の屋根の下から出て、不正規なカップルと交際するならば、怒り心頭に発しただろう。この時代と階級の女性たちのなかに、いつそうした視点が現われるかは分かったものでなかった。

しかし、シルヴィアはそれをやってみた。そうせざるを得なかった――そしてそれは結局、またもや冷や水を浴びせることとなった。ものすごい分量の水が溜められたシャワーの紐が引かれた。――だが、結局、それが彼女の人生での使命であり、もしキャンピオンがインドを失わなければならないとすれば、彼女も他の方面で自分の天命を追い求めなければならなかった。彼女は疲れていたが、すっかり疲れ果てているわけでもなかった。

そこでシルヴィアは、ヘレン・ラウザーは自分で自分の面倒を見られる人だとあえて発言し、柄に合った発言を続けるために淫らな軽口を付け加えた。彼女はヘレン・ラウザーの夫については実のところ何も知らず、おそらく冴えない職業に就いている痩せた男だったが、あまりそのことは気にしていないようだった。さもなければ、魅力的な若い妻に始終ヨーロッパを放浪させておいたりはしなかっただろう。

伯爵は、その男がティージェンス夫人の言っているような男だったならば、伯爵夫人が適切に彼の頬髯を捩じるだろうと繰り返す以上には何も言わなかった。そして、これに直面して、シルヴィアはヘレン・ラウザーがなぜアメリカの半分で明らかに知られているモデルコテージを訪問できないのか分からないと言う程度まで譲歩しなければならなかった。それにどうして古い家具を買えないのかと。

伯爵は遠くの丘陵地帯から視線を逸らし、冷淡な、かなり無礼な視線を彼女に浴びせた。伯爵が言った。

「ああ、それだけなら…」それ以上何も言わなかった。そこでシルヴィアは再び、一か八か言ってみた。

「もし」と彼女もゆっくりと言った。「もしヘレン・ラウザーに保護の必要があるとあなたがお考えならば、わたしが来て、わたし自身で彼女の面倒を見ても構いませんのよ」

何度か不意の叫び声を上げようとしていた将軍が、大声をあげた。

「きっとあなたはその男に会えませんぞ!」…そして、それはどちらかと言えば、場を台無しにした。

というのも、それがなければ、フィトルワースはシルヴィアに、自然な保護者の指示とみなせるものに身を委ねる機会を与えることができたかもしれなかった。さもなければ、彼は自分の姿勢を伝える言葉を何か言わなければならなかったに違いない。そこでシルヴィアは次の言葉で自分の立場を伝えなければならなかった。「クリストファーはそこには参りませんわ。飛行機でヨークに飛びましたから——グロービーの大木を救うために。鞍を貸してもらいに行ったとき、あなたの下男のスピーディングが彼に会ったそうですわ。今は飛行機のなかです」彼女は付け加えた。「でも、遅すぎます。ド・ブレー・ペープ夫人が一昨日、もう木は切り倒してしまったという手紙をよこしました。彼女の命令で!」

　フィトルワースは「それはたまげた！」と言った。それだけだった。将軍は彼を雷に打たれるのを恐れる者とみなした。キャンピオンは前に何度も何度もシルヴィアに言っていた。フィトルワースは家具付きの家の借家人が家主の木材に干渉することを考えただけで雄牛のように荒れ狂うと。…しかし、彼は鞭の柄と言葉を交わすのみで、目をそむけ続けた。それは別の譲歩を求めるものであることをシルヴィアは知っていた。そこで彼女は言った。

「今、ド・ブレー・ペープ夫人は怖気づいています。ひどく怖気づいています。それでここに来たのです。マークが彼女を牢獄に入れさせるかもしれないと夫人は考えています！」さらに彼女は付け加えた。

「彼女は一緒にとりなして欲しいと思ってわたしの子のマイケルを連れてきたのです。相続人として、マイケルは景色を見る権利を持っています！」

　こうした発言で、シルヴィアは自分があの沈黙の男のことをどれだけ恐れているかを計ることが出来た。多分、自分は自分で思っている以上に疲れていて、インドを考えることのほうが魅力的だった。

　この時点でフィトルワースが大きな声を上げた。

「畜生、あのガニングの奴をぎゃふんと言わさなければなるまい！」

　フィトルワースは道沿いに自分の馬の方向を変えて、鞭の柄で将軍を自分の方に差し招いた。将軍は訴えるようにシルヴィアのほうを振り向いてじっと見詰めたが、シルヴィアはそこに留まって、将軍の口からフィトルワースの裁決を聞くのを待たなければならなかった。彼女には、フィトルワースと仄めかしによる決闘をすることさえできなかった。

シルヴィアは持つ鞭をぎゅっと握りしめ、ガニングのほうを見た。もし老キャンピオンを通しての伯爵夫人の求めに応じ、荷物を取りまとめて家から出て行くことになるにしても、まだ近づいてさえいない男から、少なくても得られるものを得たいと思っていた。

将軍の乗る馬とフィトルワースの乗る馬は、シルヴィアの栗毛の馬の近くから解き放たれて、仲良く気取って歩いた。雌馬がその相棒を気に入ったかのように。

「あのガニングていう奴は」と伯爵が言い始めた。…大層な剣幕で彼は続けた。「この門については。…お気づきでしょう、わたしの地所の大工が修繕しています…」

それがシルヴィアの耳にした最後の言葉であり、彼女はフィトルワースが将軍の警戒を解くために――そして無論、礼儀のために――長いこと、この厄介な門について話し続けているというふうに想像した。その後、伯爵は、老将軍にとって恐ろしいものとなるであろう一撃をお見舞いした。伯爵は、視線を逸らしてこの地方全体を見遣り、悪賢い間接的な質問を浴びせながら、事実について老将軍に詰問した。

それについてシルヴィアはほとんど気にしなかった。歴史家である振りはしなかった。彼女は学ぶというよりも楽しんだ。そしてフィトルワースに十分譲歩した。あるいは、おそらくカミーに対して。カミーは、潤んだ目の下にたわみができた、偉大な、太った、善良な、色黒の女だった。しかし、彼女には意志があった。ティージェンスの世帯に侵入させようと自分がヘレン・ラウザーとあとの二人を扇動したわけでないと告げたことで、シルヴィアは自分が弱気になっていることに気づいた。

彼女に弱気になるつもりはなかった。それは単に生じたことだった。自分はクリストファーとその相棒を困らせ、この地方から出て行かせようと意図しているのだということを、一か八か伝えようとしたのだった。

三頭の馬を引いたがっしりした体格の男が、狭い道路のなかを小さな軍隊のような様相で、ゆっくりと近づいてきた。彼は薄汚く、ボタンも留めていなかったが、少々血走った眼で彼女のことを熱心に見つめた。男は離れたところから、彼女がまったく理解できないことを言った。それは彼女の栗毛の馬についてだった。彼女の馬の栗毛の尻尾を生垣のなかに後退させるように頼んだのだった。彼女は自分より下の階級の人間から話しかけられることに慣れていなかった。彼女は馬を道路上に置いていた。それによって、その男は通り抜けることができなかったのだ。何が問題なのか彼女には分かっていた。彼女の栗毛の馬は、もしガニングの預かり物の馬たちがその尻のところに来たならば、攻撃するだろうということだった。狩猟の季節には尻尾に大きなKの字が付けられ、蹴り癖のある馬であることが表示されていた。

それにもかかわらず、その男は馬の扱いに慣れた男に違いなかった。さもなければ、鐙《あぶみ》が正面の鞍のうえで交差した一頭の馬の上にちょこんと座り、あとの二頭を先導してなどいなかっただろう。シルヴィアは彼女自身、最近はそんなことをする気にはなれないと分かっていた。彼女は栗毛の馬から滑り降り、それをガニングに手渡そうと意図した。いったん自分が道路に降りたならば、彼も簡単には断れないだろうと。しかし、彼女は、鞍の上に片脚をあげて降りるような真似はしたくなかった。彼は拒否するような男に見えた。

男は拒否した。彼女は男に自分が馬から下り、彼の主人と話す間、彼女の馬を抑えているように頼んだのだが。男は彼女に向けて何の動作もしなかった。男はじっと彼女を睨み続けた。シルヴィアが言った。

「あなたはティージェンス大尉の下男なの？　わたしは彼の妻よ。フィトルワースのところに滞在しているのです！」

男は何の返答もしなかったし、――ハンカチを持っていなかったので――右手の甲で左の鼻腔を擦った以外にはまったく何の動作もしなかった。男は何か理解できないことを言った――だが、それはご機嫌をとるようなものではなかった。その後、男はもっと長い話を始めた。それはシルヴィアに理解できた。彼は三十年間、少年として、大人として、伯爵に仕え、残りの時間は大尉に仕えてきたという趣旨だった。男はまた、そこの門の傍につなぎ柱と鎖があると指摘した。だが、男はシルヴィアにそのつなぎ柱に馬を繋ぐように助言はしなかった。栗毛の馬は道路に沿ってやって来る荷車を蹴って木っ端微塵にしてしまうだろうと言った。栗毛の馬が暴れて、その結果、馬体を傷つけることになると考えただけで、シルヴィアは身震いした。彼女は立派な女性騎手だった。

会話は何度も長い休止を挟んで続いた。彼女は急がなかった。彼女は、キャンピオンかフィトルワースが、評決をもって戻ってくるまで待たなければならなかった。男が短い文を使うときには、方言のために何を言っているのか理解できなかった。もっと長くしゃべるときには、そのなかから一語か二語は理解できた。

イーディス・エセルが道路を通ってやって来るかもしれないことが、このとき、シルヴィアを少々悩ませた。事実上、彼女はこの地点で今このとき、イーディス・エセルと会う約束をしていて、イーディス・エセルはクリストファーに――あるいはクリストファーを通して――彼女のところに来た恋文を売る提案をしていたのだった。昨日の晩、シルヴィアはフィトルワースに言った。クリストファーはマクマスター令夫人からもらった金で下の地所を買ったのだと。フィトルワースは彼女の言葉に唖然とした。その時点から、彼はシルヴィアに対して強張った態度をとるようになっていた。

実際は、クリストファーは棚ぼたでその地所を買ったのだった。何年も前――シルヴィアが彼と結婚するよりも前に――彼はある伯母から遺産をもらい、先見性と洞察力をもって、植民地の――おそらくカナダの――地所だか発明だか市街電車の利権だかに、その遺産を投資したのだった。というのも、交通上の地理的位置によって、その遠く離れた場所は発展するだろうと考えられたからだった。明らかに、戦争中、そこは発展し、すっかり忘れていた投資は一ポンドにつき九シリング六ペンスの利子が付いたのだった。晴天の霹靂だった。それは避けることのできないものだった。クリストファーが背負う非現実的で物惜しみしない金銭的記録は、時折、財政再建の結果を生むのである――非現実的な投資が健全なものになることもあれば、債務者が誠意を示すこともあるだろう。クリストファーから三百ポンドもの大金を借り、停戦記念日の夜に死んだ大佐でさえ、誠意を示した。とにかく、この大佐の遺言執行人たちは、支払いをすることを目的としてシルヴィアにクリストファーの住所を訊ねてきたのだった。彼女は当時、クリストファーの住所を知らなかったが、その後、彼らは明らかにそれを戦争省かどこかに訊ねたに違いなかった。

そうした棚ぼたをもって、クリストファーは浮かんでいられたのだった。というのも、古家具の商売はたいして実入りが良いものではないとシルヴィアは信じていたからだった。彼女は、アメリカ人の画家がクリストファーの懐に入るはずの金を着服したと、クランプ夫人から聞いていた。アメリカ人などと商売をしてはいけないのだ。クリストファーは実際、何年か前に——戦争中に——アメリカの侵攻を予言していた。彼は、いつでも、あらゆることを予言していたが。実際、もし金を得たいと思うなら、金が出て行く先からそれを得なければならないと彼は言っていた。つまり、もし何かを売りたいとするならば、買う人たちが欲しがるものを売る準備をしなければならないと。そしてアメリカ人は何よりも古家具を欲しがっていた。それ故に、こんなに多くのアメリカ人がここに来ているのだった。シルヴィアは気にしなかった。すでに彼女は、ド・ブレー・ペープ夫人にグロービー邸を改装させ——大きな屋敷に含まれている不格好な一八四〇年のマホガニー材はサンタフェであれどこであれド・ブレー・ペープ氏が一人で住んでいる場所に輸出させようと働きかけ始めていた。さらにマントノン侯爵夫人の精神的子孫にふさわしいようにルイ十四世の時代の家具を入れて部屋を改装しようとしていた。一番始末の悪いのは、ペープ氏がケチなことだった。

彼女、ド・ブレー・ペープ夫人は、その朝、実際、絶好調だった。グロービーの大木の切り株を引き抜く際に、木こりたちは舞踏室の外壁の三分の二を倒さなければならなかったようで、その強烈な光沢を放つ巨大な薄暗い部屋を、その上に並んだいくつかの古い教室とともにひどく破壊したのだった。執事の手紙からシルヴィアが分かった限りでは、クリストファーの子供時代の寝室は実質的に無くなっていた。…まあ、もしグロービーの大木がグロービーの屋敷を嫌っていたならば、それは断末魔の復讐を見事に遂げたのだった。…クリストファーはひどいショックを受けるだろう。いずれにせよ、ド・ブレー・ペープ夫人は大きな鳩小屋をめちゃくちゃにし、そのなかに新しい発電所を建設していた。

だが、どうもそのことがかなりの大金の調べに合わせ、ド・ブレー・ペープ夫妻の夫婦としての絆をめった切りにし、ペープ氏が妻に無限の時間を与えることになったのかもしれなかった。…まあ、人は脛を古く固いものに打ちつけることなしには、イングランドで神の代理になることは期待できない。

明らかに、マークはもうそのことを知っていた。多分、そのために、彼は死んでしまったのかも。シルヴィアはそうでないことを望んだ。というのも、未だに彼に汚い小さないたずらをすることを望んでいたからだった。マークが林檎の大枝で覆われた平行四辺形の茅葺きの下で亡くなったか亡くならんとしているのなら、あらゆることが起きるかもしれなかった。

極めて不快なことだが、爵位のことがあった。シルヴィアは、爵位をもらいたいとは思わなかった。それをもらえば、クリストファーのことを傷つけるのが今よりも難しくなる。爵位や大きな所有物を持つ者の信用を傷つけるのは、貧乏人を貶めるのよりはるかに難しい。というのも、道徳性の規模が違うからだ。爵位のような偉大な所有物は、人を大きな誘惑に晒す。――屈すれば、許されるかもしれないという誘惑に。他方、貧乏人が娯楽に興じれば言語道断とみなされるのだ！

そこでどちらかというと安らかに馬上に腰を下ろしながら、シルヴィアは勝利の果実を失いつつある将軍のような気持ちだった。彼女はあまり気にしなかった。自分はグロービーの大木を切り倒した。それは十世代に渡るティージェンス家の人間たちに加えられてきたどんな打撃よりも不快な打撃だった。

だが、そのとき、妙な、不快な考えが彼女の頭に浮かんだ。ガニングがついに、半ば理解できる発言をしたちょうどそのときに。多分、グロービーの大木を切り倒すのを許す際に、神はティージェンス家の人々に対して禁忌を解きつつあったのだ。それは大いにあり得ることだった。

しかし、ガニングは次のように言った。

「向こうに行ってはなりません。ボルデロに乗って農場まで行き、放し飼い馬屋のなかに入れなさい」シルヴィアは、もし馬に乗って農場までいけば、馬は放し飼い馬屋のなかに入れることができ、自分は農場の客間で休むことができるものと推測した。ガニングは奇妙な熱心な眼差しでシルヴィアを見ていた。それが何を意味するのか彼女は考えもしなかった。

突然、彼女は子供時代を思い出した。父に、同様にひねくれた庭師頭がいて、ちょうど同じように独裁的だった。まさにそれだった。彼女はもう三十年間ほとんど田舎で暮らしていなかった。どうも田舎の人々はあまり変わっていないようだった。時代は変わったが、人々はそれほど変わっていなかった。

突然、異常な鮮明さで、彼女の頭に蘇ってきた。家臣たちの一団と父親以外の皆からもカーターさんと呼ばれていた、年取って皮膚が褐色になり、節くれだった男が、西部地方の田舎の温室の脇で、「シルヴィアお嬢様、ああ、シルヴィアお嬢様！」と抗議の声をあげていたときのことが。カーターさんはゼラニウムの芽を鉢に植えていて、彼女は白い子猫を少しいじめているところだった。彼女は十三歳で金髪を三つ編みにしていた。子猫は彼女の手から逃れ、背を反らしてカーターさんの脚絆にこすりつけていた。カーターさんはその子猫に特別な愛情を注いでいた。シルヴィアは、単にカーターさんを苛むために、子猫に何かすることを、たぶん四つの足をクルミの殻のなかに押し込むことを提案した。子猫を傷つけるつもりは毛頭なかったので、彼女は自分が提案したことをすっかり忘れていた。すると、カーターさんが、突然、血走った眼に激怒の表情を浮かべて、もしちょっとでもこの子猫の毛に痛手を加えたなら、若いお嬢さんではなく私立学校の男子生徒が通常受けるような体罰を彼女に与えると言って脅したのだった。…そうなったら、彼女は一週間、腰を下ろすことができなくなるだろうと。

妙なことだが、そのことで彼女は今思い出しても甦ってくる不思議な喜びを感じた。それ以外、体罰をもって脅されたことは一度もなかったが、彼女は自分のなかにそうした感情が何度も何度も存在したことを知っていた。もしクリストファーが一度でも自分のことを息が絶え絶えになるほどに打ちのめそうとしたならば。…でも、まあ、ドレイクがいた。…彼は彼女を半殺しにした。彼女がクリストファーと結婚する前夜だった。彼女はお腹のなかの子供のことを心配した。そうした感情は耐えがたいものだった。

シルヴィアはガニングに言った。彼女は何年も前のガニングに苦痛を与えようとするかのようだった。

「わたしにはどうして農場に行かなければならないのか分からないわ。ボルデロに乗ってこの道を進むことがわたしには十分完全に可能ですわ。確かに、あなたのご主人と話さなければなりません」

実のところ、シルヴィアには実際直ちにそんなことをする考えはなかったが、彼女はガニングの少し向こうにあるくぐり戸のほうに馬を向けた。

彼はまれに見る速さで馬から降り、引いている馬たちの首の下に潜り込んだ。それは象が走るかのようであり、すべての手綱を体の前で束ね、小さな木戸に背中を当てて、シルヴィアが鞭の柄を伸ばした方向の掛け金のほうに身を倒した。…彼女はそれを引き上げることを意図してはいなかった。それを引き上げることを意図していなかったと断言した。男の開いた首元や肩のところから静脈が浮き立って見えた。彼は「止めなさい」と言った。

シルヴィアの栗毛の馬は、引かれた馬たちのほうに歯を向けた。もしかしてあなたはわたしがあなたの主人であり、あなたのかつての主人だったフィトルワース卿の客であるティージェンス大尉の妻であることを知らないのではないの、と訊ねたとき、シルヴィアは彼が聞いているか確信が持てなかった。何年も前、カーターさんに自分はあなたのご主人の娘だということを思い出させていたとき、カーターさんは確かに彼女の言うことを聞いていなかった。彼は猛烈に非難を浴びせ続けた。ガニングも同様だった――が、もっとゆっくりと重々しく非難した。あなたがあの人の兄さんを凝視して動揺させるだけで、大尉はあなたを鞭打つでしょうとガニングはまず言った。大尉はあなたの肌を息が絶え絶えになるまで鞭打つでしょうと。もうすでにやったかもしれませんが。

シルヴィアは決してそんなことはないと言った。もし彼がそう言っているなら、嘘を吐いているのだと。彼女の即座の反発は、自分がクリストファー同様の善人だという含みを受け付けないものだった。彼が自分を肉体的に矯正したと誇っているように思えたからだった。

ガニングが冷淡に続けた。

「あなたがあれを新聞に載せたのでしょう。女房がそれをあっしに読んでくれました。大尉殿は、サー・マークの安泰への強い味方です。大尉殿はあなたを階段から突き落とし、あなたを癌にしました。それは表には出ていませんがね！」

専門家たちから騎士のような注目を引くには最悪の方法だった。彼女は婚姻権の回復訴訟の請願を通してクリストファーとの離婚の手続きを始めていた。コンセット神父の影とローマカトリック教の信徒としての良心を融合させ、よその女から夫を取り戻すための請願は離婚訴訟とは別物だと主張した。当時のイングランドではそれは予備審問であったが、彼女が進めようと意図していなかった離婚訴訟と同じくらい世間の注目を集めた。実際に恐ろしいほどの注目を集めることになった。顧客の美と機知に対する熱中の点で、彼女の弁護団は――この弁護士事務所のなかでは、色の黒いゲール人[1]の勅選弁護人が熱情の点では印象的なほどに群を抜いていたが――こうした審理の予備の段階で冷静さの境をかなり踏み越えてしまっていた。彼はシルヴィアの目的が離婚ではなく、あり得るすべての汚名をクリストファーに着せることであるのを知っていて、熱烈なゲール語での弁舌で、熱心なテリアがキツネを穴から狩り出すときほどの泥を掻き出したのだった。それは法廷に華やかに座っているシルヴィア自身をさえ当惑させた。そして、それは、この事件のことを知っていて、同じ階級のロンドンの人たちの半分と同様に、瀕死のシルヴィアとともに、修道院でもある療養所の十字架の下や百合の花の間でお茶を飲んでいた裁判官の感情をも高ぶらせた。裁判官はシルヴィアン・ハット氏の雄弁に異議を唱えたが、ハット氏は、停戦記念日の夜の、暗い、がらんとした家のなかで、クリストファーとヴァレンタインがシルヴィアを階段から突き落とし、その結果、彼女が致命的な病気を発症して、それによって体を衰えさせたという、裁判の観点からすれば、おぞましい筋書きをすでに投入していた。これはシルヴィア自身をも困惑させた。というのも、法廷や世間一般に対し、クリストファーは小さな褐色のスズメのために彼女を棄てるなんて何てバカなんだということを示すことで、彼女は自分が輝きと健康に満ち溢れているように見せる選択肢をとってきたからだった。彼女はヴァレンタインが裁判に現れることを望んでいた。だが、それは実現しなかった。

裁判官はハット氏に、実際、ティージェンス大尉とミス・ワノップがティージェンス夫人を暗い家のなかにおびき入れた証拠を提出しようとしているのかと訊ねた。シルヴィアがたまらずハット氏にかぶりを振ると、裁判官は彼女の弁護団に対して著しく無礼な発言をした。ハット氏は当時ミッドランド選挙区の国会議員候補として出馬しており、この件やその他の件でできる限り知名度をあげたいと目論んでいた。それ故に、彼は気絶しそうな自分の顧客に与えている苦しみに裁判官が無頓着であるとなじることで、裁判官にがむしゃらに向かって行った。上手く行けば、裁判官への無礼が、ミッドランド選挙区の急進派の人たちからかなりの票を得ることにつながるだろうと考えてのことだった。裁判官は皆、トーリー党員だと思われていたからだった。

いずれにせよ、シルヴィアの観点からすれば、裁判は大失敗で、彼女は生まれて初めて屈辱を味わった。それに加え、彼女は大きな宗教的不安も感じていた。それが、裁判所で、そしてまた、あの家を上から見下ろした際さらに鮮明に、彼女の心に入り込んできた。——ロップシャイトと呼ばれた場所の母親の居間で、もしクリストファーが他の女を愛するようになったならば、シルヴィアは卑俗な行動を起こすだろうとコンセット神父が予言したことが[2]。そして今、彼女は、自分が秘跡である結婚のことで世俗の裁判を弄んできたばかりか、自分で自分を卑俗だと認めなければならない立場に明らかに追い込まれていた。彼女が慌ただしく裁判所を出ると、ハット氏が再び彼女への同情の気持ちを訴えた。——それでも、彼女はそれを阻止することができなかった。同情！　自分が同情を求めるですって！　彼女は自分のことを臆病者や裏切り者を打ちのめし、素晴らしいものに変える主の剣であるとみなしていた——また、確かに、そうみなされることを望んでいた。空き家におびき出される愚か者だとみなされることをどうして支持できようか！　あるいは階段から突き落とされる羽目になる愚か者だと！…他人に動かされる人間は、自分自身にその責任があるのだ。その点、自分は市の職員の妻同様の無念な立場にいた。ハット氏の華やかな美文は彼女を身震いさせ、彼女はもう二度と彼に口を利くことはなかった。

それに彼女の立場はすでにイングランド全土に報道されていた。そして、今ここで、この粗野な従者の口を通して、それが繰り返された。最もタイミングが悪いときに。というのも、その考えが再び心に浮かび、通り過ぎて行ったからだった。グロービーの大木を切り倒したことで、神は立場を変えたのだという考えが。

神が立場を変えたかもしれないという最初の告知を彼女が受けたのは、あの忌まわしい法廷のことで、いわばコンセット神父によって予言されたかのようだった。あの陰気な聖人であり殉教者である人物は、信仰のために死し、天国にいた。そして明らかに神の耳をもっていた。彼は彼女が地上の法廷を弄ぶであろうと予言していた。たちまち、彼女は自分が堕落させられたかのように感じた。力が体から抜けていくかのように。

彼女の体からは明らかに力が抜けていた。これまでの人生のなかで精神が緊急事態に即刻対応しないようなことは一度もなかった。これらの馬たちが一斉に逃走するのを恐れて、彼女は体を前にも後ろにも動かすことができなかったのであり、それ故に彼女の不決断は十分に許されるものだったかもしれない。しかし、それは神の指——あるいは聖人であり殉教者である者として神の代理人であるコンセット神父の指のせいであった。…あるいは神自身が、明らかに英国国教会の聖人であるクリストファーを護るために一枚噛んでいるのかもしれなかった。…全能者は他の比較的親しみのある聖人には十分に満足してはいないのかもしれない。というのも、確かにコンセット神父は彼女に対して甘いところがあるように思われた。その一方、全能者は英国国教会の信徒に対してでさえ不公平ではあり得ないのだ。…いずれにせよ、丘陵地帯、空、その風景の上方に、シルヴィアはコンセット神父の影を感じた。それは巨大な十字形の上に両腕を伸ばすかのようであった。——そして、その上や背後には…尊厳なる意志があった！

ガニングは血走った目で彼女を凝視し、復讐するかのように唇を動かした。丘や空を横切るこれらの亡霊のような顕現に直面して、彼女は真に恐慌の瞬間を味わった。ガラス屋根の下の椰子の木々の間でクリストファーと一緒に座っていたフランスのホテルの近くで、爆撃が行われているときに感じたみたいに。…走りたいといった気違いじみた欲望——あるいは自分の魂が、見えないテリアを待ち受けている縦坑のなかのネズミたちみたいに体のなかを駆け回っているような感覚が生じていた。

自分は何をしたら良いのだろう。いったい何をしたら。…彼女はむずむずするような欲望を感じていた。少なくともマーク・ティージェンスと対決するというどえらい欲望を感じていた。…たとえ相手を殺してしまうことになろうとも。少なくとも、神は不公平ではあり得ない！　いったい何のために自分は美を与えられたのだろう——危険な美の遺物を！　強い印象を受け付けない者に美を刻み込むためでないとすれば！　その前に、彼女には少なくとも、もう一度、不動の柱に対し抗し難い落とし槌を振るう機会が与えられなければならなかった。…シルヴィアは気づいていた。…

ガニングは、もしあなたのせいでヴァレンタインさんが流産したり、重度の精神薄弱児を産んだとしたら、閣下は乗馬鞭であなたの骨からすべての肉を削ぎ落してしまうでしょうと言っていた。閣下はあっしが八か月半の女房を置いて、おっかあのクレッシーと暮らしたとき、このガニングにもたっぷりそいつを振るってみせました。子供は死産でした。

その言葉はシルヴィアにはほとんど響かなかった。…彼女は意識していた。…彼女は意識していた。…何を意識していたか？　神は――あるいは、もっと外交的にそれを調整するのはコンセット神父なのかもしれないが――クリストファーとの結婚の解消をローマに請願し、その上で民事裁判に付すべきだと望んでいるものと彼女は意識していた。神はおそらくクリストファーができるだけ早く自由の身になることを望み、コンセット神父は神に比較的厳格でない手続きを提案しているのだとシルヴィアは思った。

異様な物体が、羽根のある昆虫の匍匐の仕方で、ブナの木の間を農場へとほとんど垂直に上って行く坂道を下りてきた。シルヴィアは気にしなかった！

ガニングは、そんなわけで閣下は自分をくびにしたのだと言っていた。閣下は三十年間仕えてきた皆に与えていた田舎家と週十シリングを取り上げてしまったのだ、と。

シルヴィアは言った。「何！　何ですって？」…そのとき彼女の脳裏には蘇った。彼女のせいでヴァレンタインが流産するかもしれないとガニングが示唆したことが。彼女の息は、喉のなかで、大麦の穂を摺り砕くときのような、振動するガラガラという音を立てた。彼女の手袋をはめた手、手綱、等々は、彼女の目より上にあり、モロッコ革の匂いがした。彼女は自分の内部で棚が落ちたかのように感じた。――吊るされている囚人の足下から台が外されたかのように。彼女は「できるならば…」と言った。…その後、彼女の頭は停止したが、喉のなかのガラガラいう音は続いた。それは、ますます大きくなっていった。

双翅類のペースで坂を下ることは不可能だ。黒い、かご細工の、小型馬の二頭立て四輪馬車では。人はいつも、まずは馬を見るもので、小型の馬は四手幅分大きすぎ、樽のように丸く、マホガニー材でできた食卓のように輝き、高等サーカスの駿馬のように闊歩して、慌てふためいて衝突し、引いている黒い車にその尻を打ちつけるだろう。それを見るとシルヴィアは安らかな気持ちになった。…だが…途方もなく恐ろしい、馬のグロテスクな臆病さの背後では、黒い体が手綱を握り、葬儀用の馬車のような黒い車両が付いていていた。その横には山高帽、白い顔、淡黄色のチョッキ、黒い背広、薄いユダヤ人の髭があった。正面には剝き出しの金髪の頭があり、最前列で、かなり長い髪のかかった背を風景に向けていた。イーディス・エセルが色男の少年詩人に伴われているようにも見えたが、実はラグルズ氏を将来の配偶者として訓練していたのだ!

シルヴィアはガニングに向かって大きな声をあげた。

「何てことなの! もし通してくれないなら、あなたの顔を半分に切り裂くわよ。…」まったく、それらすべてが彼女に困惑と不動と彼女の臓腑を抉る恐ろしい考えを与えたのだった。…恐ろしい! 恐ろしい!

彼女は田舎家に行かなければならなかった。田舎家に行かなければならなかった。

「この愚か者。…この愚か者。…わたしは節約したいのよ。…」

ガニングは凭れていた門から前進した――際限なく――汗をかき、毛深く。その結果、彼はもはやシルヴィアの行く手を塞いではいなかった。彼女は小気味よく馬を走らせ、彼の脇をすり抜け、見事に斜面を速歩で下らせた。ガニングが向ける血走った眼差しから、シルヴィアには、彼が獰猛に彼女を攻撃したいと思っていることが伝わってきた。彼女は喜びを感じた。

彼女は、上から聞こえる「ティージェンス夫人、ティージェンス夫人」といういくつかの声に応えて、曲芸師のように馬から降りた。栗毛の馬がどうなろうと構わなかった。

それが妙に感じられないことが妙に思えた。丸太を組み合わせて造った小屋がまっすぐに立ち、その門が彼女の後ろでバタンと音を立てた。林檎の大枝が下に撓《しな》り、草は彼女のグレーの半ズボンの真ん中まで来ていた。これは陣取りだった。一九一四年の八月四日、ゲメニッヒ(3)と呼ばれる場所の近くだった。…だが、単に静けさのみ、静けさのみがあった。

マークはビー玉のようなもの問いたげな目で、シルヴィアの小姓の姿をじっと見つめた。シルヴィアは身の前で鞭を半円に折り曲げていた。彼女は自分の声を聞いた。

「あの愚か者たちは皆どこにいるの。ここからつまみ出してやるわ」

マークは彼女をじっと見つめ続けた。ビー玉のような眼で。彼の頭はマホガニー材のように枕に当たっていた。彼女の髪にはリンゴの木の枝が絡まっていた。

シルヴィアが言った。

「皆、糞くらえだわ。わたしはグロービーの大木を切り倒した。あのまがいもののマントノンではなく。でも、神がわたしの救世主だから、別の女のお腹のなかの子を引き裂いたりはしないわ！」

マークが言った。

「哀れな女だ！　可哀想な淫売だ！　乗馬がそうさせたのだ！」

シルヴィアは後で、彼がそう言うのを聞いたと自分に断言した。というのも、そのときにはあまりにも多くの感情が生じていて、彼の話を尋常なものでないとみなすことができなかったからだった。彼女は実際、森の中で長引いた方向転換を成し遂げ、他の者たちと対等に立ち向かう力を持てたのだった。ティージェンス家の人たちは、庭に直接繋がった森を持っていた。

シルヴィアの主な苦々しさは、彼らがこうした平和を持っていることだった。彼女は舫い綱を切ろうとしていたが、彼らはこの平和のなかで暮らし続けていた。彼女の世界は終わりに近づきつつあった。彼女の友人のボビーの夫、サー・ガブリエル・ブランタイアー——以前はボーゼンハイムと言った——は、精神に異常を来したかのように出費を削減し始めていた。彼女の世界にとって、それは悪い兆候だった。ここでは、世間は彼女のことを哀れな雌犬と呼ぶことができた——そしておそらくその権利を持っていた！

Ⅲ章

ヴァレンタインは、開いた窓を通って聞こえて来る小柄なメイドの声の鋭い響きで目を覚ました。彼女は、紫色のアドリア海に白い手足を浸ける光景を思い浮かべながら、「わたしは眠りのなかでしばしばおまえを見た」という言葉をつぶやいているうちに、眠り込んでしまったのだった。とうとう、その娘の声がした。

「わたしどもは、ご家族の友人に対しては『奥様』と言うだけです」と鋭く自己主張するかのように。

開き窓の枠のところまで行くと、ヴァレンタインは位置の変化と急ぎのせいで、めまいと吐き気を覚えた。——そして自分の置かれた状況に激しい苛立ちを感じた。人間のことに関しては、灰色の三角帽の頂点と張らせるための枠が付いたグレーのスカートとを、下に向けた視線のなかに知覚するのみだった。植物を鉢植えで育てるための納屋の傾斜したタイルが、小柄なメイドを隠していたからだった。並べられた小さなレタスは、暗い土の上のバラ飾りのように、窓の下から始まって、豆の木を這わせた壁のところまで続いていた。その壁の背後には、森があり、ひょろ長い焦げた灰色の幹が、かなりの高さまで成長して生えていた。木々は避難所として必要だった。彼らは寝室を変えなければならないだろう。北向きの寝室をもつことはできない。タマネギは穴に植え付ける必要があった。彼女はマトリカニア[1]を半円形の岩のなかに植えるつもりだった。だが、その作業は彼女を怯ませた。小さな根を指で割れ目に押し込むこと、身を屈め、指先を汚しながら、石を取り除き、移植ごてを使って人工肥料を土中に入れることは、彼女に吐き気を催させた。

彼女は、突然、失われた色彩画のことを思って苦しんだ。家中探した。考えられるすべての引き出し、食器棚、箪笥を探した。ついに立派な英国人の顧客を得たとき、その女性からの最初の依頼が問題を引き起こすことになるのだが、それが彼らの運命のようだった。すべての考えられる、まだ調べていない家のなかのすべての平行四辺形のことを再度考えた。まっすぐに立ち、頭をあげ、侵入者を見下ろすことは怠って。

彼女は彼らの顧客すべてを侵入者だと考えていた。クリストファーの才能が古家具の商いに——そして農場経営に——向いているというのは確かだった。しかし、農場経営のほうは壊滅的だった。家で使わなくなった古家具を直接売るとするならば、店で売るよりも明らかによい金が入るだろう。彼女はクリストファーの才能を否定しなかったし、彼が彼女の剛毅に頼るのも正しいことだとして否定しなかった。もちろん、彼をがっかりさせるつもりもなかった。ただ…

彼女は小さなクリシーが、薄く上品な柱の付いたベッドのなかで生まれることを情熱的に望んでいた。薄く上品な金髪をここの枕の上に載せて。この子が青い目で、ここの低い窓のカーテンをじっと眺めて横たわることを。…まさにここの、孔雀と球体が描かれたカーテンを。確かに、子供は母親が見たものを見つめながら横たわっているに違いないのだ。母親が彼を待っている間！

でも、あの版画はどこにあるのだろう。…ぼやけた可笑しな色の四つの平行四辺形は。明日の朝の出品が予定されているというのに。余白をパン屑で磨く必要があった。…彼女は自分の顎先が子供の頭の産毛を緩やかに緩やかに前後に擦っているところを想像した。また、自分がそのベッドに横たわり、両腕を上に伸ばして、髪を枕の上に広げて、その子を空中に抱き上げているところを想像した。たぶん、ベッドカバーの上には花が広がっているだろう。ラベンダーの花が！だが、クリストファーが怒った声で、こうした不平を鳴らす声の持ち主の誰かさんは、その金で寝室を完璧にしたいだけだと訴えるとしたら？…

もしわたしが自分のためにあの版画を取っておいて欲しいと頼んだなら、そう、彼はそうしてくれるでしょう。彼はお金よりわたしのことを大切にしている。彼女は思った――彼女は知っていた――わたしのなかにいる子供は、彼にとってこの世の何よりも大切なのだと。

それにもかかわらず、彼女は自分の望みは声に出さずに最後までやり通そうと考えた。…というのも、これは試合だった。…彼の試合…いや、そうじゃない…わたしたちの試合よ！　まだ生まれていない子供にとってどちらがより悪いことか考えなくてはならない。満たされない望みを持つ母をもつことか、打ちのめされた父をもつことか。…いや、ゲームで打ちのめされたと言ってはならない。…だが、別の雄鶏に負かされた雄鶏は雄々しさを失うのだ。…雄鶏同様に人間の男も…。そうだとすれば、子供が雄々しさを欠いた父親を持つことになる。孔雀や球体のカーテンやひょろ長い寝台柱、拇印の凹みが付いた古い古いガラス製のタンブラーのせいで雄々しさを欠いた父親を持つことになる。

一方、母親にとっては、こうしたものが柔らかな感覚を与える！…部屋には樽の形をした天井があり、ほとんど天辺の棟木に至るまで屋根の傾斜をなぞっている。黒っぽいオーク材の梁には蜜蠟が塗られている。――ああ、蜜蠟を塗るとは！　小さな、低い窓は、下側はほとんどオーク材の床のところまで来ている。あまりにも展示場っぽいと言えるかもしれない。それでも、人はそのなかに住まうのだ。アメリカ人たちが戸口から覗き見て、ときには面食らうその家のなかに住まうのだ。

でも、彼らは子供部屋も覗こうとするでしょうか。ああ、神様、誰にそんなことが分かるでしょう。神様は何を命じるでしょう。あたり一面を、飛行機から降り立った地球外からやって来たようなアメリカ人が埋め尽くすなかで暮らすなんて、異常なことだわ。…それで、突如、どうしたらいいか分からなくなる。…

さて、窓の下のその女性もそのなかの一人だった。いったいどうやって彼女はこの窓の下に来たのだろう。…でも、あまりにも多くの入り口がある。雑木林からも、共有地からも、道路を外れて十四エーカーに渡っても。…誰がやって来るか知れたものでない。突如そこにいるのだ、どうやってかは分からないが。…

アメリカ人女性が本人を家族の友人と呼び、「奥様」と呼ばれることを求めるのに対して、仲働きの女中は、異を唱えているように見えた。アメリカ人女性は、自分はマントノン侯爵夫人の末裔であると主張していた。誰にでも末裔がいることは驚きだ。ヴァレンタイン自身の先祖はヘンリー七世だか何世だかの外科医兼執事だった。それに、もちろん、女性の教育者たちから愛されたワノップ教授の娘だった。そしてクリストファーは第十一代のグロービー邸の当主だった。

彼の祖先には、ある世紀のどこかでスヘーヴェニンゲン[2]だか他の国のどこだかで最終的に市長になった男がいた。アルヴァ公[3]の時代だった。もしこの祖先がここに来ず、またワノップ教授が彼女ヴァレンタインを教育しなかったならば、あるいは違った風に教育したならば、彼女はこうはならなかっただろう。——ああ、でもこうなっていたかもしれない。もし馬に引かせた艀のように見えるクリストファーのような男がいなかったならば、彼女は公の罪のなかで生きる誰か別の者を発明しなければならなかっただろう。だが、彼女の父親は彼女が少なくとも人前に出られる下着を身につけられる程度には、彼女を教育してくれたのかもしれなかった。ねえ、わたしのコルセットを調べてみて！　血統書付きの雌豚よりましでしょう！　あの男は決して自分のコルセット姿を見なかった。マリー・レオニーはといえば、もし自分ヴァレンタインがウビガン[4]と呼ばれる香水で体中を水浸しにし、直接肌にピンクの絹を着なければ、クリストファーを失うことになるでしょうという意見だった。最低限そのくらいしなければ。——だが、自分はマリー・レオニーに二十ポンド借りることはできない。ましてや四十ポンドは。…というのも、クリストファーは彼女が全身ウールをまとわなければならない状況に気づくことなく、ウビガンや打ち寄せるピンクの波に心動かされるでしょう。そのためになら彼女はすべてを捧げるつもりだ。でも、もし自分がいつもウールを身に着けていることにクリストファーが気づき——その上で彼女が彼の愛を失うとしたら。四十ポンド借りたことで。その一方、全身ウールを身に着けていることで自分は彼の愛を失うかもしれない。クランプ夫人の最新式洗濯場からウールが戻ってきたとき、他のカップルはそれをどうしているのでしょう。ウールは熱湯に晒してはならないということをクランプ夫人に教えることなどできそうになかった。

ああ、神様、わたしは小さなクリシーを柔らかな、ピンクの絹のエアクッションのような胸の上に載せて、薄紫色の麻布団のなかに横たわるべきだわ！…外科医兼執事の末裔の小さなクリシー——いや、外科医兼理髪師の末裔と改めるべきだ——そして市長の末裔でもある子を。世界的に有名なワノップ教授の末裔であることは言うまでもなく。この子はなれるでしょう。…もし彼女が望むような子なら、なれるでしょう。…でもヴァレンタインは自分の望みが何であるのか分からなかった。というのも、彼女にはイングランドや世界がどうなるのか分からなかったからだ。もしこの子がクリストファーの望むような子になるなら、この子は自分自身の十分の一税の畑を耕作する、脇の下に二つ折版の聖書を抱えた瞑想的な牧師になるでしょう。…一種、セルボーンのホワイトのような。…セルボーンは三十マイルしか離れていないところにあったが、自分たちには、これまでそこに行く時間がなかった。わたしはまだカルカッソンヌ[5]を見たことがないという者のように。豚や、雌鶏や、えんどう豆や、特売や、販売や、百パーセント羊毛の肌着を繕うことや、クリシーが小刻みに震える頭や小石のような青い眼の上に繭綿を載せてやって来る前にマークと座っていることは——もし自分たちにその時間が昔も今も見つからないなら、他の授乳壜や包帯や暖かい暖かいお湯が入った暖炉の前での入浴や、可愛らしい可愛らしい手足を石鹸がいっぱい付いたフランネルでこすったり捩じったりする時間をいったいどうやって見つけることができるでしょう。それをクリストファーがじっと見ている時間を。…彼はアランデルにもカルカッソンヌにも行く時間を見つけられないだろうし、見知らぬ女を追いかける時間も見つけられないでしょう。…決して。決して。決して！

彼は一泊二日の旅に出た。もうこれ以上外泊はしないということが——言葉に出たわけではないが——二人の間の暗黙の了解になっていたのに。まだ、陣痛が始まる前だから、彼にはできたのだ…この機会を捉えることが！　彼は猛烈な勢いでこの機会を捉えた。…一泊二日を！ウィルブラハムの大売り出しに行くのだと！　特に自分たちが欲しいものはないのに！…彼女は考えた…彼は飛行機でグロービーに行ったのだと。…彼はかつて、このことに言及した。あるいは彼がそのことを考えていることを彼女は知っていた。一昨日、グロービー邸が貸し出されたことで、ほとんど発狂したといってもよい状態になったとき、彼は突然、飛行機を見上げ、長い間、黙ってそれを見つめ続けていた。…別の女のことではありえなかった。…

彼はあの版画のことは忘れていた。恐ろしいことだった。彼が版画のことを忘れていることを彼女は知っていた。小さなクリシーのために、良い英国人の顧客を得たいときに、どうして忘れることができるだろうか。いったいどうやって。彼がグロービー邸とグロービーの大木のことで、ほとんど発狂寸前であることは確かだった。彼は眠りのなかでそのことについて話し始めた。何年にも渡って、時々、恐ろしげに戦争について話してきたのと同じ様に。

「大尉殿にロウソクを持ってきてくれ」と暗闇のなか、彼は彼女の傍らで厳めしく大声をあげた。それで彼女は、彼が塹壕の下の鶴嘴の音を思い出しているのだと分かった。

彼はうめき声をあげ、ひどく汗をかいた。彼女は彼を起こそうとはしなかった。…それに少年の、アランジュエの眼の問題があった。アランジュエは移り行く景色のなかで金切り声をあげ、片手で眼を押さえながら走り去っていったように見えた。…クリストファーが穴のなかから彼の体を掘り出した後のことだった。…アランジュエの奥さんは、停戦記念日の晩餐のとき、自分ヴァレンタインに対して無礼だった。誰であれ——誰かが彼女に対して無礼だったのは、彼女の人生で初めてのことだった。もちろん、マクマスター令夫人のイーディス・エセル・ドゥーシュマンのことを数に入れないとすれば、だが!…でも、妙なことだ。自分の夫がこの青年を絶望的な危険から救ったのだというのに!

そのことがなければアランジュエ夫人も存在しなかっただろうに! それなのに、アランジュエ夫人が自分ヴァレンタインにとって人生で初めての無礼な人間になるだなんて! 夜中に身震いが起きるような永遠の痕跡を残すことになるだなんて! ぞっとするような眼差しを自分に浴びせることによって!

それでも、クリストファーが生き延びられたのも奇跡だったかもしれない。小柄なアランジュエは、非常に長い間、クリストファーを称賛しながら、ヴァレンタインと話していた。それでアランジュエ夫人は自分に無礼な態度をとったのだ!――小柄なアランジュエはドイツ軍の砲弾がミツバチの群のように密集して彼らの上に飛んできたと話した。ガニングが茅製のミツバチの巣を鎌で切り落としているときのようだったに違いない。そうなのだ、クリストファーもいなくなっていたかもしれないのだ。そうなったならば、ヴァレンタインも存在しなかった。彼女は生きていなかっただろう。…それでも、アランジュエ夫人は自分ヴァレンタインに無礼であるべきでなかった。あの女は――自分ヴァレンタインがクリストファーなしには生きていけないことを見抜いたに違いなかった。それならば、この女の小さな、懇願するような、片目を失った存在を自分が心配する必要がどこにあろうか。

奇妙なことだ!「もしあれがなかったならば」という思いをもって、人を苛む神の摂理があると言えそうなことは! クリストファーは、おそらく神の摂理というものを信じていた。さもなければ、小さなクリシーを地方の牧師にする夢はもたなかっただろう。…もし金ができて、おそらくソールズベリーの近くに——自分の住処を買うことができたなら、と彼は提案した。その土地の名は何と言ったか。…素敵な名前だった。ジョージ・ハーバートが牧師だった場所に家を買うということを。…

それはそうと、インディアンランナーの一孵しの卵を抱かせたのは、「16」が貼られた赤のオーピントンでなく、「42」のラベルが貼られた黒のオーピントンであるとマリー・レオニーに伝えるのを、ヴァレンタインは忘れないようにしなければならなかった。「赤の16」が貼られた鳥は卵を抱きたがらないわけではなかった。後でそうなってしまったのだ。自分のことを突くからと言ってマリー・レオニーが卵を抱きたがらない雌鶏の下に卵を置く勇気がないのは奇妙なことだった。一方、自分ヴァレンタインは、雌鶏の巣の卵が孵ったとき、殻が散らばり、ネバネバして粘着性があるようにみえる巣のせいで、雌鶏を抱く勇気が出なかった。…それでも、どちらの女も勇気がないわけではなかった。…とんでもない、二人とも勇気がないわけではなかった。さもなければ、ティージェンス家の人たちと暮らしてなどいけないだろう。ティージェンス家の人間と暮らすことは、野牛に縛り付けれているようなものなのだから！

それでも…彼女たちはどんなにか彼らに変化してもらいたがっていたことだろう！

ブレマーサイド…いや、それはヘイグ族の故郷だ。どんな時代になろうと、いつの時代でも、ブレマーサイドはヘイグ族の土地のままだろう。多分、そこはベマートンの教区牧師だった。その後、ベマートンと！　ジョージ・ハーバートはベマートンの教区牧師だった。ソールズベリー、ウィルトンの近くの。…それはクリシーが就きそうな職だった。…彼女は自分がクリシーの繭綿のような頭に頬を当てて座り、暖炉のなかを覗き込み、石炭の具合を調べているところを想像することができた。クリシーが耕作地の横の楡の木々の下を散歩しているところも。実際、彼女はそれ以上何も求めなかった。

もし国がそれを許す気なら！…

クリストファーは、おそらく神の摂理を信じるのと同様にイングランドを信じていた。——なぜなら、土地は楽しく、緑で、美しいからだ。親世代の形質を維持する。ティグラト・ピレセルやエリザベス女王の末裔であるアメリカ人の洪水にもかかわらず、イングランドは産業の制度や海運業の統計の終了にもかかわらず、愉快で緑豊かな見た目の良さによって、ジョージ・ハーバートのような人たちや、その世話をするガニングのような人たちを生み出し続けている。…当然、ガニングのような人々がいなければならない。

地上のガニングは——クリストファーが見たところでは——灯台の建つ岩だった。そしてクリストファーは常に正しかった。ときには少し早まった判断だと言えることもあったが、それでも正しかった。常に正しかった。灯台が建てられる百万年以上前から、その岩はそこにあった。灯台は回転するどでかい閃光を放った。——しかし、それは単なる蝶だった。岩は灯台が消えてから百万年も存在するだろう。

何年かのうちに——実際には今も、何でも屋であるガニングの一人が、最終的には無知文盲の輩として街を燃やし、たくさんの私生児を生み出し、忠実さにおいては半分となり毛むくじゃらなそのガニングの一人が、ドルイド教の崇拝者として、ノルマンディのロベール公のように、青く描かれるだろう。雇い主は、自分が繁盛している間は、従者として彼を抱え、強いリンゴ酒をふるまい、女への小さな過ちを許すだろう。

問題は今がベマートンのハーバートの再来の時期かどうかだった。クリストファーはその通りだと思った。彼はいつも正しかった。いつも正しかった。だが、前のときは。彼はアメリカ人の大群が古い品を買い漁るだろうと予言した。途方もない額を申し出るだろうと。彼の考えは正しかった。問題は途方もない額を提示しながら、それが払われないことだった。実際に払う段になると、ヴァレンタインに言わせれば、ヨブのようにケチった。だが、彼女はヨブが特にケチだったのかどうか知らなかった。窓の下にいる女性はおそらく、一七六二年作のバーカーの署名入りのキャビネットを、昨日製造されたキャビネットを、ニューヨークのデパートで買う場合の半額で欲しいのだろう。…それにこの女は――愚かしい想定をして――ヴァレンタインが彼女の言い値でこのキャビネットを売ったとしても、売り手のヴァレンタインを吸血鬼と呼ぶだろう。一方、シャッツワイラー氏は途徹もない額について話していた。

ああ、ミスター・シャッツワイラー、ミスター・シャッツワイラー、もしあなたがわたしたちに借りている額の十パーセントでも払ってくださるなら、わたしはピンクの綿毛のあらゆる下着と三つの新しいガウンを買うことができるでしょうに。そしてクリシーには小さな古い組み紐を手に入れることができるでしょう。それに山羊の乳を搾るのではなく、ちゃんとした酪農場をもつことができるでしょう。そして借金を削減することができるでしょう。いまいましい豚の損失を削減し、見た目を気にせずにいられる、周りより低く作った牧草地を持つことができるでしょう。…ところが実際は…

おとぎ話の時代は、もちろん過ぎ去っていなかった。おとぎ話には僥倖があった。無限の安楽が目の前に広がっているかのように見える、素晴らしい僥倖が。彼らがこの場所を買ったのは、大きな僥倖だった。豚や老いた雌馬にとっては小さな僥倖だった。…クリストファーはそうした種類の男だった。非常に多くの金の種を蒔いたので、必ずしもいつもひどい目にあうばかりではなかった。そんななかに、平穏で幸福な日々もあるに違いなかった。

ただ、今はひどく厄介な時だった。クリシーが生まれそうで、マリー・レオニーが一日中ヴァレンタインに仄めかしていた。ヴァレンタインは体型が崩れてきているからスカートの油の染みを抜かなければ、クリストファーの愛情を失ってしまうだろうと。でも、彼らにはまったく金がなかった。…クリストファーはシャッツワイラーに電報を打った。…だが、それが何の役に立つというのか。もし彼女がクリストファーの愛情を失えば、シャッツワイラーは粉砕されるだろう。

――何故ならば、クリストファーはヴァレンタインはヴァレンタインなしには骨董店を営んでいけないだろうからだ。…ヴァレンタインはシャッツワイラーに電報を打つことを想像した――スカートの四つの染みのこと、それと優雅な出産用のガウンが必要であることについて。さもなければ、シャッツワイラー氏はクリストファーの支援を失ってしまうだろうと。…

下のほうで行われている会話は音量を増した。ヴァレンタインは料理と家事を兼務する女中がアメリカ人の女性に、もし家族のご友人なら、どうしてあそこにいる奥様を知らないのかと訊ねているのを聞いた。…もちろん、それは容易に理解できることだった。こうした人たちは誰もが皆、シャッツワイラーの紹介状をもってやって来るのだ。そこで彼らは皆、家族の友人だと主張する。大きなお世話だ――というのも、ほとんどの英国人は古家具商と知り合いになりたいとは思わなかっただろうから。

下の婦人は高い大声をあげた。

「マーク・ティージェンス令夫人ですって！　まさか！　どうかお許しを、料理人かと思ったのです」

彼女ヴァレンタインは下に降りて行ってマリー・レオニーを助けるべきだった。彼女は敵意ある人たちが小道を這い上って来るのに気づいた。だが、マリー・レオニーは彼女に午後の休暇を与えてくれていた。…将来のために、とマリー・レオニーは言っていた。それに対して、ヴァレンタインは将来がエーゲ海の傍らでアイスキュロスを読む機会を与えてくれることをかつて期待したことがあったと言った。するとマリー・レオニーは彼女にキスをし、マークが死んだ後、あなたが自分マリー・レオニーから所有物を奪おうとしないことは分かっていると言った。

それは一方的な感謝だった。だが、もちろんマリー・レオニーはヴァレンタインにクリストファーの愛情を失わないでいて欲しいと望んでいるのだろう。もしクリストファーがヴァレンタインへの愛情を失ったら、マークが死んだ後、マリー・レオニーから所有物を奪うような女を手に入れるかもしれないと、マリー・レオニーは心の中で思っているのだろう。…

下の女性は、マントノン家の末裔ド・ブレー・ペープ夫人だと名乗り、グロービー邸の木を切り倒したことを理に適ったことでないとマリー・レオニーが考えているのか知りたがった。ヴァレンタインは窓際に跳んでいきたかった。古いパネル張りのドアのところに跳んでいき、錠前に鍵を獰猛に挿して回した。彼女はそんなにぞんざいに鍵を回すべきでなかった。もう一度ドアの錠を解除する前に五分か十分の操作を必要とする羽目になった。…しかし、ヴァレンタインはまず窓のところに跳んでいき、ド・ブレー・ペープ夫人に大声で伝えなければならなかった。「もしグロービーの大木にちょっとでも触れたなら、わたしたちはあなたが解決のために人生の半分と資産の半分を使わなければならなくなるような差し止め命令を出して対抗します！」

ヴァレンタインはクリストファーの正気を保つためにそれをしなければならなかった。でも、それはできなかった。できない相談だった！　公の罪の世界で心の平安だけをもって生きることと、その事実を知っている初老のアメリカ人女性に直面することとは、別物であった。

ヴァレンタインはそこに閉じ込められたままでいる決意をしていた。英国人男性の家はもはや彼の城ではなくなったかもしれないが――英国人女性の城は、確かに彼女自身の寝室だった。以前、四か月かそこら前に、クリシーの存在が明らかになり、彼女が自分たちは貧乏なまま暮らしていくわけにはいかないという考えをクリストファーに表明したとき、その件はとても深刻になり、彼らはグロービーの金の一部に手を付けなければならなかった――将来の世代のために。……

そう、彼女は疲れ切っていた。……お産もこの段階になると、女はいわば疲れ果ててヒステリックになる。子を産む女にとっては、ピンクのフワフワした衣類を直接震える肌に着け、肩や毛にウビガンを吹きつけなければならないことは忍び難いことに思えた。子供の健康のためだと言われても。

そこで彼女は、クリスの神々を否定する必要性に直面し、哀れで不幸な年取ったクリスを激しくののしり、バタンとドアを閉めて猛烈に錠を掛けた。彼女の城は、そのとき、紛うことなく、彼女の寝室だった。――というのも、クリストファーはそのなかに入ることができず、彼女はそこから出ることができなかったからだ。彼は鍵穴から囁かねばならなかった、参ったと囁かねばならなかった。彼はひどく彼女のことを心配した。彼は、彼女がもう少しの間我慢することを自分は望んでいるが、もしそういうわけにいかないならば、自分がマークから金をもらってくると言った。もちろんマークに払わせるわけにはいかなかったが、マークが賄い付き下宿のために、週にもう二ポンド払うという取り決めが、マリー・レオニーとの間に出来ていた。それにまた、マリー・レオニーが家事も引き受けたので、彼らは事態が少しばかり好転したのを見い出したのだった。マリー・レオニーは、おそらくヴァレンタインが財布のひもを引き締めるときに比べても週三十シリング少ない額で家を切り盛りした。――それも格段にうまく切り盛りした。何段も何段もうまく！　そこで彼らは、少なくとも、食卓用リネンや新生児用品一式のような必需品をほとんど完璧に備えることができそうな額の金を手に入れた。…長く複雑な年代記だ！

ヴァレンタインの心がクリストファーの心とほとんど同様に彼のゲームのなかにあるのは奇妙なことだった。家庭の主婦として、彼女は最後の一ペニーを摑まなければならなかった。――人生が十分な緊張であることは神も知るところだ。どうして女性は不理尽なロマンティズムにおいて男を支えるのか。もし夫が――戦いに敗けた雄鶏のように――男性らしさを失うならば、女は夫に親密さを感じられなくなるだろう。…ああ、でもそういうことではないのだ！　それに、女たちは充電するためにくっつくことのできる野牛を欲しているというだけでもないのである。

実際、ヴァレンタインは夫の心の複雑さを顧みていた。そして熱烈にそれを承認した。彼女は夫とともに、富、金満家、富が与える心理状態を不可とした。もし戦争が彼ら兄弟に――この男たち二人に――他に何の影響も与えなかったとしても、少なくとも、彼らをして、節約を神に設定する気にさせていたのだった。彼らは、節約が自分たちの高等だと考える余暇を奪おうとも、厳しい生活をすることを望んだのだった。ヴァレンタインは、もし支配階級が支配の能力を――

あるいは支配の欲望を——失ったとしたら、この階級はその特権を放棄して、地下に潜るだろうという点で、クリストファーと同意見だった。

そしてこれを原則として受け入れることで、ヴァレンタインは、残りの曇った強迫観念や頑固さを追求することができたのだった。

もし自分たちの主たる要求が贅沢な生活をすることだと考えなかったならば、多分、彼女は、親愛なるマークに対する夫の闘いを支援しようとはしなかっただろう。…そして、彼女は、自分がどうして窓へではなくドアのところに跳んで行ったかというと、長いチェスの試合でずるい一手を打ちたくはなかったからだということを意識していた。クリストファーのためにだ。もし自分がド・ブレー・ペープ夫人に会ったり、夫人に話しかけなければならなかったとしたら、「あなたは結婚することなしに男と暮らしている!」と考える王の愛人の末裔から咎めるような目で見られるだろうことは、不快なことだった。ド・ブレー・ペープの祖先の女性は王に結婚を強いることができた。…だが、それは彼女が一か八かやってみたことだったのだろう。…自分たちはと言えば、クラブの規則を破って十分な罰を受けてきた。それでも、彼女は堂々と顔を上げることができた。邪魔になるほど高くではなく、十分に高く!　というのも、事実上、自分たちは一緒になるためにグロービーを征服し、庭の生垣を越えて飛び散り続ける汚名のしぶきに耐えてきたのだから。

いや、彼女はド・ブレー・ペープ夫人に直面するつもりでいた。それでも、クリストファーが半ば狂ったような状態になったことで、彼女はペープ夫人がグロービーの大木に触れた場合、恐ろしい法的処置がとられるだろうと言って、ペープ夫人を脅すのは控えていた。そんな処置をすれば、二人の兄弟の間の静かな北国の争いに干渉することになってしまうだろう。たとえクリストファーの理性を救うためであろうとも、彼女にそんなことをするつもりはなかった。――そのなかに飛び込まされるのでもなければ！…マークには木の件でペープ夫人を邪魔立てする気がないことを彼女は知っていた。――というのも、彼女がマークにペープ夫人の手紙を読んだとき、マーク自身がそのことを目配せによって示したからだった。彼女はマークのことを愛していたし尊敬もしていた。それは、マークが親切な人だったからであり――良いときも悪いときも終始一貫、彼女を支援してくれたからだった。彼がいなかったならば…。あの恐ろしい夜の瞬間があった。…もう二度とあの恐ろしい夜のことを考える必要がありませんようにと、彼女は神に祈った。…もしまたシルヴィアに会わなければならないとしたら、自分は気が狂ってしまうだろう。お腹のなかに子供がいるというのに。…彼女の体の奥の奥で、胴枯れ病が脳の糸に降りかかるだろう。ありがたいことに、ド・ブレー・ペープ夫人はヴァレンタインの精神に気晴らしを与えてくれた。夫人は無視できない突飛な言動をフランス語を用いて行っていた。

ヴァレンタインは、窓の外を見ることなしに、マリー・レオニーの表情のない顔、相手に対して理解するつもりがないことを示すのと変わらぬ無表情を見て取ることができた。ヴァレンタインは彼女が、別の女性の前で、身動きせず、エプロンをかけ、無慈悲に立っている姿を想像した。その別の女性は、三角帽の下から、どもりながら言っているところだった。

「ティージェンス令夫人、ド・ブレー・ペープ夫人は、もう、la arbre（樹）を切ってしまいたいと望んでいるのです」

ヴァレンタインはマリー・レオニーの鋼のような声が言うのを聞いた。

「わたしたちはl'arbreと言っていますわ、侯爵夫人！」

次に、小柄な女中の高い声がした。

「侯爵夫人はわたしたちのことを『哀れな人たち』と呼びました。…どうしてお手本になれないのかとわたしたちに訊ねました！」

その後で、これらの人々にとっては柔らかな変調された声がした。

「マーク卿はひどく汗をかいているようです。手が空いていたので、わたしが拭きました…」

上でヴァレンタインが「あらまあ！」と言ったとき、マリー・レオニーが「ああ、わが神よ！」と大声をあげ、スカートやエプロンの擦れ合う音がした。マリー・レオニーは白いズボンをはいた人物の脇を駆け抜けた。

「あなたみたいなよそ者がよくもまあ…」と言いながら。

光沢のある赤い頬の青年がその女の前から少しよろめき歩いた。彼は彼女の背に向けて言った。

「ラウザー夫人のハンカチは、もっとも小さく、もっとも柔らかく…」彼は白衣の若い女性にさらに付け足して言った。「僕たちは立ち去ったほうがいいでしょう。…どうか、立ち去りましょう。…スポーツマンらしくありません。…」妙に親しみのある顔。妙に心を打つ声。「後生だから、立ち去りましょう。…」誰がそんなふうに「後生だから！」と言っただろう――ジロジロと見つめる青い目で？

ヴァレンタインは、ひどく取り乱しながら、ドアの大きな鉄の鍵を回した。錠前はハンマーで鋳造された古い鉄の代物だった。医者に電話をかけなければならなかった。医者は、もしマークに熱が出たり、たくさんの発汗があったりした場合には、電話をしてくるようにと言っていた。

マリーはマークに付いていてあげたいだろうから、医者に電話をするのは自分ヴァレンタインの仕事だった。鍵は回らず、ヴァレンタインはそれを回そうとする努力で手を傷めた。だが、彼女の感情の一部は、この明るい頰の青年に由来するものだった。なぜこの青年は、自分たちがここにいるのは公正なことでないなどと言ったのだろう。なぜ彼は、後生だから立ち去りましょう、などと突然大きな声で言ったのだろう。鍵は回ろうとしなかった。それは古い錠の一片であるかのように、しっかり閉まったままだった。青年は誰に似ていただろう。ヴァレンタインは屈さないドアに肩を打ちつけた。そんなことはすべきではなかった。ヴァレンタインは大きな声をあげた。

その窓から、ヴァレンタインは——彼女は女中に梯子を立ててもらおうとして、その窓のところに行っていたのだが、女中に電話をするように命じたほうがもっと賢明だっただろう——ド・ブレー・ペープ夫人を見ることができた。ヴァレンタインはまだ女中に熱弁を振るっていた。その後、その小道の、レタスや新たにつっかえ棒をされたエンドウマメの畑を越えたところに、とても背の高い人物が現われた。とても背の高い人物だった。驚くほどに。傾斜による幻覚のせいで、そこにいる人物は、常に、とても背が高く見えた。人影は、ゆったりとしているように、ほとんど躊躇っているように見えた。どこか『ジョン・ドヴァンニ』に出てくる司令官の彫像の幻のようだった。その人物は手袋のことを気にかけているようだった。手袋をはずすことについて。…とても背が高いが、両脚とも、とても細い。…狩猟用の半ズボンをはいた女性のようだった。藪のなかのトネリコの幹を背景にして灰色をしている。自分は彼女より高い窓辺にいるので、彼女の顔は見えない。それに彼女は下を向いていた。神の名にかけて。…

グレイズ・インの前住居での、あの恐ろしい夜の恐ろしい暗闇の感覚が、ヴァレンタインの上を過った。…小さなクリシーが彼女の体の奥にいるという理由で、彼女はあの恐ろしい夜のことを考えてはならなかった。彼女は、子供を両腕に覆い隠すかのように抱いている感じがした。あたかも、子供の上に身を屈め、上を見上げるかのように。実際は、彼女は下に目を向けていたのだが。…それから彼女は上を見上げた——暗い階段の上を。大理石の彫刻を。女性の白い形、ニケ[9]…翼ある勝利の女神を。ルーヴル美術館の階段の上にある彫刻のような。彼女は、グレイズ・インではなく、ルーヴル美術館のことを考えねばならなかった。ポンペイの人々の控えの間には、エトルリア人の墓があり、制服を着て背中に手を回した管理人たちがいた。管理人たちは客が墓を盗むのを予期するかのように歩き回っていた！…

ヴァレンタインは——そしてクリストファーが——階段の上を見つめた。彼らがなかに入ったとき、その家は不自然なほど静まり返っているように見えた。不自然に。いかにして静かである以上に静かに見え得るだろうか。だが、そう見え得た。自分たちは抜き足差し足で歩いているように見えた。少なくとも、彼女はそうだった。そのとき、上の開かれた扉から差す明かりが頭上で輝いた。その明かりのなかで、それは言った。白い姿は癌にかかっていると！

ヴァレンタインは、こうしたことを考えてはならなかった！！

そうした激怒や絶望が、以前は知らなかったような具合に、彼女を襲った。彼女は傍らの暗がりにいるクリストファーに大声で言った。あの女は嘘をついているのよ。癌になどかかってはいないわ。…

ヴァレンタインはこうしたことを考えてはならなかった。

小道の上の女性は――グレーの乗馬服を着て――ゆっくりと近づいてきた。まだ、その頭は下に向けられていた。明らかに、彼女はグレーの服の下に絹の下着を着けていた。…ああ、自分たちが――クリストファーとヴァレンタインが――絹の下着を彼女に与えたのだ。

彼女がいかにも冷静なのは奇妙だった。もちろん、それはシルヴィア・ティージェンスだった。そのままにしておくのがいい。彼女は以前、夫のために戦ったことがあり、再びそうすることができた。ロシアにさせてなるものか…その古い響きが彼女の冷静な頭に流れた。…

だが、ヴァレンタインは絶望的に混乱し、震えていた。あの恐ろしい夜のことを思って。クリストファーは、シルヴィアが階段を転げ落ちた後、シルヴィアと一緒に行きたいと思っていた。見事に演劇的な転落だったが、本当に見事というほどではなかった。だが、ヴァレンタインは大声をあげた。ダメよ！　二度とシルヴィアと行ってはいけない。それはシルヴィアの終焉であり、大きな出来事だった。…真っ暗な夜の。…人々は発煙筒をあげ続けていた。その音が聞こえた！

ああ、自分は冷静だった。あの女の姿が、自分の子宮の奥深くで動いている小さな脳を傷つけたりはしないだろう。小さな手足もまた！　ヴァレンタインは、暖かい、石鹸が注入されたフランネルを、小さな脚のために、大きな炉の暖かさのなかで織るつもりだった。九つの肉塊があの炉にはかかっている。クリシーが顔をあげて、笑っている。…あの女はもう二度とあんなことはしないだろう！　クリストファーの子供に対しても。どんな男の子供に対しても、おそらく！

あれはあの女の息子だった。白い半ズボンの娘と一緒にいるのは！…息子が父親と会うのを妨げるとは、自分ヴァレンタインは何様だというのだ。彼女は腕の上に自分自身の息子の体重を感じた。それをそこに置けば、彼女は世間と対峙することができるだろう！

それは奇妙なことだった。その女の顔はすっかりぼやけていた。泣きじゃくったために！…顔中腫れ上がり、目は赤かった。…ああ、ヴァレンタインは庭園や静かな環境を眺めながら考えた。「もしわたしがこれをクリストファーに与えれば、わたしは彼を自分のもとに留めておくことができるでしょう」と。でも、あの女は彼を自分のもとに留めておくことができなかった。もし彼女が世界中でただ一人の女性だったとしても、彼は決して彼女に目を留めないだろう。自分ヴァレンタインに会った後では！

シルヴィアが顔を上げた。あたかも瞑想するかのように、まさにその窓のなかを見上げながら。しかし、彼女には窓のなかを見通すことはできなかった。彼女はド・ブレー・ペープ夫人と女中を見たに違いなかった。それで、なぜ夫人が手袋を脱いだのかが明らかになった。夫人は金の化粧道具入れを手に持っていた。鏡を覗き込み、顔の前で素早く右手を動かした。…覚えておきなさい。あなたに金の化粧道具入れを与えたのはわたしたちだってことを。覚えておきなさい！しっかり覚えておきなさい！

突然、ヴァレンタインには怒りが湧いてきた。あの女は、炉辺でわたしが小さなクリシーを入浴させる、わたしたちの住居に来るべきではなかったのだ。決して！　決して！　住居が汚される。それだけをもってしても、ヴァレンタインは胸が悪くなり、その女から後ずさりした。

彼女は錠のところにいた。鍵が回った。…お腹のなかの子供に対する害を考えたときの感情が、自分にどんな影響を与えるか見てみるがいい！　鍵を回すとき、人はそれを潜在意識的に上方に押し上げることを、彼女の右手は思い出していた。…彼女は狭い階段を駆け下りるべきではなかった。電話は大きな炉の内側の壁龕《へきがん》にあった。部屋は薄暗かった。とても細長く、とても天井が低かった。バーカーの飾り簞笥は、緑色と黄色と緋色の象嵌細工で、とても豪華に見えた。とても大きな暖炉と部屋の壁との間の奥まった場所で、彼女は、電話の受話器を耳に当てながら、横に体を傾けていた。彼女は自分の細長い部屋を見下ろした。――その部屋は食堂へと開けていて、間には大きな梁があった。それは蜜蠟が塗られた古い木材でできていて、薄黒く、キラキラ光る、高価な代物だった。…Elle ne demandait pas mieux.（彼女はこれ以上求めない。）…マリー・レオニーの常套文句が絶えずヴァレンタインの頭に浮かんだ。その状況はあの人たちのものだとみなせるにしても！　ヴァレンタインは、事態が穏やかに自分たちの目の前に広がるだろう遠い未来を覗き見た。自分たちは、少しのお金を、少しの平和を手に入れるだろう。事態は広がって行くだろう。…丘の上から見える平野のように。その間、彼らはあらゆるものを先に進ませ続けなければならない。…彼女はそれに対し不平を言うつもりはなかった。…体力と健康が続く限りは。

医師は――ヴァレンタインは医師のことを思い描いた。背が高く、砂色をした、とても愉快な人物で、不治の病と借金によって苦しんでいた。人生とはそういうものだ！――医師は、マークの具合はどうかと陽気に訊ねた。ヴァレンタインは分からないと答えた。マークは随分とひどく汗をかいていたと言われていた。…確かに、彼が不快な訪問を受けたかもしれない可能性があった。医師が言った。「それは、それは！　それで、あなたご自身は？」医師にはスコットランド訛りがあった。砂色をした男だった。ヴァレンタインは臭化カリを持って来てくれても良くはないかと提案した。医師は言った。「彼らがあなたを悩ませたのですな！　彼らにそんなことをさせてはなりません！」ヴァレンタインは、自分は眠っていたのだと言った。――でも、おそらく彼らがわたしを悩ませたのでしょうと。そして付け足した。「たぶん、あなたがすぐに駆けつけて来て下さるでしょう！」…アン姉さん！　アン姉さん！　お願いよ、アン姉さん！[10]　もし臭化カリが手に入れば、それは夢のように通り過ぎて行くでしょう。

それは夢のように過ぎて行った。おそらく処女マリアは存在するのだ。…たとえ処女マリアが存在しないとしても、わたしたちが彼女を発明しなければならないのだ。ブロマイドを手に入れられない母親のために。…でも、自分は手に入れられる！　彼女、ヴァレンタインには！

庭に面して開いた戸口からの明かりはぼんやりしていた。パニエの付いたスカートを履いた追い剥ぎが、その明かりを背景にして部屋のなかに立った。そいつが言った。

「あなたは女性販売員かと思いますが。ここはとても不衛生な場所です。それに風呂もないようです。いくつか見せてください。ルイ十四世の様式のものを」…そいつはルイ十四世の様式にグロービー邸を改装することを思いついたのだった。女性販売員たるヴァレンタインは、彼ら――彼女の雇用主たち――が費用の点で彼女を満足させられると想像しただろうか。ペープ氏はマイアミで深刻な損失を蒙っていた。ペープ夫妻から搾り取れるだけ搾り取ることができると自分たちは想像してはならない。この場所は人々が住むのには不適当だとして取り壊され、模範的な労働者の小屋がその場所に建てられるのに違いない。この国にいる金持ちのアメリカ人にものを売る人たちは、貪欲な人たちだ。彼女自身も精神的にはマントノン夫人の末裔だった。もしマリー・アントワネットがマントノン夫人をもっと上手く取り扱ったならば、事態はまったく変わっていただろう。彼女、ド・ブレー・ペープ夫人は、自国で持つべき権威をもったことだろう。夫人はグロービーの大木を切ったことで巨額の賠償金を支払わされると言われていた。もちろん、家の側面の壁は崩れ落ちてしまっていた。こうした古い家々は現代の発明に対抗することはできない。彼女、ド・ブレー・ペープ夫人はオーストラリア製の木の切り株の抜き取り機、ウィー・ウィズ・バンを採用していた…だが、ヴァレンタインは女性販売員として、しかし明らかに必要以上に雇用主たちと親密な女性販売員として、その物件の評判を考えていただろうか。…考えていただろうか。…考えていただろうか。…

ヴァレンタインは心臓が飛び出しそうになった。戸口から入ってくる光が再び覆い隠された。マリー・レオニーが息を切らして入って来た。要するに、アン姉さんが！　電話して！　早く！

ヴァレンタインが言った──

「もう電話しました。…数分のうちに医師がここに来るでしょう。…わたしのそばに付いていてください！」…わたしのそばに付いていてくださいですって！　利己的な！　利己的な！　でも、子供が生まれて来るのよ。いずれにせよ、マリー・レオニーは、そのドアから出ることができなかった。ドアは塞がれていた。…ああ！

シルヴィア・ティージェンスがヴァレンタインを見下ろしていた。背後の光のせいで、その顔はほとんど見ることができなかった。…ああ、その顔はそれ以上の重要性を持たなかった。…彼女が見下ろしていたのは、それほど背が高かったからだった。背後の光のせいで、その顔はほとんど見えなかった。ド・ブレー・ペープ夫人は大貴族を先祖に持つことがどんな影響を人に与えるかについて説明していた。

マリーはヴァレンタインに目を向けていた。それこそが適切な表現だった。彼女はド・ブレー・ペープ夫人に言った。

「お願いだから、黙っていて頂戴。ここから出て行って！」

ド・ブレー・ペープ夫人は理解しなかった。それに関して言えば、ヴァレンタインもそれを理解しなかった。遠くからのか細い声が震えるように聞こえた。

「お母さん!…お母…さん!」

彼女は――その物体は――それというのも、それは彫像のようだった。彼女の顔の造作は見事だった。三分前には、それはかゆ状だった。今は無傷であり、両眼の下には暗い影があった!そして悲しげだった。そして、すごく威厳があった。そして優しかった!…忌々しい! 忌々しい! 忌々しい!

自分がその顔を見たのはこれがまだ二度目だという考えがヴァレンタインの頭に浮かんだ。…その静寂は今では恐ろしいものとなっていた。この人たち皆の前で、二人で罵り合いを始める前に、自分は何を待っているのだろう。…というのも、自分ヴァレンタインは背中を壁に押し当てていた。彼女は自分が言い始めるのを聞いた。

「あなたがたは台無しにしました。…」彼女は続けることができなかった。あなたがたの胸糞悪さはとても感染力が強いから、赤ちゃんの入浴場所を台無しにしてしまっただなんて、とても言えないわ! それは出来たものでない!

マリー・レオニーはド・ブレー・ペープ夫人に、ティージェンス夫人は彼女の出席を求めないと、フランス語で言った。ド・ブレー・ペープ夫人には理解できなかった。自分の存在が必要とされないなどということは、マントノン家の人間には理解するのが難しいことだった!

彼女ヴァレンタインが初めてシルヴィアの顔を見たのは、イーディス・エセルの応接間でのことだったが、ヴァレンタインはその顔を何と優しい…何と目をくらませるほどに優しい顔であることかと思ったものだった。その唇がヴァレンタインの母親の頬に近づいたとき、ヴァレンタインの目には涙があった。それは――その彫像の顔は！――クリストファーへの親切に対してワノップ夫人にキスしなければならないと言っていた。…忌々しいわ、今は自分ヴァレンタインにキスしてくれてもおかしくないのに！　もし自分がいなかったならば、今日のクリストファーはなかったでしょうから。

それは言った――それは完全に無表情だったので、ヴァレンタインはそれを「それ」と呼び続けることができた。それは冷淡に、停止することなく、ド・ブレー・ペープ夫人に言った。「お聞きなさい。邸の奥方は、あなたの存在を必要としません。立ち去りなさい！」

ド・ブレー・ペープ夫人は説明していた。自分は女性販売員にグロービー邸をルイ十四世の様式に改装するつもりだと話していたのだと。

この配置には喜劇性があるという考えが、ヴァレンタインの頭に浮かんだ。マリー・レオニーはこの女性を知らなかった。ド・ブレー・ペープ夫人は自分ヴァレンタインを知らなかった。彼女たちはたくさんの楽しみを逃がしてしまうでしょう！…でも、その楽しみはどこにあるのか。昨日の楽しみ、明日の楽しみは。…あの人物は自分ヴァレンタインを「ティージェンス夫人」と言った。皮肉でか？　心遣いでか？

ヴァレンタインは電話の棚を摑もうとした。そこは暗かった。赤ん坊が体内で動いた。…それはヴァレンタインがティージェンス夫人と呼ばれることを求めた。誰かは「ヴァレンタイン」と呼んでいた。他の誰かは「お母さん」と呼んでいた。もっと物柔らかな声は「ティージェンス夫人」と呼んでいた。皆、どれを選んで言うだろう！　一番目の声はイーディス・エセルだった。

暗い！…マリー・レオニーが耳元で言った。「まっすぐ立ちなさい、愛しい人！」

暗い、暗い夜。冷たい、冷たい雪。——荒々しい、荒々しい風、そして見よ！——我ら羊飼いはどこへ行ったらよいのか、神の子を見つけるには？

イーディス・エセルが一通の手紙を、ド・ブレー・ペープ夫人に読み聞かせていた。イーディスは言った。「教養あるアメリカ人として、あなたは関心をお持ちになるでしょう。…その偉大な詩人から！」…一人の紳士が、教会のなかにいるかのように、山高帽を手に取って顔の前に掲げた。瘦せて、どんよりした目をし、ユダヤ人のような顎髭を生やした男だった。ユダヤ人は教会のなかでは帽子を被ったままでいるのだが。

彼女ヴァレンタインは、どうも会衆の前で非難されそうな塩梅《あんばい》だった。会衆は緋文字を運んでくるだろうか、…彼らは十分に清教徒だった。彼女とクリストファーは。ユダヤ人のような顎髭を生やした男の声がした。…シルヴィア・ティージェンスはイーディス・エセルの指の間から手紙を奪った。——イーディス・エセルはあまり変わっていなかった！顔に少し皺が寄っていた。

そして青白かった。そしてたちまち黙り込まされた。——顎鬚を生やした男の声が言った。

「何と言っても！　大きな違いがあるのです。実のところ、彼がティージェンス家の人間であることは…」彼は後ろ側に、外側に人込みを掻き分けて進んだ。群衆のなかを通ってドアから出て行こうとする人のように。彼は振り向いて、妙な具合に彼女に言った。

「ティージェンス…あー…夫人！　失礼！」

フランス語訛りを入れようと試みながら。

イーディス・エセルが意見を述べた。

「わたしはヴァレンタインに言いたかったの。わたしが個人的に販売するとしても、手数料が払われるか分からないわ」

シルヴィアが言った。「外で話しましょう」ヴァレンタインは、少し前に、少年の声が「お母さん、これは公正なことですか」と言っているのに気づいていた。人々がシルヴィアの面前で、自分のことをティージェンス夫人と呼ぶのは公正なことかという疑いがヴァレンタインの頭に浮かんだ。もちろん、使用人たちの前ではティージェンス夫人でなければならなかった。彼女は自分が言うのを聞いた。

「ラグルズさんがあなたの前でわたしをティージェンス夫人と呼んだことを申し訳なく思います！」

彫像の目が、もしそんなことがあり得るなら、二重にヴァレンタインのほうを向いた！

彫像は冷淡に言った。

「王がわが首を取ろうと欲するなら、われは貴殿がどうしようが構わない、わたしの…」それはマークとクリストファーの両方がよく知る格言だった。それは苦々しいものだった。シルヴィアは――ヴァレンタインより前に――自分がティージェンスの寵愛を受けていたことを、彼女ヴァレンタインに思い出させていた！

少年の声が続いた。

「この人たちを追い払いたかったのです。…そして確かめる…」彫像は非常にゆっくりと話した。大理石のように。折り畳み用の椅子の上の花瓶に挿された花は、もっと水を必要としていた。マリーゴールドだ。オレンジ色の。…子供が体内で動くとき、女性は気が動転する。ときによってはたくさん、ときによっては少なく。彼女はとても気が動転していたに違いなかった。部屋のなかにはたくさんの人がいた。彼女には、彼らがどのようにやって来たのか、どのように去って行ったのか、どちらも分からなかった。彼女はマリー・レオニーに言った。

「スパン先生が臭化カリを持って来てくださるわ。…前のが見つからないから…」

マリー・レオニーがその姿を見ていた。彼女の目は、クリストファーの目のように顔から突き出していた。彼女はネズミを見つめる猫のようにじっと身動きせずに言った。

「彼女はどなたかしら？　あの女なの？」

それは、今、逆光のなかにあって、奇妙にも、バレエのなかのさすらい人のように見えた。──少し曲げた長い脚がそうした効果を与えていた。実際、マリーがその姿を見たのは三度目だった。──だが、その暗い家のなかでは、彼女は実際その顔を見られずにいた。…その容貌は歪んでいて、真の容貌とは言えなかった。今の顔が真の容貌だった。その人物にはどこか臆病なところがあった。それに高貴なところが。それが言った。

「公正に！　マイケルは『公正になってください、お母さん！』と言っていたのです…公正になってくださいと。…」それは天に拳を振るかのように片手をあげた。その手が天井を横切る梁に当たった。天井はそれほどに低かった。「あらあら」と、それは言った。「それは実際コンセント神父でした。皆がすぐにあなたをティージェンス夫人と呼ぶようになるでしょう、と。神にかけて、わたしはこうした人たちを追い出すようになりました。でも、わたしはあなたがどうやって彼を保ったのか知りたかった。…」

シルヴィア・ティージェンスは顔を背け続けた。俯いて。明らかに、涙もろさを隠して。彼女は床を向いて言った。

「神が聞いてくださるように、わたしは再び言います。わたしは決してあなたの子供を傷つけようと思ったことはありません。…彼の子供を。…どの女の子供であれ。…子供を傷つけようとしたことはありません。わたしには素晴らしい子がいますけれど、もう一人子供が欲しかった。…小さな体の子供であっても。…乗馬のせいだわ。…」誰かが啜り泣いた！

シルヴィアがそのとき、しかめ面でヴァレンタインを見つめた。

「こんなことをしたのは天国にいるコンセット神父よ。聖人であり殉教者であり、弱きものの味方である！　今は暗くなってきたから、この壁を横切る彼の影が見えそうだわ。あなたは彼を絞首刑にした。銃殺にはしなかった。あなたはわたしの感情を救うために彼が銃殺にされたことにしたのよ。…そのあなたが、この歳月を生きていくことになるのだわ。…」

シルヴィアは手に持つ小さなハンカチに噛みついた。人に見られないように。彼女は言った。

「忌まわしい、わたしはグロービーのクリストファーに対してポン引き役を果たしているのだわ。──主人をあなたにお任せしますと言って！…」

誰かが再び啜り泣いた。

クリストファーはハントの販売会で買った版画を壺に入れたまま野原に置いてきたのだという考えが、ヴァレンタインの頭に浮かんだ。そのとき、クリストファーはハドナットという名の商人に、荷車で荷物を運ぶサービスをしてくれるなら、その壺と、もういくつかの品を購入しましょうと言ったのだった。彼は戻ったとき、疲れていた。クリストファーは。それにもかかわらず、ハドナットの店に行かなければならなかった。ガニングは信用できなかった。しかし、ロビンソン夫人を失望させることはできなかった。…

マリー・レオニーが言った。

「一人の男が二人の女に二つのそうした情熱を吹き込むことがあるなら、それは嘆かわしいことだわ。…それが殉教者に強いられる苦難なのね」

確かに、一人の男が二人の女に二つのそうした情熱を吹き込むことがあるとすれば嘆かわしいことだった。マリー・レオニーはマークの世話をしに行った。シルヴィア・ティージェンスはいなかった。喜びは殺さないと言われている。ヴァレンタインはまっすぐ地面に倒れた。塊のように。

…ブソラの絨毯が手に入ったことは幸運だった。さもなければクリストファーは。…彼らには金が必要だった。…貧乏な…貧乏な…。

Ⅳ章

マーク・ティージェンスは、最近過ごした停戦記念日の夜の満足について考えていた。あるいは最近とは言えないかもしれない。ある時の。

暗いなかで、そこに横たわっていた幾夜もの間、空は途方もなく大きく見えた。天がそのなかのどこかに隠されている可能性を理解できた。そして、ときには穏やかだった。そうしたときには、地が無限に回転しているのを実感することができた。

夜鳥が頭上で鳴いていた。サギ、カモ、ハクチョウさえも。フクロウはもっと地面の近くに留まり、生垣の低木の列に沿って獲物を狩り出していた。長く伸びた草の間で、獣が忙《せわ》しくなった。彼らはかさかさと音を立てて忙しく動き、その後長い間行動を休止した。明らかに、一羽のウサギが、魅力的な農園が見つかるまで走った。その後、そのウサギは音の出る動きはせず、長い時間をかけて作物を少しずつ齧《かじ》った。ときどき、牛が鳴き声をあげた。あるいは多くの羊たちが――多分、キツネに脅されて。…

しかし、それにもかかわらず、長い静寂があった。オコジョがウサギの後を追った。彼らは長い草を擦りながら、走りに走り、ついに短い牧草の地に入り込むと、ぐるぐると走り回り、ウサギは悲鳴をあげた。初めは大きな音で。

マークの常夜灯がほの暗く灯るなか、ヤマネたちが彼の隠れ家の柱を登った。ヤマネたちはビーズのような目でマークを見つめ続けたままでいた。ウサギたちがキーキー声をあげると、ヤマネたちも密集して体を震わせた。彼らはそれが「イ・タ・チ」、イタチであることを知っていた。まもなく、自分たちが狙われる番だと！

マークはこうした小さいものたちに注意を払ったことで、少々自己嫌悪に陥った。見下すように子供に話しかけたかのように。…停戦記念日の夜には、国中の牛たちがパニックに陥った。牛たちが生垣を押し倒し、シーンと静まった谷のなかへと何マイルも下っていく音が聞こえた。

ダメだ！　自分は小さな哺乳類や小さな鳥類に自分の時間や頭脳を浪費する人間であった試しがない。何とか州の植物と動物といったことには！…それは自分向きではなかった。彼に関心があったのは、大きな動きだった。「神の声が顕示されるところ！」だった。

確かに、それが真実だった。輸送。国全体に跨る牛の恐慌状態。全大陸の人々の恐慌状態。

かつて、何年か――いや、何年も何年も――前、彼が十二歳のときに、祖父の家を訪問した際、彼は一丁の銃を、湿原を渡って、グロービーからレドカー砂丘に持って行き、それを一発発砲することで、二羽のアジサシと一羽のイソシギと一羽のセグロカモメを撃ち落としたことがあった。もちろん、それはまぐれ当たりだったが、お祖父さんはその腕前をいたく称賛し、その鳥を剝製にした。それは今日までグロービーの子供部屋に飾られている。セグロカモメが苔の生えた岩の上に載り、イソシギがその前で服従し、その両脇をアジサシが飛んでいる。おそらく、それが彼マーク・ティージェンスにとってはグロービーに持つ唯一の記念品だった。あの後、何年もの間、下の子供たちは、畏怖をもってマークの「獲物」について言及したものだった。描かれた背景は、泡が打ちつける青空の下のバンボロー城を示していた。レドカーとバンボローは、遠く離れていた。――そのため、それはミドルボローの剝製師が海鳥に対して描き得る唯一の背景だった。ヒバリやそういったものに対しては、彼はヨーク渓谷の小麦畑を描けただろうし、小夜鳴き鳥に対してなら、ポプラの木を描けただろう。…小夜鳴き鳥が特にポプラの木を偏愛するとは聞いたことがないにしても！

…小夜鳴き鳥は、偉大な夜の大半をかき乱した。一年のうちの二か月間、多かれ少なかれ、その季節の性質に応じて。マークはその鳴き声の美しさを非難しているのではなかった。その声を聞くと、良馬がセントトレジャー・ステークス(1)で勝つのを見るような気がした。世の中の他の何のも人をそんな気持ちにさせることはできない。――ちょうど、そよ風の吹く日のニューマーケット・ヒースのような場所が、世界の他のどこにもないのと同じように。…だが、小夜鳴き鳥は夜を限定した。小夜鳴き鳥は、ガニングの小屋があるに違いない場所の近くの――言ってみれば、四分の一マイル離れた――雑木林のなかで、深い森を通して音を反響させることで、人に大きな距離のことを考えさせることができた。森は、月の下で、露を滴り落としていた。…そして、空襲はそれほど昔のことでなかった！　月は空襲をもたらし、月の輝きは人を落胆させるものだった。…その通り、小夜鳴き鳥は距離について人に考えさせる。黄昏から夜明けまで絶えずパチパチと音を立てている夜鷹が、永遠の断片を計っているように見えるのとちょうど同じように。…ただ、こちらは断片に過ぎないが！　偉大なる夜は、それ自体、永遠であり、無限である。…神の魂が大空を歩いていく。

残酷な奴らだ、小夜鳴き鳥は！　奴らは一晩中、喉を膨らまして、互いをののしった。突風と突風との間に、人は小夜鳴き鳥が大声で鳴き続けるのを聞くことができる。卵を抱く雌鳥に向かって、自分たちは誰しもお互いに対しては悪魔のような輩だ、ガニングの小屋のそばの坂道を下ったところにいるもう一羽の奴は、見苦しい、蚤に食われた天狗だと言っていた。…性的獰猛さのあらわれだった。

ガニングは坂の下の、皆が不法占拠者の小屋と呼んでいるところに住んでいた。ロビンソン・クルーソーの帽子のような茅葺き屋根の小屋だった。産婆の小屋だった。ガニングはその産婆と暮らしていた。チョークのように真っ白な顔をした、だらしのない女だった。…それに産婆の孫娘と。この孫娘は三ツ口で、少しは教養があった。教区の人たちは、半ば哀れみから、半ば節約のため、彼女を丘の上の学校の教師に任じていた。誰もガニングが産婆と寝ているのかその孫娘と寝ているのか知らなかった。というのも、ガニングはそのどちらかのために妻のもとを去り、フィトルワースがガニングをひどくなぐって、田舎家を彼から取り上げたのだった。ガニングは土曜日の夜ごとに、狩猟用のひもで、彼女たちを平等になぐった——自分が田舎家とフィトルワースが三十年間仕えた作男に与える週十シリングとを失ったのはおまえたちのせいだということを、彼女たちに思い知らせるためだった。…これもまた性的獰猛さだった！

恋人のまことの心を知る術が他にありましょうか？
ああ、つばのある帽子と杖とサンダルによってしか[2]！

きっと、巡礼は抵抗できずに、その台詞を彼に示したのだ！　それはもちろん、あのあばずれのシルヴィアだった。涙に濡れた目をしていた！　その後、何らかの心理的危機が、彼女の内部で起こった。それは彼女にとって良いことだった。

ヴァルとクリスにとっても、おそらくそれは良いことだった。本当のところは分からない。…だが、心理的危機が起きていた。あれに耳を傾けよ。雌犬が吠えている！　各々がた、こんな話を聞いた試しがありますか？　彼女はグロービーの大木を切り倒させたのだ。…それでも神が彼女の造り主なのだから、別の女のお腹のなかの子供を引き裂いたりはしないだろう。…

マークは自分が汗をかき始めているのを感じた。…ああ、シルヴィアがそうした心境になったなら、自分マークの仕事も終わりだ。もはや彼女の意志に抵抗する必要はない。彼女は彼ら家族の船の航跡のなかで海に没し見えなくなってしまうだろう。だが、畜生、彼女がそんな限度になるまで苦しまなければならなかったとは！…可哀そうに！　可哀そうに！　乗馬のせいだ！…彼女はハンカチを目に当てて、走り去った。

彼は満足ともどかしさとを感じた。戻りたいと切望する場所があった。しかし、また、やるべき、考え抜くべき、様々なことがあった。…もし神がこれらの皮を剝がれた子羊のために風を和らげ始めるならば…そのときには…。彼は何について考えたいか思い出すことができなかった。…それは…否、自分を激昂させるようなものではなかった。麻痺したような感覚！　彼は彼らの幸せに対して自分に責任があると感じていた。彼は彼らに、どれほどになるか分からない長い年月に渡って、衝突を避けながら何とか暮らして行って欲しいと思ってきた。彼はマリー・レオニーに、ヴァレンタインの出産後まで彼女とともに留まってもらい、その後でグロービーの寡婦の家に行って欲しいと思っていた。マリーはティージェンス令夫人だった。彼女は自分がティージェンス令夫人であることを知っており、そのことを好んでいるようだった。おまけに彼女は何某夫人の肉体に刺さった棘だった。…マークには、その名を思い出すことができなかった。…

マークは、クリストファーが若干金儲け主義のユダヤ人の相棒を排除することを望んだ。おべっか使いが好きなのは、ティージェンス家の人間の欠点だった。マーク自身は、ラグルズの奴と部屋を共有することで、自分たちの人生を台無しにした。彼には、自分と同等の地位の者たちと部屋を共有するのが耐えられなかったのであり、その点、ラグルズは、半ばユダヤ人で、半ばスコットランド人だった。クリストファーには、おべっか使いとして、まずはスコットランド人のマクマスターが、ついで、このアメリカのユダヤ人がいた。それ以外では、彼マークは状況に満足していた。クリストファーは明らかに、賢明な選択をした。彼は時の終わりへとゆっくり走り去ることを予期し得る立場を、気取ることなく子孫に国の存続を任せ得る立場を確立していた。

ああ…それを覚えておくようにという思いが、ほとんど痛みを伴って彼の頭に浮かんだ。彼は甥のマークを甥のマークとして、強い若者として受け入れた。素晴らしい青年だ。だが、一つ問題があった。…肝心な問題が。青年はまともな若者だった。…だが、近親相姦があったとしたならば。…

ウサギの後を追って腹ばいで生垣を通り抜けたことは考えられる。父は教会の中庭で、教区牧師に献上しようとウサギ狩りをしていたのだ。自分でウサギが欲しかったわけではなかった。…ところが、一羽のウサギを打ち損じて、ウサギが生垣の向こう側で悶え苦しんでいるものと考えたのではないか。父は、屋根付きの墓地門まで行って回っていくのではなく、すぐそこの生垣を潜っていく気になったのだろう。まともな人間は、自分の打ち損じた苦悶を、できるだけ早く頭から追い出したがるものだ。それなら、動機があったということだ。生垣を潜って行く前に、銃が作動しないようにしておかなかったのは…多くの立派な、勇気ある男たちがそのようにして死んでいった。…それに、父は放心状態だったのだ！…農夫のラウザーもそうした死に方をした。ロブホールのピーズも。カラーコーツのピーズも。皆、立派な農夫だった。…遠回りするのではなく生垣を潜っていった。打ち金をいっぱいに起こした銃をもって。だが、彼はちょうど今、思い出した。父が放心状態だったことを思い出した。チョッキのポケットの一つに書類を入れ、一瞬後には、それをどこに入れたか別のポケットすべてを探っていた。メガネを額の上に押し上げては、それがどこに行ったかと部屋中を探しまわった。皿にナイフとフォークを置き、話している間に、また脇から別のナイフとフォークを取って食べ始めた。マークは自分たちが最後に食事を共にしたとき、父が二度それをしたことを思い出した。――その間、彼マークのほうは、クリストファーの不行跡について、友ラグルズの話を伝えていたのだった。

そこで、天国にいる父のもとに赴き、「やあ、父さん」と声をかけるのは、マークの義務ではなかった。あなたは親友の妻に娘を産ませ、その娘があなたの息子の子を今、身籠っているというのが、わたしの理解です。父の恐ろしい幽霊に向かって、そんなふうに自己紹介するのは、薄気味の悪いことだった。…もちろん、自分自身が幽霊のように薄気味の悪いものとなっているということだろう。それでも、山高帽を被り、傘を持ち、双眼鏡を肩にかけているのは、恐ろしい幽霊ではなかった。…そして父親に向かって「わたしは父さんが自殺したのだと理解しています」と言っているのは！

ただ、クラブの規則には反する。これほど多くの偉人たちが自分より先に行った場所に行くことを、自分はまったく悲しみだとは思っていない。これはソポクレスだったか？　ならば、彼の権威に基づき、そこは途轍もなく素晴らしいクラブなのだ。…

しかし、彼には、少しも気まずい思いをする必要はなかった！　父さんが自殺したのでないことは極めて明らかだった。父さんはそんなことをする男ではなかった。だから、だから、ヴァレンタインは彼の娘ではなく、近親相姦はなかったのだ。近親相姦を心配する必要がほとんどないと言えるのは、大変結構なことだ。ギリシャ人は、それに関して、悲劇的な騒動の地獄を描いた。もしそれが存在しなかったと信じることができるならば、確かに胸のつかえが取れる。確かに、彼は、これまでもクリストファーの目をまともに見ることができた。――だが、これからは、これまで以上に蟠《わだかま》りなく、そうすることができるだろう。もっと心地良く。人の目をじっと見つめ、「おまえは近親相姦の床に就いている」と考えるのは、不快なことだ。…

もうそれは片がついた。最悪な部分はまとめ上げられた。自殺はなかった。近親相姦もなかった。グロービーに非嫡出子はいなかった。…それでもカトリック教徒が一人いた。…どうして人がカトリック教徒やマルクス主義者になれるのかは、彼マークの理解を超えていた。グロービーにカトリック教徒が住まい、グロービーの大木が切り倒された。おそらく、この家系から呪いが取り除かれたということだ！

それは迷信的な見方だった。――だが、物事を解釈するにはパターンが必要なのだ。実際、パターンなしに頭を働かせることはできない。鍛冶屋は言った。「ハンマーと手によって、すべての技は冴える！」と。…彼、マーク・ティージェンスは、長年にわたって、輸送の観点からすべての人生を考えてきた。輸送よ、汝が我が神であらんことを！…ものすごく立派な神だ。…うんざりするほどいろいろと考え、手を入れた後で、ついにマークの墓碑銘は、当然の権利として、「ここに、海鳥に名を記されし者、眠る」というものとなる。…他に劣らぬ立派な墓碑銘だ。

マークは、マリー・レオニーが、バンボローやその他すべてのものが納められた箱を、グロービーの寡婦の家の寝室に置くべきだと、クリストファーに伝えなければならなかった。――だが、クリストファーには分かっているだろう。…

それは戻りつつあった。たくさんのものが戻りつつあった。彼はレドカー砂丘がサンダーランドのほうに向かって上って行くのを見ることができた。灰色に、灰色に。当時は、今ほどたくさんの工場の煙突が、彼マーク・ティージェンスのために稼働してはいなかった。今ほどたくさんは！　そこで、イソシギが潮の浅瀬を走り、走りながらお辞儀した。そしてハシビロガモが石を裏返し、アジサシが荒海の上に浮かんでいた。…

だが、彼がこのとき、注意を向けようとしていたのは、第一次大戦中の大いなる夜だった。紫色の荒野の上を覆う暗黒の夜だった。マリー・レオニーが住んでいたエッジウェア・ロードの上方の大いなる暗黒の夜だった。というのも、昔のアポロ・シアターの正面の明かりの炎の上方に、巨大な黒い空間があるのが感じられたからだった。…

自分がひどく汗をかいていると言ったのは誰だったか？　そう、彼は汗をかいていた！

若いマリー・レオニーが彼のほうに身を屈めていた。コヴェント・ガーデンの舞台に立つ彼女を初めて見たときのように、彼女は若かった。若かった。…白い服を着ていた！…香水で彼の顔に快いことをしてくれた。まるで天国だった！　山高帽を被り傘を持った姿で彼女の前に初めて立ったときのように、マリー・レオニーは横を向いて笑っていた！…素晴らしい金髪で！　穏やかな声で！

だが、それは錯覚だった。…それはサクランボ色をした顔で、こちらを凝視する甥のマークだった。…そして、これは彼の愛の光だった！…当然のことだ。伯父が伯父なら、甥も甥だ！　彼は伯父と同じタイプの女を選ぶだろう。それで非嫡出子ではないことが確かになる！　リンゴの木の枝を背景にすると可愛らしく見える！

それでは、彼は大いなる夜を欲しているのだな！――だが、若いマークは年上の女を選ぶべきでない。クリストファーは年上の女を選んだ。そのざまを見るがいい！

だが、そうしたことは起こり得るのだ！　ノアが近づいたとき、アララト山の頂上でちょうど水から顎を出して立っていたヨークシャー男を覚えているか。「これは起こり得るのだ！」とヨークシャー男は言った。「きっと晴れてくるだろう」と。

我々のさほど明敏でない目から天を隠す余地のある大いなる夜。…我々人間には感じられない地震の衝撃が、牛や羊や馬や豚に、その地の生垣を突き破らせると言われている。だが、妙なことだ。マークは、そうした動物たちが鳴き声をあげ、動き始める前にすでにもう、突進していく物音を聞いたと断言する用意ができていた。おそらく、それは違っていた！　人はそれほどに自己欺瞞に陥りやすい。牛たちは大空を渡る万能の神の存在を感じ取ったがために恐慌を起こしただけだった。…

畜生！　たくさんのことが思い出された。彼はラグルズが言うのを聞いたと断言することができた。「結局、あいつは実のところ、グロービーのティージェンスだ！」…だが、きみのせいではない、大将。だが、今や、きみは俺にたかろうとしている。…次にイーディス・エセル・マクマスターが話した。たくさんの声が彼の脳裏をよぎった。畜生、彼らは皆、風に吹かれて漂う亡霊なのか！…ああ、畜生、自分は死にかけているのか！いや、死んでいれば、おそらく、こんな冒瀆的なことを口にしてはいないはずだ。

彼は世界に対し、姿勢正しく座り、振り向いて目を凝らすようにと命じようとした。もちろん彼にはそうすることができた。が、そんなことをすれば馬脚を露わすことになっただろう。彼は自分がズル賢い古だぬきであるだけだと信じていた。これまでずっと、人の目をくらましてきた。含み笑いをすることもできた！

フィトルワースが庭に下りて来て、これらの人々を諫めているように見えた。いったいフィトルワースは何を望んでいるのだ。それは無言劇のようだった。フィトルワースは事実上、マークを見ていた。フィトルワースが言った。

「やあ、おまえさん。…」マリー・レオニーは彼の肘のところで見ていた。フィトルワースが言った。「わたしは鶏舎からすべての山羊を追い出した」…見た目の良い男だ、フィトルワースは！…立派な風采をしていた。彼のローラ・ヴィラリアは、庭の桃のような女だった。出産で亡くなった。明らかに、それでわざわざ来てくれたのだ。フィトルワースが言った。カミーが昔のよしみでマークによろしく伝えてくれと。カミーの親愛の気持ち。フィトルワースは奥方を埋葬したばかりだというのに。

くそっ、こんなに汗をかいている。汗のひどい不快感に、彼は顔をしかめ、本性をあらわにした。だが、彼はマリーにフィトルワース夫妻のところに行ってもらいたかった。マリー・レオニーがフィトルワースに何か言った。

「ええ。ええ、奥さん！」とフィトルワースが言った。くそっ、彼はある人たちが言うように猿のように見える。…だが、我々の祖先である猿が器量良しとするならば…おそらくフィトルワースも見た目の良い足をもっていた。…彼らの足は山の上でどんなに美しかっただろう。シオンの人々に良い知らせを伝える者たちの足は、山の上でどんなに美しかったことか。[3] フィトルワースは、真面目に、明白に、付け加えた。シルヴィアが――シルヴィア・ティージェンスが――あの愚か者たちの群れをここに送ったのは自分ではないということをマークに理解してもらいたいと請い求めたのだと。シルヴィアはまた、ローマに認可を求めて、自分はマークの弟と離婚する積もりだとも言ったのだと。…その結果、ここにいる者たちは皆、やがて、幸せな家族になるだろう。…カミーはできる限りのことをしてくれるだろう。…マークの忘れがたい国家への奉仕のために。…

名前が書きこまれた…主よ、今こそ、あなたはみ言葉のとおりにこのわたしを…安らかに去らせてくださりましょう！[4]

マリー・レオニーはフィトルワースにもう出て行くようにと乞うた。フィトルワースはそうしよう、だが喜びは殺さない！と言った。それでは、さようなら、昔からの…昔からのお友達！

彼らはともにクラブに加入していた！…だが、一方は他方よりずっと良いクラブに…彼の息が少し険しくなった。…少し暗くなり、それからまた明るくなった。

クリストファーが彼のベッドの足元にいた。自転車と木の塊を抱えていた。木の塊は良い匂いがする、樹から切られた木塊だった。彼の顔は真っ白で、目は突き出ていた。青い小石とでも言おうか。彼は兄をじっと見つめて言った。

「グロービーの塀の半分が壊されました。兄さんの寝室も惨めな有様です。海鳥の入ったケースがごみの山の上に投げ捨てられていました」

それに自分の奉仕は忘れられないものとなるだろう！

ヴァレンタインがそこにいた。走って来たかのように息を切らしていた。彼女はクリストファーに怒鳴った。

「あなたはロビンソン夫人のための版画を、販売業者のハドナットにあげた壺のなかに入れたままにしておいたのよ。どうしてそんなことができるの？　いったいどうして？　あなたがそんなことをするなら、わたしたちはどうやって子供に食事をさせたり服を買ってあげたりすることができるっていうの？」

彼はうんざりした様子で自転車を持ち上げて回した。彼はひどく疲れているようにみえた。可哀そうに！　マークはもう少しで言いそうになった。

「あいつを解放してやりなさい。可哀そうに疲れ果てているんだ！」

苦しそうだった。まるでしょげ返った犬のように。クリストファーは門のほうに向かった。彼が生垣の向こうの緑の小道を上って行くとき、ヴァレンタインが啜り泣き始めた。

「どうやって生活していけるって言うの。わたしたちはいったいどうやって生きていけばいいの」

「さて、自分が話さなければなるまい」とマークがひとりごちた。

彼は言った。

「ヨークシャー男のことを聞いたことがあるかね。アラ…アラなんとか山の上で…」彼は長いこと話していなかった。口いっぱいを舌が塞ぐように思えた。口が片側にねじれているように思えた。暗くなり始めていた。彼は言った。

「耳をわたしの口元に近づけなさい。…」女は大きな声をあげて泣き出した。彼は囁いた。

夜がふけて、赤子の泣く声が聞こえれば
草葉の陰の母親がその声を聞きつけて…(5)

昔の歌だ。乳母がそれを歌っていた。亭主を叱りつけて良い子を泣かせてはいけないよ。…亭主！ グロービーの大木は倒された。…」彼は言った。「俺の手を握ってくれ！」

彼女は布団の下に手を入れ、彼の手がその手を握った。その後、彼の手の握りは緩んだ。

彼女はもう少しで大声をあげ、マリー・レオニーを呼ぶところだった。

背の高い、薄茶色がかった髪の、大いに好感を持たれている医師が、門を通ってやって来た。

ヴァレンタインが言った。

「彼はたった今、話していました。…拷問を受けているかのような午後でした。…今は心配です。今は心配です、彼が…」

医師は布団の下に手を伸ばし、横向きに体を傾けた。医師は言った。

「行って、ベッドでお休みなさい。…そちらで診察しますから。…」

ヴァレンタインが言った。

「ティージェンス令夫人には、おそらく彼がしゃべったと言わないのが一番良いでしょう。彼の最後の言葉を聞きたかったでしょうけれど。でも、わたしにとってと同様、彼女にとっても、その必要はなかったのです」

訳者あとがき

International Ford Madox Ford Studies の第十三巻（二〇一四年出版）は、著名な映画監督 Tom Stoppard がフォードの *Parade's End* をBBCでテレビドラマ化したことを受けての、*Parade's End* 特集になっている。その序文（Introduction）で、編者の Rob Hawkes は、一九六三年にグレアム・グリーンが The Bodley Head 版の *Parade's End* から省いた *Last Post* を Carcanet 版がティージェンスの物語の四番目の作品として他の三作と同等のものと位置づけ復活させたことについて、この作品は「ティージェンス三部作の結語やコーダとして容易に無視することはできない」と評した。この論集には *Parade's End* を様々な角度から論じた十五篇の論文が納められているが、ただ、*Last Post* の存在意義を正面切って論じた論文は見当たらないように思える。

そもそもグリーンは何故『消灯ラッパ』を非難したのか。その理由は『消灯ラッパ』の感傷性とクリストファーの上手くいった田園詩的逃避の故だった。彼はこの巻を「失敗作というだけでは足らない――これは惨事だ、『パレーズ・エンド』の充分な評価を遅らせる惨事だ」と言って、その感傷性を非難したのである。

それでも、一般読者にとってもっとも馴染みがあるペンギン版は『パレーズ・エンド』を四部作として位置付けてきた。その二〇一二年版の序文で、自らも著名な小説家であるジュリアン・バーンズは、「シリル・コノリーは『モダン・ムーヴメント』（一九六五）のなかでフォードの戦争三部作に言及することでグリーンに従ったが、それに続くほとんどの編集者はそれを三部作ではなく四部作とみなすことを選んできた」と書くことができた。

確かに、このティージェンスの物語は停戦記念日の歓喜と狂乱のうちに終わっても良かったのかもしれない。「我々はヴァレンタインが（そしてティージェンスが）どこへ出かけて行こうとしていたのかを想像することができるだろう――明らかにそれは彼らが別個に、そして一緒に夢見た生活であり、話しに話して会話を続ける生活である。さらにそれは過去と戦争と狂気とシルヴィアから逃れた生活でもある」とバーンズは言う。ところが、そこで一件落着とはいかないこともバーンズは指摘する。

「フォードが実際書いたことは違っていて、もっと複雑で暗く、グリーンが述べている通りとは言えない。『田園詩的』『上手くいった』というのはどうだろうか。そう、聖人クリストファーは未だ世間の邪悪さに騙されている――彼とヴァレンタイン（さらには、クリストファーの無言で麻痺した兄のマークと彼の愛人で今や妻であるマリー・レオニー）はときどきの棚ぼたと効果的なフランス式家政によって財政的にうまく切り抜けてはいる。ヴァレンタインは服と折り畳んだ下着に継ぎを当て、皆が分かち合う倹約の精神にもかかわらず、生活していくのは難しいと思う。不安は減ずることなく（ヴァレンタインはティージェンスを手に入れたが、今や彼を失うことを絶えず心配している）、狂気の感覚は決して遠ざからない。そして、彼らの田園詩的な逃避と思われるものの上空を舞うのは、海鷲のシルヴィアであり、彼女は疎遠になった夫にばかりか、彼の妊娠した女友達と体が麻痺した彼の兄にも更なる復讐を考える」

『パレーズ・エンド』の第一巻が戦前を扱い、第二巻・第三巻が戦中を扱うのに対して、戦後を扱う作品が構造上必要であるという指摘とともに、バーンズは人間の心理と文学的技能の点で、『消灯ラッパ』がこの上なくモダンでモダニスト的な作品であり、そこに存在意義を持つことをこの「序文」において証明しており、確かに、「年月は移ろい、グリーンを旧式と思わせるのはフォードのほうであって、その逆ではない」というバーンズの主張には首肯せざるをえないものがある。

『消灯ラッパ』が他の英国のモダニズム小説と類似した手法を用いていることは指摘しておくべきだろう。バーンズの序文に先立つ一九八〇年のペンギン版に付されたRobie Macauley の序文がそれについて触れている。

『消灯ラッパ』では、クリストファーとヴァレンタインとマークと彼の今は妻である長年に渡る愛人と、彼らが終戦後に赴く田舎家の近郊一帯の何人かの人々とが、代わる代わる視点の中心となり、九つの相互に結ばれ関連し合った内的独白を行っているように見える。（実際の連なりは次のようになっている――マーク、彼の妻マリー・レオニー、農夫クランプ、他人であるアメリカ女性、再びマーク、マリー、シルヴィア・ティージェンス、ヴァレンタイン・ワノップ、最後にマーク）始め、中間、終わりに現れるマークの思考が小説の枠組みを提供し、もっとも重要な役割を果たしている。

主人公クリストファーとその兄マークをめぐる周りの人々の思いを（賞賛のみならず批判を）積み上げていく手法は、例えば、数年後、ヴァージニア・ウルフが *The Waves* で顕在化する意識の流れ、内的独白を先取りしているようにもみえる。実際の会話を通しては絡み合うことのほとんどない六名の男女の、夭折したパーシヴァルへの思いを集積させた哀歌である『波』とは違い、マークもクリストファーも作品中存命しているので、彼らの側の意識も描かれるところが『波』のパーシヴァルとは違っているが、肺炎で瀕死の状態にあるマークの意識、グロービーの大木が切り倒されたことを知り、それを確認するためヨークシャーに飛行機で赴いて不在のクリトスファーの二人の意識が、実際の会話を通して他の人たちの意識と絡み合うことがほとんどない点では、この兄弟もまた、他の人たちからすれば、パーシヴァル同様の「見られる」存在である。それでもマークの頭の回転は素早く明晰であるので、パーシヴァルとは違って、彼の存在が単に周りの人々の意識に上るだけでなく、むしろ他の人々や出来事を照射する意識の中心であり、彼の意識が作品の枠組を提供してもいるのである。それが、いわば合わせ鏡の効果を生み出している。

Robie Macauley は、アメリカの大学でのフォードの教え子だったが、ティージェンスの物語を、「わたしは四つの違った巻に分けられた一つの小説として取り扱ってきたし、それ以外の方法でその物語を理解することはできないと考えている」と述べた。しかしながら、

『消灯ラッパ』をイザベル・パターソンに献呈した際、フォードは、この作品が「事態がどうなったか」を示すために一種の続編として付け加えられたものであるかのように思わせようとした節がある。「というのも、もしあなたがいなかったなら、この本はただ星雲のように存在していただけだったでしょう——空間に、わたしの脳のなかに。紙の上には書かれず、表紙と裏表紙とに挟まれることもなく。つまり、『ティージェンスがどうなったか』知りたいという、あなたの厳しい、軽蔑するような、ほとんど敵意に満ちた主張がなかったならば、わたしはこの年代記を今そこに至った舞台に載せることは決してなかったでしょう」と婦人への献辞に書いているからである。しかし、もっともありそうなことは、Macauley が言うように、これは正確な真実ではなく、文学仲間へのお世辞だと受け取るべき、ということなのかもしれない。『消灯ラッパ』がなければ、小説は残念なほどに短縮され、普通の小説がそうあるべきであろうようには終わらなかっただろうから、『消灯ラッパ』の再現部と最終的声明は必要不可欠だったのである。コンラッドに関する著書の中で、フォードは、自分は（コンラッドの作法と違って）作品を作り始める前に全体の意匠を頭の中に入れておくことが必要だったとも説明している。

四部作全体は五年をかけて書かれた。『為さざる者あり』は一九二四年に、『ノー・モア・パレーズ』は一九二五年に、『男は立ち上がる』は一九二六年に、『消灯ラッパ』は一九二八年に出版された。『パレーズ・エンド』は、全体を命名するものとしてフォードが選んだものであった。それはどんな題名よりも適切であるようにみえる。悲劇の巨大な感覚をもって、フォードは西欧諸国の終焉に向かう長く見事な行進を見据えてきた。そしてティージェンスは、最後に、軍隊を解散させる副官の霊妙な声を響かせる。彼は言う。「もう希望もなく栄光もない。国にとっても、世界にとっても、もうパレードはないだろう」そして、『消灯ラッパ』はそのパレードなき時代を映す文明史の一部なのである。

私は第三巻の「あとがき」で、主人公たちは、「騒音と混乱の世界だった『男は立ち上がる』の世界から逃れ、最終巻の『消灯ラッパ』では静謐で豊かな世界へと移り住むことを選択する」と書いたが、これは半面の真理であるに過ぎなかったかもしれない。もちろん夜中に爆弾が投下され木っ端微塵に吹き飛ばれることはなくなった。だが、グロービー邸はアメリカの婦人に貸し出され、その挙句にグロービーの大木は切り倒され、部屋の内部も荒らされ、貴重な思い出の品がゴミに出されもする。人々の間の不和や喧嘩も絶えない。肺炎、妊娠、様々な困りごとを人々は抱えている。

再び、バーンズの言葉を引こう。

ヴァレンタインとの田園的情景はどこにあるのか。それは四方を見渡せる小屋の置かれ方とその小ぎれいな造園、その木々と生垣にある。周囲の環境は田園詩的であるかもしれないが、どんなロマンスも人間にはなく、厳しく自然のなかに横たえられている。会話を続ける話し合いはどこにあるのか。『消灯ラッパ』のなかにはない――また、それがすでに生じたという後からの言及もまったくない。シルヴィアはその家庭が「平和」を見出したことに激しく嫉妬するかもしれないが、読者はこうしたことをほとんど目撃しない。それはすべてシルヴィアの幻想のなかの話かもしれない。

金銭的困窮がクリストファーとヴァレンタインに軋轢を生む。愚かにも不要な瓶のなかに何枚かの彩色画を忘れ、その瓶を別の古物商に譲ってしまったクリストファーをヴァレンタインは詰る。「どうしてそんなことが出来て？ どうしてそんなことが出来て？ もしあなたがそんなことをしたなら、どうやってわたしたちは子供に食事や服を与えることができるでしょう？」彼女は彼に戻ってそれらを取り戻して来なさいと命じる。マークが（今や再び話している）「あいつは可哀そうに疲れ果てているんだ」と彼女に指摘しそうになる。しかし、この訴えは効果を奏さない。それから――

重たげに、しょげたブルドックのように、クリストファーは門の方に向かった。彼が生垣のかなたの緑の小道を上って行くとき、ヴァレンタインはすすり泣き始めた。

「わたしたち、どうやって暮らしていけるでしょう。いったいどうやって暮らしていけるでしょう」

これが田園詩的逃避だろうか。ティージェンスの無能な聖性がヴァレンタインの叱責を生み出しているという仄めかし以上のものがある。シルヴィアの海鷲のシルエットはついに空から消え去ったかもしれない。（ただ、彼女はこれまでも何度も心変わりしてきたので、彼女の私的休戦が続くかどうかは誰にも分らない。）ちょうど、心配性の人が古い心配に代わる新しい心配を見つけるであろうように、迫害者から逃れた苦しめられてきた聖人が、もっともありそうにない型の迫害者を自分自身にもたらすこともひょっとしたらあるだろう。英国の聖人たちは常に絶滅へと駆り立てられてきた。ちょうどオオウミガラスのように。

こうしたバーンズの見方は『パレーズ・エンド』を家庭小説のレベルに引き下げるだけかもしれず、文明史的視点からすれば、戦前・戦中・戦後を巨視的に四巻合わせて捉える視点が必要になるかもしれない。アメリカの台頭、女性の地位の変化、医学の発達、階級制度の変化など、この最終巻に影響を及ぼす時代の変化は枚挙にいとまがない。前三巻でフランスが作品の主要な舞台となったのに対して、『消灯ラッパ』では複数のアメリカ人が英国の地にやって来て騒動を引き起こす。こうした国際関係の変化は、晩年アメリカに渡って生活することになるフォードの人生とも密接に絡み合っていると言える。そうした事柄の一つ一つを取り上げて調べていくことが読者にとっての喜びでもあり使命ともなっていくであろう。文明史的観点を辿り、翻って、今の時代、将来に思いを馳せるためには、やはり四巻揃っての『パレーズ・エンド』が必要だと思えるのである。

二〇二〇年七月

訳者

（2）恋人のまことの心を…

シェイクスピア『ハムレット』の第四幕五場 23-6 行。オフェーリアの台詞。

（3）シオンの人々に良い知らせを伝える者たちの足は…どんなに美しかったことか。

イザヤ書 52 章 7 節。

（4）主よ、今こそ、あなたは…安らかに去らせてくださりましょう！

ルカによる福音書 2 章 29 節。

（5）夜がふけて…

Robert Jamieson によるデンマークのバラードの翻訳。ウォルター・スコット（Sir Walter Scott）の『湖上の美人』*The Lady of the Lake*（1810）の appendix に掲載された。エミリー・ブロンテ（Emily Jane Brontë）の『嵐が丘』*Wuthering Heights*（1847）ではネリー・ディーンがヘアトン・アーンショーに歌って聞かせる。(9 章)

（3）アルヴァ公（1508～1582）

スペインの軍人。1567年ネーデルランド総督となり、過酷な宗教裁判と重税で新教徒を弾圧し、その結果、何千人ものユグノーの職人が海外に、その多くがイギリスに逃れた。

（4）ウビガン

フランスの香水メーカー。

（5）カルカッソンヌ

プロヴァンス地方の西、ピレネー山脈の北に位置する街。スペインとフランスを結ぶ道筋にあたり、古くから異民族抗争の場だった。

（6）インディアンランナー

卵用のアヒルの品種名。走るのが得意なことからこの名が付いた。害虫駆除にも役立つ。

（7）オーピントン

英国原産の黒色ニワトリ。

（8）ウィルトン

英国ウィルトシャーにある町で、アングロサクソンにまでさかのぼる豊かな遺産がある。18世紀からはカーペットが製造されている。今日では、大聖堂のあるソールズベリーの西方に位置し、ウィルトンハウスなどの注目すべきショップやアトラクションが今も残っている。

（9）ニケ

ギリシャ神話の勝利の女神。

（10）アン姉さん！　アン姉さん！　お願いよ、アン姉さん！

ペロー（Charles Perrault, 1628～1703）の版の『青髭』（1697）では、若妻は姉に塀の上に立って、兄たちの到着を見張ってもらう。青髭に殺すぞと脅される若妻は、まだ兄たちの姿が見えないか、ますます切迫した声で姉に呼びかける。

Ⅳ章

（1）セントレジャー・ステークス

イギリスのクラシック三冠および牝馬クラシック三冠の最終戦としてドンカスター競馬場芝コース1マイル6ハロン115ヤード（約2921メートル）で行われる長距離適性を審査する競馬の競走である。競走名は18世紀のスポーツ愛好家であったアンソニー・セントレジャー陸軍中将に由来する。

(12) メゾン＝ラフィット競馬場

フランス、イル＝ド＝フランス地域圏、イヴリーヌ県のメゾン＝ラフィットにあるサラブレッド平地競馬の競馬場。ヨーロッパ最長の直線コースを備え、直線競走も多く開催している。

第二部

Ⅰ章

（1）エゲリア

ローマ神話における水のニュンペーである。 王政ローマの第2代の王ヌマ・ポンピリウスの妻であり助言者だったことでよく知られている。 その名は「女性助言者」または「女性相談役」のエポニムとしても使われている。

Ⅱ章

（1）ゲール人

スコットランド、アイルランド、マン島のケルト系住民、特にスコットランド高地人。

（2）コンセット神父が予言したこと

『パレーズ・エンド』（*Parade's End*）四部作のなかでは、第一巻『為さざる者あり』（*Some Do Not...*）第一部Ⅱ章で起きた事で、第二巻『ノー・モア・パレーズ』（*No More Parades*）第二部Ⅱ章でシルヴィアがこのときのことを思い出している。

（3）ゲメニッヒ

第一次大戦の開戦に関わる街の名。8月4日午前8時20分、ドイツ陸軍全7軍、35個師団約100万の大軍が、ベルギー国境ゲメニッヒ突破をきっかけに、続々とフランスになだれ込んだ。当時の軍事学の粋を極めた「シュリーフェン計画」を実行に移したものであった。

Ⅲ章

（1）マトリカニア

細長い葉と小さなピンクの無弁の花を持つ、岩の裂け目に生える草本。

（2）スヘーヴェニンゲン

オランダ南西部、ハーグの西にある北海沿岸の町。

amour'（愛の神のためにドアを開けよ）を指していると思われる。

Ⅶ章

（1）カーン

第一部Ⅱ章（7）の訳注を参照のこと。

（2）ファレーズのウィリアム公（1027～1087）

ファレーズについては第一部Ⅱ章（3）の訳注を参照のこと。後にイングランドを征服し、ノルマン朝を開いて、現在のイギリス王室の開祖となったウィリアム公は、この町が生地。

（3）カルヴァドス

フランスのノルマンディー地方で造られる、リンゴを原料とする蒸留酒。

（4）ピレーモーンとバウキスの話

ギリシャ神話またはローマ神話に登場する老夫婦で、旅人に身をやつした神を心を込めて歓待し、その報恩として洪水から命を救われ、死後には一対の大木に姿を変えたという。

（5）ルーベ

フランス北部ノール県のリール郡にあるコミューン。

（6）半クラウン

半クラウン銀貨は、イギリスの旧通貨制度において、2シリング6ペンスに相当した。

（7）ガロン

1ガロンは約3.785リットル。

（8）アイスキュロス（BC525年～ BC456）

古代アテナイの三大悲劇詩人のひとりであり、ギリシア悲劇（アッティカ悲劇）の確立者。代表作はオレステイア三部作。

（9）プレーリーチキン

米国西部の大草原にすむ茶色の斑紋のあるライチョウ。

（10）ブルトン人

フランス、ブルターニュ地方に主として暮らすケルト系民族のこと。

（11）コンサーティーナ

アコーディオン族に属するフリーリード楽器で、蛇腹楽器の一種である。 通常正六角形または正八角形の小型の手風琴で、欧米の民俗音楽などでよく見かける楽器である。

（4）ヴァレンタイン・ワノップの緊急の懇願でようやくマークと握手することに同意した。…

第一巻『為さざる者あり…』（*Some Do Not...* ）の第二部Ⅴ章にこの場面が描かれている。

（5）トゥーロン

フランスの南東部に位置する、地中海に面する都市。

（6）レグホーン

イタリア・トスカーナ州の県の一つリヴォルノの英語名。

Ⅵ章

（1）ロヴァットのフレーザー

第11代ロヴァット伯 Simon Fraser のこと。フランスで長年過ごし、投獄されたこともあったが、政府への貢献により、1715年にフランス政府から伯爵の称号を授与された。1745年の反乱においても政府への忠誠を誓ったが、カロデンの戦いで逃げ出して、捕らえられ、ロンドンで裁判にかけられ斬首された。

（2）大法官府裁判所

原文はChancery。英国の高等法院の一部門で、遺産や信託に関し私人間の訴訟を解決するための機関。厳格な法＝コモン・ロー準則ではなく、衡平を基準にして裁判がなされるということで衡平裁判所 court of equity とも呼ばれるようになる。

（3）サルディニア

イタリア半島西方、コルシカ島の南の地中海に位置するイタリア領の島。

（4）ヴィクトリア

カナダ最西部に位置するブリティッシュ・コロンビア州の州都。

（5）イスカリオテのユダ

もともとイエスの十二使徒の一人だったが、次第にイエスに不信を抱くようになり、イエスを十字架につけようと画策していたユダヤ人指導者。

（6）アメリカ独立戦争の始まった年

実際は、1775年に始まっている。マークがアメリカのことに無関心であることの表れだと言える。

（7）古い歌からの引用

18世紀のフォークソング、‘Au clair de la lune’（「月の光」）の ‘Au dieu de l’ amour’（神の愛のために）とその変種である ’Ouvrez votre porte pour le dieu d’

たしてきた雑誌。

（5）マントノン

ルイ 14 世が最初の妻の死後、密かに結婚したフランス人の配偶者。1635 年生 - 1719 年没。

（6）マリー・アントワネットは夏、塩の上を橇で滑った。

マリー・アントワネットの母親でオーストリアの女帝であったマリア・テレジアは、1751 年の夏に親しい間柄のグラッサルコーヴィッチ伯爵にフェルヴィデック鉱山から一年分の塩を持ってくるようにと要請し、バダからゲデロまで橇で行けるようにそれを道に撒かせたという逸話がある。

（7）十二日

八月十二日。伝統的にライチョウ狩りの解禁日である。

（8）それは歴史を混同することのように思えた

事実、マントノン夫人は 1719 年に没しているのに対し、マリー・アントワネットが生まれたのは 1755 年である。

V章

（1）ハリッジ

イギリス、イングランド東部，エセックス県北東端、テンドリング地区の都市。県都チェルムスフォードの東北東約 60km、北海に臨む港湾都市で、ストゥア川とオーウェル川が河口に形成する三角江（エスチュアリー）に突出した岬の先端にある。第 1 次世界大戦中は重要な軍港で、駆逐艦や潜水艦の艦隊が置かれていた。

（2）ヨハン・オルト

ヨハン・ザルヴァトール・フォン・エスターライヒ＝トスカーナ（ドイツ語：Johann Salvator von Österreich-Toskana、1852 年 11 月 25 日 - 1890 年？）は、ハプスブルク＝ロートリンゲン家の一員。のち皇籍離脱してヨハン・オルト（Johann Orth）と名乗った。航海の旅に出て、南アメリカのホーン岬で遭難し、行方不明になった。

（3）ガリポリの戦い

ガリポリの戦いは、第一次世界大戦中、連合軍が同盟国側のオスマン帝国の首都イスタンブール占領を目指し、エーゲ海からマルマラ海への入り口にあたるダーダネルス海峡の西側のガリポリ半島に対して行った上陸作戦。

た。

（5）「悪魔は彼に世界の国々を見せた」

マタイによる福音書4章8節及びルカによる福音書4章5節

「それから、悪魔はイエスを高い所へ連れて行き、またたくまに世界のすべての国々を見せて言った」

（6）サー・ピーター・レリー

ピーター・レリー（Sir Peter Lely, 1618〜1680）は17世紀に活動した画家。キャリアのほとんどをイングランドで送り、イングランドの主席宮廷画家として重きを成した。

（7）ネル・グウィン

ネル・グウィン（Nell Gwynn, 1650〜1687）は王政復古時代のイギリスの貧民街に生まれ、人気女優となり、イギリス国王チャールズ2世の寵姫となった女性。

（8）ディアーナ

ローマ神話に登場する、狩猟、貞節と月の女神。

（9）緑は見捨てられ、黄色も取り上げられなかった

'Oh, green is forsaken, and yellow forsworn, / But blue is the prettiest colour that's worn.' 花嫁の婚礼衣装について歌った童謡の一節。

（10）ヘル

北欧神話における暗黒と死者の国の女神。

Ⅳ章

（1）『ウェイバリー』

サー・ウォルター・スコット（Sir Walter Scott）の小説群の名称。そのなかのRob Roy（1816）の同名の主人公の恋人がDi Vernonである。

（2）カペルコート

シティ・オブ・ロンドンの内にある、1801年にロンドン証券取引所が移転した場所。

（3）サンタ・フェ

ニューメキシコ州の州都。カリフォルニア州にあるわけではない。マークがアメリカのことに無関心である証であろう。

（4）『フィールド誌』

1853年に出版され、カントリースポーツやレジャーの愛好家たちの要求を満

（8）ルノン

Lunnon はスコットランド語でロンドン（London）のこと。

（9）アルパゴン

フランスの劇作家モリエール（Molière）の性格喜劇『守銭奴』（1668）の主人公。貪欲な高利貸の老人で、その金に対する執着は狂気に近い。吝嗇漢の代名詞としても用いられる。

（10）ハロゲイト

イングランドのノース・ヨークシャーにある都市。スパ・タウン（温泉都市）として知られ、観光客も多い。17 世紀にあったハイ・ハロゲイトとロー・ハロゲイトが成長してできた都市。

（11）『リュイ・ブラース』

ヴィクトル・ユゴー（Victor Hugo）作の戯曲。1838 年の作。

（12）モリエールの時代

モリエール（Molière）は、1622 年生まれで、1673 年没。17 世紀フランスの俳優、劇作家。コルネイユ、ラシーヌとともに古典主義の 3 大作家の 1 人。本名ジャン＝バティスト・ポクラン（Jean-Baptiste Poquelin）。

Ⅲ章

（1）ドラリューシュナイダー

フランスでは、1894 年にロシェ・シュナイダー（Rochet-Schneider）がその名を冠する自動車メーカーを、また同年にエミール・ドライエ（Emile Delahaye）もその名を冠する自動車メーカーを設立している。

（2）マディソン・アヴェニュー

アメリカ合衆国ニューヨーク州ニューヨーク市マンハッタン区を南北に縦断する大通り。広告代理店などが多く、広告産業の町として有名なビジネス街。

（3）アタランテー

ギリシア神話に登場する女性で、優れた女狩人。

（4）ベティ・ナットール

（Betty Nuthall, 1911〜1983）は、イングランド・サービトン出身の女子テニス選手。フルネームは Betty May Nuthall Shoemaker（ベティ・メイ・ナットール・シューメイカー）。1930 年全米選手権女子シングルスの優勝者。『消灯ラッパ』The Last Post が出版された前年の 1927 年には世界トップ 10 にランクインしたが、全米選手権女子シングルスでは Helen Wills Moody に負けて優勝を逃し

（8）ギュスターヴ・ドレ（Gustave Doret, 1832~1883）
フランスのイラストレーター、画家。アルザス地方、ストラスブールのニュエ・ブルー通りに生まれ、十五歳の時から画家として活躍。パリの聖ドミニク通りで没し、ペール・ラシェール墓地に埋葬された。

Ⅱ章

（1）「ニオベ」
ここでは、Ⅰ章（7）の神話に出て来る女性をモチーフに、カシミール＝バー氏が作ったとされるその彫像。
（2）「海神ネーレウスに義理の息子の死を告げるテティス」
テティスは、ギリシャ神話に登場する海の女神。ネーレウスはその父親。義理の息子とはテティスの夫となったペーレウスであろう。これも、カシミール＝バー氏が作ったとされるその彫像を指している。
（3）ファレーズ
フランス北西部、ノルマンディー地方、カルバドス県の都市。町を見下ろす丘の上に、12 世紀から 13 世紀にかけて建造されたノルマン様式の城がある。第二次大戦の激戦地としても知られる。
（4）バイユー
フランス北西部、ノルマンディー地方、カルバドス県の都市。大部分が 13 世紀に建造されたノルマンゴシック様式を代表するノートルダム大聖堂や、ノルマンディー公ウィリアム１世（征服王）によるイングランド征服を描いた「バイユーのタペストリー」を展示するバイユ―美術館がある。
（5）クリシー
フランス北部、オードセーヌ県の工業都市。パリ北西郊、セーヌ右岸に位置し、自動車および航空機部品の製造、組立て、ミシン製造などの工業が行われる。パリ有数の規模と設備を誇るボージョン病院、17 世紀の聖バンサン・ド・ポール聖堂がある。南側はパリ 17 区、東側はセーヌ＝サン＝ドニ県サン＝トゥアンになる。
（6）オートゥイユ
フランス、パリ 16 区の地名。オートゥイユ競馬場がある。
（7）カーン
フランス北西部、ノルマンディー地方、カルバドス県の都市。

訳 注

第一部

I 章

（1）犬畜生の喉元を引っつかみ、こうして、刺し殺した

William Shakespeare, *Othello*, V.ii.

（2）十字架修道会

1244 年ごろヨーロッパ大陸から渡英し 1656 年ごろまで滞留していたカトリック系の一修道会。これに属する人たちは、杖や会服に十字架の印をつけていた。

（3）ミノリーズ通り

ミノリーズ通り（Minories）は、ロンドンの経済活動の中心地であるシティー（City）内の東端に位置する。この名は、13 世紀末にこの地に建てられた修道院で神に仕える修道女を意味する「minoress」から採られたと言われている。

（4）聖職者と問題を起こすイケガキスズメのような女の話

ホーソン（Nathaniel Hawthorne, 1804~1864）の『緋文字』（*The Scarlet Letter*）16 章～19 章への言及。女は、ヘスター・プリンのことを指している。

（5）聖エウスタキウス（Eustachius）

またはエウスタティウス（Eustathius）。2 世紀に生きたとされる、伝説的なキリスト教殉教者。祝日・記憶日はカトリック教会・正教会ともに 9 月 20 日（ユリウス暦を使用する教会では 10 月 3 日に相当）。ヤコブス・デ・ウォラギネ（Jacobus de Voragine, 1230?~1298）の『黄金伝説』（1267 頃）に取り上げられたことから、猟師の守護聖人として信仰を集めるようになった。正教会では大致命者エウスタフィと呼ばれる。

（6）グレヴィ大統領

フランソワ・ポール・ジュール・グレヴィ（François Paul Jules Grévy, 1807~1891）はフランスの弁護士、政治家。第 4 代大統領（第三共和政）。 フランス東部のジュラ県出身。パリで法律を学び、7 月王政下では共和派の弁護士として活躍。

（7）ニオベ

ギリシャ神話に登場する女性。タンタロスの娘で、テーベ王アンフィオンの妻。女神レトに子供の数の多さを誇ったため、レトの子アポロンとアルテミスに 14 人の子供すべてを射殺され、悲しみのあまり石になったという。

†著者

フォード・マドックス・フォード (Ford Madox Ford)

1873年生まれ。父親はドイツ出身の音楽学者 Francis Hueffer、母方の祖父は著名な画家 Ford Madox Brown。名は、もともとは Ford Hermann Hueffer だったが、1919年に Ford Madox Ford と改名。

多作家で、初期にはポーランド出身の Joseph Conrad とも合作した。代表作に *The Good Soldier* (1915)、*Parade's End* として知られる第一次大戦とイギリスを取り扱った四部作 (1924-8)、1929年の世界大恐慌を背景とした *The Rash Act* (1933) などがある。また、文芸雑誌 English Review および Transatlantic Review の編集者として、D.H. Lawrence や James Joyce を発掘し、モダニズムの中心的存在となった。晩年はフランスのプロヴァンス地方やアメリカ合衆国で暮らし、1939年フランスの Deauville で没した。

†訳者

高津　昌宏 (たかつ・まさひろ)

1958年、千葉県生まれ。慶應義塾大学文学部卒業、早稲田大学大学院文学研究科前期課程修了、慶應義塾大学文学研究科博士課程満期退学。現在、北里大学一般教育部教授。訳書に、フォード・マドックス・フォード「パレーズ・エンド」1『為さざる者あり』(論創社、2016)、同2『ノー・モア・パレーズ』(同、2018)、同3『男は立ち上がる』(同、2019)、『五番目の王妃 いかにして宮廷に来りしか』(同、2011)、『王璽尚書　最後の賭け』(同、2012)、『五番目の王妃　戴冠』(同、2013)、ジョン・ベイリー『愛のキャラクター』(監・訳、南雲堂フェニックス、2000)、ジョン・ベイリー『赤い帽子　フェルメールの絵をめぐるファンタジー』(南雲堂フェニックス、2007)、論文に「現代の吟遊詩人――フォード・マドックス・フォード『立派な軍人』の語りについて」(『二十世紀英文学再評価』、20世紀英文学研究会編、金星堂、2003) などがある。

パレーズ・エンド4　消灯ラッパ

2020年10月1日　初版第1刷印刷
2020年10月10日　初版第1刷発行

著　者　フォード・マドックス・フォード
訳　者　高津昌宏
発行者　森下紀夫
発行所　論創社
東京都千代田区神田神保町 2-23　北井ビル
tel. 03 (3264) 5254　fax. 03 (3264) 5232
web. http://www.ronso.co.jp/
振替口座　00160-1-155266

装幀／奥定泰之
組版／フレックスアート
印刷・製本／中央精版印刷
ISBN978-4-8460-1977-8